VICTORY NOVELS

超極級戦艦「八島」

❸八島作戦、完遂!!

羅門祐人

電波社

この作品はフィクションであり、登場する国家、団体、人物などは、
現実の国家、団体、人物とは一切関係ありません。

超極級戦艦「八島《やしま》」(3)——もくじ

八島作戦、完遂!!

第一章　最終作戦への序章

一

一九四四年二月　ワシントン

ホワイトハウスの一階にある大会議室。

通常、そこは平時に閣僚や各部門の最高責任者を集めて全体会議を行なう場所だが、今日は臨時の戦争遂行会議が行なわれている。

開戦当初、戦争遂行会議は地下にある戦時会議室で行なわれていた。だが、ワシントンが戦火に見舞われるはずもなく、いつしか平時と同じ地上で行なわれるようになったのだ。

ただし、ルーズベルト大統領はいない。

直前まで出席する予定だったが、今日は朝から体調が優れず、参加者全員の要請もあって、大統領私邸区画にあるベッドで休むことになった。

そこで大統領の代理として、大統領権限の継承順位第四位のコーデル・ハル国務長官が抜擢されている。

本来、妥当な地位にあるのは副大統領のヘンリー・A・ウォレスなのだが、戦時規定により大統領と副大統領が同じ場所に長時間滞在するのは不可とされているため、ウォレスには外での仕事を任せ、ホワイトハウスのことはハル長官に任せる案が採用されたのである。

他の出席者は、陸軍長官のヘンリー・L・スチムソン、海軍長官のウイリアム・F・ノックス、財務長官のヘンリー・モーゲンソウ、商務長官のジェス・H・ジョーンズ、そしてジョージ・マーシャル陸軍参謀総長とアーネスト・キング海軍作戦部長も出席している。

ちなみにキング作戦部長は合衆国艦隊司令長官も兼任している。

同様にマーシャルも、現在進行中のヨーロッパ方面作戦の作戦計画を指導している立場にあるため、この二人がいれば戦争の現場にまで最高意志が伝達されるとして、以下の現場指揮官の召喚は見送られた。


「……二ヵ月前」

司会を務めるハルが、いきなり挨拶もなしに本題を口にしはじめた。

「ソ連軍はクルクス突出部において、まんまとヒトラーの罠にはまってしまった。それまで正面で対峙していたドイツの機甲軍団が、北と南の二手に分かれて電撃的に側面侵攻し、またたくまに突出部付根のくびれた部分に殺到した。

ソ連軍の正面にあるのは三重になった砲兵陣地と、同じく三重の阻止塹壕陣地。そして西側にある滑走路からは、ありったけの地上攻撃用航空機がやってきた。

くびれ部分を食いちぎられたソ連軍は、大量の戦車とこれまた大量の野砲を頼みの綱として正面突破を試みるしか策がなくなった。

ぐずぐずしていると、前からは未曾有の砲撃と爆撃が、後方からは最新式のティーガー重戦車やパンター中戦車を加えた最強の機甲軍団が攻め上がってくる。

ドイツ軍に尻をかじられる前に目の前にある塹壕陣地を踏破すれば、その後に南に全軍を転進させ、背後のドイツ機甲軍団の下腹をえぐりつつ自軍支配区域に逃げのびることも可能……そう考えた。

だが一ヵ月とたたず、その目論みは潰《つい》えた。強引に塹壕陣地を踏みにじろうとしたソ連戦車部隊の多くが、対戦車地雷と砲兵部隊の砲撃により吹き飛んだ。

それでも破壊された味方戦車を踏み越える形で、一〇〇〇輌以上の戦車や装甲車・兵員トラックが陣地に殺到した。

だが……そこに待ち受けていたのは、新型のパンツァーファーストを腐るほど装備したドイツ軍歩兵だった。

新型のパンツァーファーストは、有効射程がたった五〇メートルしかなかったらしい。だが、T-34が五〇メートルまで迫るのを必死に我慢したドイツ兵が、新型の成型炸薬弾頭を放ったところ、なんとT-34の正面装甲を撃ちぬいて内部を焼きつくすことに成功したという。

本来なら戦車と一緒に進撃するソ連歩兵部隊は、ドイツ軍陣地にずらりと並んだ重機関銃に恐れをなして、全員が戦車の背後に隠れての進撃となった。これがドイツ軍歩兵に勝利をもたらした直接原因……そう陸軍長官からの報告を受けたばかりだ。

年を跨いだ戦闘となったクルクス戦だったが、一月八日、戦闘車輌一八〇〇輌余を失ったソ連軍が、ドイツ軍の完全包囲の中、ついに力尽きて白旗を上げた……。

それから今日まで、スターリン元帥からホワイトハウスへ、連合軍によるソ連戦線への直接参戦を嘆願する悲鳴のような電信が入るようになった。それも朝昼夜の三回、連日だ。

私は国務長官として、ルーズベルト大統領閣下へ、いまソ連が崩壊するのは非常に不味いと何度も進言してきた。

ソ連が一定戦力を確保していたからこそ、日本軍は満州に相当な数の軍事力を張りつける必要があった。

しかし現在、ソ連はモスクワ攻防戦を目前にして、遠い極東地域からも増援をかき集めている。そのため満州との国境付近や沿海州では、もはや拠点防衛を可能とする戦力すら残されていない。

ソ連の首都を守るためだから仕方がない。これは当然の理屈だが、かといって、中国方面から増援されてさらに強固となった日本の満州支援軍に、無防備な下腹をさらけ出して良いわけではない。

この状況が長く続くと、必ずや日本軍はシベリアと沿海州に進軍してくる。それは無人の荒野を進むがごとく、またたくまにシベリア全土と沿海州を支配下に置いてしまうだろう。

そうなってしまったら、モスクワを奪取されたソ連が生き残る道はない。最終手段としてウラル山脈に引きこもり、非正規戦闘を仕掛けるのが精一杯になってしまうだろう。

ここに至れば、いまイタリア北部で激戦が続いている連合軍のヨーロッパ方面作戦も、よくてフランスとドイツの国境付近まで押し返せれば万々歳となりかねない。

なぜなら、ソ連が崩壊して日本がシベリア全土を平定すれば、まるまる満州支援軍が余る計算になる。それらはソ連軍の後方からひたひたと進撃してきて、いずれはドイツ軍と手を結ぶ。

これは中東地区で電撃的な合流を果たしたドイツ軍と日本軍を見れば、もっとも現実的な未来であろう。

もっとも……中東地区の日本軍は、ヒトラーの再三にわたる要請にも関わらず、トルーシャル・オマーン首長国に拠点を設けて、そこにペルシャ湾を制するための一個巡洋艦部隊を配備すると、さっさと元いたアデンへ戻ってしまった。

　これを我が国の情報機関は、アラビア半島北部およびエジプト方面に対し、日本軍は関与しないという意思表示だと解釈している。

　いくらドイツと日本が同盟国だといっても、無制限に相手の要請を呑んでいては国家の命運に関わってくる。

　とくに、いつシベリア方面へ戦力を注ぎこむ状況になるかわからない日本にとっては、紅海南部とペルシャ湾中部を確保して、アラビア半島の南三分の一の実質的な支配権を保持するのが精一杯といった判断がなされたのだろう。

　そこで本日の議題なのだが、ルーズベルト閣下には事前に了承して頂いた上で、エジプト本土およびアラビア半島北部から地中海東岸区域に対する、抜本的な連合軍の増強について議論していただきたい。

　なお、ここで増強する戦力は、早期にアラビア半島北部にいるドイツ軍を駆逐し、そのままトルコ方面を経てソ連南部へ進撃し、最終的にはソ連軍を南部側面より支援する戦力となる。

　ドイツ軍はイタリア北部戦線に最大戦力を投入しているが、このまま何もせずにいると、モスクワを制圧したあとの東部戦線から大量の戦力が戻ってくる。そうなると我が陣営としても、イタリア北部戦線も増強しないと保たなくなる。

　それを事前にアラビア半島方面から崩し、浮き足だったドイツ軍を各方面で分断撃破する……これが我が国の陸軍が立てた作戦予定だ。

　そのためには、ここに在籍しているマーシャル参謀総長が推進しているヨーロッパ方面作戦を、一時的に遅延させるのも仕方がない。これにはチャーチル首相が納得しないと思うが、そこはさらなる軍事支援と航空支援で我慢してもらうことになる。

どっちみち、北イタリアでドイツ軍を撃破しないかぎり、ドーバー海峡横断上陸作戦も実施不可能だ。

フランスを北と南から挟み撃ちにしてこそ、電撃的なフランス全土の解放に繋がるのだから、それが北イタリアでせき止められている現段階では、下手に上陸作戦など実施すれば返り討ちにあい、回復不可能なほどの大被害を受ける可能性がある。

これらを念頭において、各自の領分においての発言を行なってほしい。ではまず、戦争遂行に必要な財源について、財務長官に説明して頂きたい」

一方的に会議を仕切るハル。

傍目には、ルーズベルトの病欠を理由に会議を牛耳っているように見えるが、その表情に余裕がないところを見ると、まったく別の要因が浮かびあがってくる。

まだ連合国は知らないが、コーデル・ハル長官は、間接的にだがソ連の息が掛かっていて、ソ連の崩壊やスターリンの失脚といった事態が起これば、その後を引きついだ造反勢力によって、合衆国におけるソ連の工作活動がばらされる恐れが大いにある。

それが現実的になってきたため、すでに泥沼状態のハルは、なんとしてもソ連のスターリン体制を持続させなければわが身が危うい状況になっていたのだ。

「ではまず、私から……」

ヘンリー・モーゲンソウ財務長官が、手元にある資料を覗きこみながら、疲れきったといった表情で発言した。

「御存知の通り、想定以上の太平洋における損耗の結果、軍事増強に関する追加予算の大幅増加が現実のものとなっております。もはや戦時国債の発行だけでは賄《まかな》えず、既存のいくつかの計画を延期もしくは中止することで、なんとか予算を確保できるメドがたっている状況でして……。

その中でも大幅に予算が縮小されたのが、例のマンハッタン計画です。あの金食い虫は、全体で国家予算一年分を越える多額の資金を必要としているため、真っ先に予算削減の標的となりました。

現在は、これまでの研究結果を保存するための作業を除くと、一時的にですが建設中の原子炉の作業中止、ロスアラモス研究所の現状維持以外の要員の解雇、ウラン濃縮装置の大量製造の中断などが行なわれております。

むろん将来的には、予算さえつけば、すぐにでも再開できるよう考慮されてはいますが、いま現時点においては、連合軍の反攻計画が軌道に乗るまで凍結するとの結論に達しました」

いまや原爆製造計画――マンハッタン計画は、連合国において『目の上のたんこぶ』とまで陰口を叩かれるようになっている。

いつできるか判らない夢のような超兵器のため、現実に行なわれている反攻計画が頓挫する。それは連合国にとって悪夢そのものであり、ならば原爆に関しては、ドイツによる開発計画を完全阻止するだけで良いのではないか……そういう意見が出てくるのも当然である。

ちなみに日本の原爆製造計画は、八島計画のおりを受けて戦前の段階で頓挫している。

そのため合衆国もある程度のことは察知しており、戦時下になって細々と基礎研究のみ行なわれているものの、とても数年以内に原爆を完成させられる状況にはないとの情報機関の結論が提出されていた。

モーゲンソウの発言を受けて、マーシャル陸軍参謀総長が、苦虫を噛み潰したような表情で、しぶしぶ発言した。

「陸軍としては、戦争の切り札となる原爆を手放したくないが、さりとて不足しまくっている通常兵器の増産がおろそかになるのはもっと困る。とくに今回判明したドイツ陸軍の新鋭戦車は脅威そのものだ。

また新型の個兵用対戦車兵器も、兵士が一人で戦車一輌を正面から撃破できることが判明した時点で、戦車は陸の王者から蹴落とされたも同然……。

しかも当然のことだが、ドイツ軍は新型の戦車に対しては、新型の個兵用対戦車兵器が通用しない措置を講じているだろうから、陸の王者から蹴落とされたのは連合軍の戦車だけと思われる。

これは由々しき事態で、ごく近い将来、イタリア北部戦線でも我が軍の戦車が撃破される光景が見られるようになるはずだ。

こうなると、現在の主力であるM4シャーマン戦車は、ソ連のT34戦車と防御力の点ではさほど変わりがないため、新型対戦車兵器によって正面撃破されると想定している。

となると我が陣営も、せめて正面だけでも、敵の新型戦車や対戦車兵器を阻止できる性能を持たせなければ、敵陣営に切り込むなど夢のまた夢になりかねない。

これを可能とするのは、現在量産が始まっているM26パーシング重戦車とチャーチル歩兵戦車ですが、M26は敵戦車の撃破には充分な性能を持っているものの、新型の対戦車兵器に対しては少々不安となっている。

チャーチル戦車に至っては、主砲も小さく正面装甲も不足しているため、新たな解決策が必要と考えている。

具体的には、ともかく追加装甲で当座の防備を高める一方、まったく新設計の戦車を大車輪で作るしかありません。

このうち追加装甲は車輌重量が増大するため、機動力が大きく損《そこ》なわれることになりますので、あくまで臨時的な措置にしかなりません。場合によっては現在進行中の増産計画の抜本的な組み直しも必要になってくるかと……」

必死になって増産計画を達成しかかっているというのに。

それが早くもスクラップの山だと知らされたマーシャルの心境やいかに。

渋顔になるのも当然だった。

軍備増強の組み直しと聞いて、モーゲンソウ財務長官だけでなく、ジョーンズ商務長官までもが血相を変えた。

いまでも予定達成のため、合衆国の産業のすべてが大車輪で稼動中なのだ。

それは軍事産業に留まらず、自動車業界や鉄鋼業界、町の鉄工所に至るまで及んでいる。

大規模鉄工所では潜水艦を、自動車会社は戦車を、中小鉄工所ですら魚雷や銃砲弾を突貫で製造しているというのに、それらが無駄になったから新設計の装備の部品を作れと命じても、そう簡単にできるわけがない。

下手をすれば、増産計画そのものが、またもや一年単位で遅延する恐れすらある。

二人の青ざめた顔を見れば、それが現実的な未来だということがわかるだろう。

「ふう……」

自分で言いだしたことながら、ろくでもない話ばかりに嫌気が差したハル長官。

ひとつ、小さなため息をつくと、まだ発言していないキングのほうを見た。

キングには、太平洋方面……とくにハワイの早期奪還に関する作戦が任されている。

そのための艦隊がようやく出揃い、いまは大急ぎで艦隊訓練の真っ最中だ。

予定では三月後半にも作戦を実施し、八島不在の隙をつくかたちでハワイを奪還することになっている。

当然、いずれ八島は、ハワイを再奪還するためやってくる。

その時にこそ、キングが太平洋艦隊にもたらした『秘密兵器』が威力を発揮する時だ。

この『秘密兵器』が完成しなければ、キングもハワイ奪還作戦にGOを出さなかっただろう。

それほどのものだった。

目線で発言を促《うなが》されたキングは、最新の報告書片手に話しはじめた。

「残念ながら……戦艦ヤシマの行方は、いまだ不明のままです。最後に確認されたのは、去年の一二月始め、セイロンのトリンコマリ港において、洋上にて補修作業を行なう姿でした。

現時点においては、ヤシマを収容できるドックもしくは船台は、日本本土のヨコスカにしか存在しません。これを日本海軍も弱点と考えたのか、現在、長崎において既存の造船島を貫通するかたちで、やや小さめですが一基のドックを建設中との情報が入っております。

肝心のヨコスカのドックですが、一月中旬までは、二隻の三万トン級大型空母を建艦していましたが、それらは艤装も終わり就役したせいで、現在は次の予定に沿って準備が始まっているようです。

ただ……日本本土における情報収集は、日に日に難易度を増しております。これまで百を越えるエージェントが捕縛され、一部は処刑されたとの報道もなされていますが、確認は取れていません。

残っているのは長期スリーパーと呼ばれる潜伏要員のみで、彼らは重大な情報を入手したときだけ覚醒し、一回こっきりの通信連絡で役目を終える大前提ですので、そうそう多用できない状況にあります。

先ほどのヨコスカの情報も、東京に三〇年前から住んでいる大学の語学教授が送ってきたものです。そして彼は、グンマ県のアカギ山中から長距離電信を送ってきた二日後に消息を立ちました。おそらく官憲もしくは日本の諜報機関に拿捕《だほ》されたと思われます。

海外ではここまで厳しくはないため、セイロンなどでの情報は比較的簡単に手にはいりますが、いまインド本土が内乱の真っ最中のため、セイロンからインドの英国総督府経由で入ってくる情報が、徐々にですが減ってきています。

これらも、セイロンを出撃したヤシマの行方が不明な原因のひとつと言えるでしょう。ともかく、海軍情報部としては、予算の許す限り国外情報員の増員を行なうとともに、早急なる日本海軍の新型暗号の解読を実施するため努力している最中です」

八島が行方不明……。

正確には、セイロンで再編された八島艦隊が、そっくりそのまま行方不明となっている。

もしアラビア半島南方海上やシンガポールなどに移動しているなら、まだ多数いる現地情報員や長距離偵察機によって察知できないはずがない。

となると、それらが存在しない『どこか』に身を潜めていることになる。

これは日本にとって戦略的に意義のあることだ。八島がどこから現われるか判らないだけで、太平洋全域の連合国海軍、とくに合衆国海軍は行動を大幅に制限されるからだ。

現在も南太平洋には、サモアに巡洋艦四隻と護衛空母二隻による駐留艦隊を置いているだけで、中立宣言をしたオーストラリアからは連合軍全軍が撤収してしまっている。

こうなると、まずハワイをとって、次にサモアを起点として南太平洋奪還作戦を実施しなければならないが、そのどちらに八島が出てくるかで、対応する戦力の配備が天と地くらいに違ってくるのだ。

いくら最新鋭艦を揃えてハワイや南太平洋を奪還しても、八島が出てくれれば元の木阿弥《もくあみ》……。

合衆国艦隊は、ふたたび大幅に戦力を減らし新造艦を待つしかなくなる。

それを根本的にひっくり返す一手が、例の『新兵器』なのである。

キングの発言を受けて、ハルが返答する。

「戦艦ヤシマに関しては、君が用意した例の兵器で阻止可能と聞いている。そしてヤシマが戦闘不能になれば、もはや合衆国海軍を止める術《すべ》はない。

たしかに日本軍は、大幅な空母増強を達成しているため、最初は相討ちや不利な局面も出てくるだろう。しかしそれも、ハワイを奪還するまでの話だ。

ハワイを取りもどした上でヤシマも戦闘不能にできれば、いずれ日本軍は我が軍の物量に圧されてジリ貧になる。そうなれば、その時こそ太平洋制圧作戦が開始される時だ。

その時になって、連合国を抜けたオーストラリアと中華民国はホゾを嚙むことだろうが、裏切った者たちのことなど知ったことか。戦後になって冷遇される身を味わうがいい……」

そこまでハルが豪語した時。

会議室の大扉がノックされ、大統領補佐官が遠慮がちに顔をのぞかせた。

基本、会議中は入室禁止だ。

それを破るのは、重大案件が持ち上がった時のみとなっている。

大統領補佐官が、会議室にいる事務官になにやらペーパーを手渡して口伝えしている。

その間、全員押し黙り、じっと成り行きを見守っている。

やがて……。

事務官がハルの元へやってきて、数枚の伝達用ペーパーを差し出しながら、小声で耳打ちした。

「この事は、すでに病床にあられる大統領閣下にも報告済みで、閣下も無理を押して決断をくだされました。閣下からの伝言です。『この件を会議の最優先議題とする。今日中に対応を決定し、ハル長官は私の元へ報告に来るように』以上です」

耳打ちを聞きながら、素早くペーパーに目を通すハル。


その顔が、一瞬にして青ざめた。

「……しょ、諸君！　いま新たな情報が日本から届いた。例の長期スリーパーが決死の思いで届けてくれた情報だ。この件を大統領閣下は、本日の最優先議題とした上で、本日中に具体的な対応策を検討し、閣下のところへ届けるよう命じられた。

でもって……情報の要約だが、このペーパーは最高機密に指定されているため、本日中にホワイトハウスにて閲覧権限のある者のみ閲覧が許される。その他の者は、私がこれから告げる要約で我慢してほしい。

では……ヨコスカにある超大型ドックにおいて、六日前から新たな動きが始まった。それ以前の情報は不明だが、おそらく日本各地にある既存のドックや船台において、事前に艦体ブロックが建造されていたと思われる。

それら細切れにされた海洋曳航可能な艦体ブ

ロックが、続々と超大型ドックに搬入されはじめたのだ。それらは所定の位置に固定されると、すぐさま接続作業が開始されているらしい。

　現在は艦体の八割以上が搬入され、半分以上が接続作業を開始していると報告にはあった。

　新たに建造が開始されたのは、おそらくヤシマ型に近いものの、やや小型のコンクリート戦艦のようだ。全長こそあまり変わらないが、全幅がかなり細くなっていて、全体的にスリムな艦になるらしい。

　それより問題なのは、最後尾に設置された艦体ブロックに、短い飛行甲板が据えられていることだ。

　この飛行甲板は着艦専用らしく、多数の着艦ワイヤー装置がすでに設置済みと確認された。出撃は従来と同じく火薬カタパルト式だろう。

　その他はヤシマ型に準じているが、後部に飛行甲板がついたことで、後方に対する装備にある程度の変更が出ているとのことだった。

　さて、諸君。ヤシマがヨコスカのドックで組み立てられるのに要した期間は、平時ということもあって、一年以上が必要だった。前準備となるブロック建造には数年を必要としている。

　しかし、それは試行錯誤や設計変更などの試作段階を含むものであって、たんに組み立てるだけなら半年も掛からない……そう、すでに海軍で結論が出ている。

　この大規模ブロック工法と、初期建艦時における艤装同時設置法は、我が国でもすでに参考にして、ヤシマほどではないものの、既存のドックで建艦可能な一〇万トン前後のコンクリート戦艦が、すでに設計段階を過ぎ、試験的にブロック建艦を開始している。

　ただ……これらの艦では、ヤシマ型の足止めや体当たり用としては利用できても、戦闘で討ち勝つためには最低でも一〇隻以上が必要となっている。

一〇隻となると、さすがに早期に用意できる数ではない。だからヤシマ阻止の唯一の手段は、いまもって二種類の『新兵器』のみだ。

これらの事実を大前提として、早ければ初夏の段階でヤシマの新型が登場すると考えたほうが良い。

現在のヤシマが行方不明なのも、この艦が建艦を開始したのと無関係ではないはずだ。この艦が完成して就役すれば、ヤシマは真の意味でフリーハンドを手に入れられるからな。そうなれば、世界の海はヤシマと新型が独占できることになる。

さて、諸君。具体的な対応策を、今夜までに策定せよと大統領閣下の御命令だ。だから『できない』は禁句とする。私とて、無茶を言っているとは思っている。しかし、考えられる中で最悪の事態が発生したのだ。

これを何とかしないと、最悪、連合国が負ける未来すら考えられる。それらの未来を阻止するため、諸君の叡智を結集してほしい」

ハルが渾身の力を込めて演説した後、キングが遠慮がちに質問した。

「ところで……報告を送ってきたエージェントからは、続報は期待できそうですか？」

キングの質問に、ハルは静かに顔を横に振った。

「いや……この通信を最後に、一切の連絡が途絶しているようだ。情報部としても、事が事だけに続報を促《うなが》したものの、電波を発信した段階で察知されたらしい。

なにしろ日本各地、中でもヨコスカやナガサキなどの重要拠点には複数の電波探知所が設営されていて、不明な電波が発信された途端、ただちに発信場所を特定し、大規模な捜索隊が操り出されるらしい。

なので発信者も、このまま山に分け入り、終戦まで山中に潜むとだけ打電してきた。それでも、無事に生き延びられる可能性は小さいだろう。なにせ日本は狭いからな」

「そうですか……」

あからさまに落胆したキングだったが、気を取りなおして発言を続けた。

「……新型の戦艦がいつ完成するか気がかりですが、たとえ新型が出てこようと、それがヤシマ型に準ずるコンクリート戦艦であるならば、私の用意した『新兵器』も有効のはずです。

もちろんヤシマが出てきたら、予定通りに迎え撃ちます。そこで秘密兵器の性能を確認し、新型戦艦が就役するまでに新兵器を改良すれば、今後も安泰になると確信しています。

なのでハワイ奪還作戦は、予定通り進行させせます。そこで皆さんは、太平洋以外の事について議論を深めて頂きたい。大統領閣下には、ヤシマに関してはキングに一任したと御報告願います」

よほど自分の新兵器に自信があるのだろう。

これほどの重大情報を受けても、キングの態度には変化が見られなかった。

それを見て他の参加者も、徐々にだが安堵の表情を浮かべはじめる。

いまやキングの存在は連合国の希望そのものになったかのようだった。

かくして……。

あらたな一九四四年は、激動とともに幕を開けたのだった。

二

二月二〇日　アフリカ東岸

ケニアにあるキリンディニ港。

ここはモンバサ港の一画を占める軍港だが、いまはすっかり日本海軍によって占領されている。

占領という観点から見ると、たしかにモンバサ港全体が占領下にある。

しかし、日本海軍が使用しているのはキリンディニ港のみだ。その他の地区については、これまで八島艦隊が行なってきた方針に基づき、武装解除の上で現地人（植民地の宗主国民を除く）による『民政府』が準備中となっている。

ちなみに『民政府』とは、あくまで軍政下であるものの、一定範囲の自治権を与えた政府を現地住民によって設立させるものだ。

これは将来的にみて植民地の独立のために不可欠なプロセスのため、これまで植民地として虐《しいた》げられてきた現地人には熱狂的に受け入れられた。

半面、これまで植民地経営をしていた宗主国の国民や経営者側に立っておこぼれを頂戴していた一部住民は、あらかたの権限を剝奪され、土地や資産も没収された上で、日本軍の支配地域に設置された隔離施設に入居するか、もしくはモンバサの外へ強制排除されている。

これらの措置は、当面日本軍がモンバサを支配するという意志の現われであり、また、徹底した情報統制を実施するためでもある。

対する連合国側は、いまのところ有効な手段を取れないままになっている。

なぜならモンバサが陥落したことで、連合軍の海軍基地でもっとも近いのがケープタウンとなってしまったからだ。

陸軍的に見ても、アフリカ東海岸は各地で、連合国の植民軍と現地の独立勢力や枢軸国の植民軍が同時多発的な戦闘を行なっており、すぐさまモンバサを陸路で奪還できる状況にはない。

現在、実質的にアフリカ東海岸の北部から中部にかけては、日本軍の勢力圏に取りこまれた形になっている。

八島艦隊はモンバサ周辺二〇キロを、陸戦隊を用いて制圧しただけだ。

だがその後、陸軍のアラビア派遣隊から二個大隊を移動してもらい、拠点防衛を行なうことになった。

どのみちモンバサが所属しているケニアは、英国植民地でありながら、実動できる戦力は首都のナイロビにしかいない。

それも二線級の一個旅団（英軍二個大隊と現地軍二個連隊）しかいない。

そのため、もしモンバサを奪還するとなれば、最低でも正規軍一個師団と一個程度の大規模艦隊が必要になる。

英東洋艦隊と米第4艦隊が消滅した現在、それを満たす軍事的な増強はまったく期待できない。

そのため当面は、牽制すらしてこないと思われる。

しかも八島艦隊は、所属する二個空母艦隊を用いて、周辺六〇〇キロの航空基地や滑走路を徹底破壊させている。

このせいで、航空機の追加補充が絶望的な英植民軍は、まったく航空偵察ができなくなった。

となると陸上偵察隊を出すしかないが、ナイロビから五〇〇キロを陸路で踏破し、モンバサ周囲二〇キロ圏を機動的に警戒している帝国陸軍部隊を突破するのは、ほぼ不可能……。

そのため現地英軍はモンバサの状況がまったく

判らず、ただただ日本軍によって占領されたらしいという未確認情報だけが先走りする結果となった。

そして……。

肝心の八島艦隊は、ちゃっかりキリンディニ港に居座っている。

対岸にあるマダガスカル島は完全放置。

なぜなら、もともとマダガスカルはフランスの植民地だったが、フランスがナチスドイツに占領されて以降、ドイツ側によって設置されたヴィジー政権の統治するところとなった。

ヴィジー政権は日本政府も支援を表明しているため、対岸にある英領ケニアとはしばしば戦闘状態となった経緯がある。

これはほとんど知られていないことだが、じつは八島作戦以前にも、マダガスカル近辺で日本の潜水艦が英海軍の戦艦を雷撃して大破させたり、マダガスカル本土に派遣された日本陸軍部隊と英国陸軍部隊が地上戦を展開したこともあるのだ。

これらの経緯もあり、マダガスカルはヴィジー政権支配下のまま現状維持となったのである。

なにしろ日本列島に匹敵するほどの巨大な島だ。

ナチス支配下のフランスから支援が来る可能性はゼロに近いため、これから日本が関与するとなると莫大な予算と人員、そして物資が必要になる。

いまの日本にそんな余裕はない。

そこで周辺地域に連合軍の戦力が極小となった現在、島に侵略していくる可能性もないとして放置することになった。

しかも放置の理由のひとつには、八島艦隊を来年二月まで行方不明とする作戦計画があった。

八島艦隊は、いったんセイロンへ戻り、そこで艦隊再編を行なっている。

その後、戦隊単位でバラバラにキリンディニ港へ移動、そこで新艦隊として組み上げたのだ。

それが完了すると、すぐさまインド洋の中央部まで移動し、最終的な艦隊訓練を実施した。

これも見掛け上はセイロンから直接南下したように見せかけ、訓練が終了すればセイロンへ戻ってくると思わせた。

だが……戻らなかった。

八島艦隊は今年の一月上旬、再び隠密裏にキリンディニ港へ移動し、その後は一切の連絡を断って作戦準備段階へと移行したのである。

ところで……。

新編成された八島艦隊は、まさに目を見張るものがある。

以前は八島を中核艦として、直属として二隻の直掩空母と二隻の特殊工作輸送艦のみが随伴する極小主力戦隊で構成されていた。

その主力戦隊を二個水雷戦隊と二個空母機動部隊が支援する形で、最低限の艦隊を構成していた。

だが、現在は違う。

八島艦隊が本命と定めた次なる極秘作戦に向けて、ようやく計画していた作戦艦隊が完成したのだ。

そう……。

これまでの八島艦隊は、これから行なう作戦のため、必要最小限の戦力で露払いをしていたのである。

新しく八島艦隊の『主隊』となったのは、第一戦隊と第二戦隊だ。

八島率いる第一戦隊が、重巡高雄《たかお》／愛宕《あたご》（大規模改装済み）／軽巡竹野《たけの》／日置《ひおき》／矢矧《やはぎ》／酒匂《さかわ》／大《おお》淀《よど》。直衛護衛部隊として第一水雷戦隊／第三水雷戦隊／第五水雷戦隊が随伴する。

ちなみに軽巡矢矧／酒匂／大淀は、設計変更により最初から八島型改装艦として竣工している新鋭艦だ。

　第二戦隊には、なんと鹵獲した戦艦ハウ／コロラドを修復して主力に据えている。

　そこに軽巡香取《かとり》／鹿島《かしま》／香椎《かしい》（ダクトスクリュー追加による速度向上型）と汎用駆逐艦六隻を追加し、低速ながら別動が可能な構成となった。

　そして『主隊』とは別に、後藤存知《ごとうありとも》少将率いる『護衛隊』と、木村昌福《きむらまさとみ》少将率いる『支援隊』が新たに参加している。

　護衛隊には直掩空母鳳翔《ほうしょう》／龍驤《りょうじょう》が移動し、今後はこちらから八島へ直掩機を出撃させることになった。そのため護衛隊は主力部隊に寄り添うように活動することが大前提となっている。

　具体的には重巡足柄《あしがら》／妙高《みょうこう》／鈴谷《すずや》。軽巡神通《じんつう》／多摩《たま》／木曽《きそ》（大規模改装）／汎用軽巡基隆《きいるん》／淡水《たんすい》／特殊工作輸送艦伊豆《いず》／房総《ぼうそう》／駆逐艦一〇隻といったところだ。これに周辺警戒として第一／三／六駆逐戦隊が随伴している。

　かなり重装備の大規模巡洋部隊に仕上がっており、不用意に敵艦隊が主力部隊に接近すれば、八島の砲撃と同時に護衛隊による手酷い反撃を受けることになる。

　半面支援隊は、汎用駆逐艦八隻／護衛駆逐艦一〇隻／海防艦一〇隻／補給船四隻／物資輸送船四隻／中型タンカー四隻で構成される後方支援部隊構成となっている。

　支援隊が随伴するということは、どう考えても長期間の単独任務につく大前提だろう。

　しかも支援隊は上陸部隊を伴っていない。

　このことからも、前回の南太平洋作戦以上の規模での遠征が予定されていることになる。

　そして……。

　忘れてならないのが、八島艦隊を側面から強力に支援する空母艦隊の存在である。

彼らも、かなり強化された上で再び参加している。

南雲忠一《なぐもちゅういち》中将率いる第一空母艦隊には、正規空母白鳳《はくほう》／紅鳳《こうほう》／飛鶴《ひかく》／紅鶴《こうかく》が所属している。いずれも大型空母のため、ついに紫電改《しでんかい》二型が新型艦戦として全面参加することになった。これに空冷彗星《すいせい》と流星《りゅうせい》が加わり──世界最強クラスの空母航空隊を構成している。

海軍二式艦戦『紫電改二型』は、帝国海軍の次期主力艦戦として開発が進められてきた二式艦戦『紫電改』の八島専用改装版だ。

誉エンジンが開発中止となったため、急遽、陸軍の疾風《はやて》用に開発していた『ハ－四五二一型』を採用しての完成となった。

ハ－四五二一型は二〇〇〇馬力を出せる強力なエンジンで、最初から誉エンジンが予定していた馬力に到達している。

そこに今回、八島専用型として機械式二段加給＋水噴射を加え、二一六〇馬力までチューンした。

艦上機のため最高速度こそ六二〇キロと平凡だが、そのぶん機体強度と防御面が向上している。

極めつけは世界最高水準の強武装を持たせたことだ。

両翼に二式長銃身一二・七ミリ機関銃を四挺装備しているだけでも脅威なのに、機首プロペラ軸貫通型の一式三〇ミリ機関砲を一門装備している。しかも爆裂弾仕様のため、一発当たれば最低でも三〇センチ以上の大穴が開く。

被害を受けた小沢治三郎《おざわじさぶろう》中将率いる第二空母艦隊も、新たに仲間が増えての参加となった。

構成は正規空母蒼鳳《そうほう》／紫鳳《しほう》／蒼鶴《そうかく》／白鶴《はくかく》。

最新鋭の白鳳型二隻と蒼鶴／白鶴が配備され、完全に入れ代わった形だ。これで八島に随伴する空母はすべて八島型設計の装甲空母となった。

以前に所属していた翔鶴《しょうかく》／瑞鶴《ずいかく》／飛龍《ひりゅう》は、ハワイ方面を増強するため、山口多聞《やまぐちたもん》少将率いる第四空母艦隊に配置転換され、これにより第四空母艦隊は、既存の扶桑《ふそう》／山城《やましろ》を加えて正規空母五隻となった。

そしてそして……。

新たに、大林末雄《おおばやしすえお》少将率いる第一〇空母支援艦隊が参加した。

これまたというか……。

正規空母フューリアス／軽空母ベローウッド／軽巡マーブルヘッド／英駆逐艦八隻で構成される、皮肉にもつい先日までモンバサにいた鹵獲《ろかく》艦構成の艦隊である。

流石に乗員は日本海軍将兵だが、その他はほとんど元の状態を修復したのみで運用されることになった。

それもこれも、英東洋艦隊と米第４艦隊が、モンバサを母港としてくれたおかげだ。

艦隊の母港には、大量の補修用部品や燃料／弾薬が備蓄されている。

しかもモンバサは、インド洋でゆいいつの英艦隊母港になってしまった関係から、あちこちから無理矢理にかき集め、ほぼセイロンにあった備蓄相当分を集積することに成功していた。

それが、そっくりそのまま八島艦隊の手に落ちたのである。

ハワイの真珠湾ほどではないにせよ、今次大戦で日本が入手した最大規模の物資といっても過言ではない。

それらがあったからこそ、セイロンにおいて突貫で鹵獲艦を補修し、今日という日に間に合わせることが可能になったのである。

結果……。

八島艦隊は、キリンディニ港内だけでは収容しきれず、一部をモンバサ奥にあるツドール湾へ移動させ、そこを仮の泊地とした。

以前は八島と駆逐部隊、そして二個空母艦隊だけの特攻型艦隊だったが、今回の再編成で、連合艦隊ほどではないにせよ、文字通りの大規模艦隊に成長したことになる。

それらはすべて、これから始まる脅威の大作戦のため……。

キリンディニ軍港にある旧英海軍の大埠頭に接舷できなかった八島は、港の中央やや東側に投錨し、その偉大な姿をさらしている。

八島周辺には、各艦隊からやってきた将官ランチがひしめきあっていて、いま八島艦内で艦隊作戦会議が開かれていることを物語っていた。

＊

「……ということで、今回の作戦については以上とする」

山本五十六《やまもといそろく》は、あらかたの説明と細かい部分の質疑応答を終えた。

現在は八島艦隊司令長官として席についているが、じつは連合艦隊司令長官も兼任している。

しかし形式上、連合艦隊はハワイ方面艦隊ということになっている。本来なら、そこに山本がいないといけない。

そこでしかたなく、ハワイ方面艦隊の主隊を率いている三川軍一《みかわぐんいち》中将に『連合艦隊司令長官代理』を務めてもらうことになった。

たとえ代理といえども、中将に任せるのは難がある。

そういった意見もあったため、海軍兵学校の校長に着任したばかりの井上成美《いのうえしげよし》中将を、大将に昇格した上で現役復帰させる案まで出た。

これは実際に打診までされたようだが、当の井上が『現役の指揮官をさし置いて自分が着任するのは理不尽。自分は次代の指揮官を育てることに専念する』と固持した。

そこで山本五十六が自ら指名するかたちで、三川軍一が大抜擢されたのである。

「作戦会議はこれで終わるが、何か質問はあるか？」

皆が帰り支度をしはじめたのを見て、山本は予想外の発言をした。

そのまま解散しても良かったが、せっかく八島艦隊の主だった者が揃ったのだから、これを機会に会議以外の質疑応答も終わらせておこうという気になったのだ。

一〇秒ほど皆の動きが止まった後、第二空母艦隊司令長官の小沢治三郎中将が手を上げた。

「つかぬ事をお尋ねしますが……」

「構わん。作戦が始動したら、こうして一堂に会する機会も少なくなる。だから今のうちに、気になることは解消しておくべきだ」

「はい、では。じつは前から疑問に思っていたのですが、八島型二番艦と称されている秋津《あきつ》は、じつは八島型ではなく新型の秋津型というべき代物なのだと聞き及んでいる次第なのですが……実際のところ、どうなのでしょう」

小沢の質問に、居並ぶ面々が一斉に顔を向ける。どうやら全員が気になっていたようだ。

「当然の質問だな。我々は日本を遠く離れ、連戦に次ぐ連戦に明け暮れていた。そのため本土で行なわれている事には、どうしても疎《うと》くなってしまう。

それは儂も同じなのだが、幸いにも儂は連合艦隊司令長官を兼任したままなので、連合艦隊関連の報告が逐一入ってくる。

戦艦秋津についても、今回の作戦やハワイ方面艦隊に深く関係しているため、最優先の最高機密連絡として届いていた。

それで、だ。秋津は八島が完成する二年前……つまり戦前の段階で建艦が決定した。

それ以前には、八島型二番艦として八島とほぼ同型のものが計画されていたが、それだと完成するのが来年中頃になると予想されたため、もっと早くに戦列へ組み入れるため再設計されたのだ。

八島が異様なほど長期間をかけて建艦されたのは、あくまで新技術の確立と試行錯誤の連続があったためで、当初から二番艦の建艦に必要なのは三年ほどとなっていた。

しかし、それでも遅すぎるという意見が大多数を占めたため、どうしたら建艦日数を短縮できるか知恵を絞ったらしい。

その結果、八島型の三倍以上という細切れのブロック建艦を行なうことで、ブロック製造と八島ドックまでの曳航を含めても、おおよそ一年半で出来るという試算が出た。

これだと八島ドックでの組立作業に半年費やしても二年強で完成する。

ただしブロックが細切れになると、どうしても艦体が重くなる。

八島をそのまま細切れにすると、隔壁の数が増えるぶん内部空間が狭くなるため、さらなる排水量の増大を招くことになる。

そこで細切れブロックの隔壁の厚みを減らし、全体重量を軽減することになった。

そうすると艦体の強度が低下するため、それを阻止するため艦体の全長／全幅を小さくし、全体的に小型の艦になることが決定した。

ただし実際の秋津型は、後部に張り出し飛行甲板が設置されているため、全長は六四〇メートルと、八島型より一五メートルしか短くなっていない。

半面、全幅は一八メートルも狭い七八メートルになった。つまり、ずんぐりむっくりの八島に比べ、かなりスマートな艦になったわけだ。

排水量も大きく減って八六万五八〇〇トン。八島が最新の改装を受けて一二九万八五〇〇トンに増大しているから、じつに四〇万トン以上も減った計算になる。

当然だが、秋津は八島より沈みやすくなっている。それでも舷側バルジの三重雷撃水圧吸収ブロックは健在だ。排水量の減少は絶対防御区画内の空間制限、バルジの水密区画の大幅削減、艦底部の底上げで対処している。

また、排水量の減少によりトップヘビーにならないよう、上甲板にある装備およびコンクリート重層パネルも数を減らしている。

もっとも大きな違いは、主砲／副砲が、六四センチ四五口径三連装四基一二門／四六センチ五〇口径三連装一二基二四門から六四センチ四五口径三連装三基九門／四六センチ五〇口径三連装一〇基二〇門と、かなり数を減らしたことだ。

これは、秋津が八島をカバーするための予備艦扱いになったためである。

秋津は完成したら、主にハワイ方面で活動することになる。つまり三川軍一長官代理が率いる連合艦隊の総旗艦になるために建艦されたのだ。

秋津がハワイで米太平洋艦隊を牽制することで、初めて我々はフリーハンドで動くことができる。それが大東亜戦争の最終的な指標になっていたのだから、ようやくそのメドがたったことになる。

また、これは秋津に限ったことではなく、この八島にも言えることだが、対空装備が大幅に強化されたため、少なくとも敵航空機による攻撃に耐える能力は格段に向上している。

とくに効果があったのは、皮肉にも米海軍が開発したVT信管だ。これを日本の技術陣が改良し、いままでは三〇ミリ機関砲や一八センチ対空ロケット弾にまで適用できるようになった。

もうひとつは、VT信管を備えた『三式改拡散砲弾／弾子』が完成・配備されたことだ。

これは二〇センチ以上の砲と一八センチ対空ロケット弾の弾子に用いられていて、VT信管は空中で拡散する子爆弾それぞれに設置されている。

従来の三式弾は、空中炸裂すると弾子をばらまく。しかし、その弾子が命中しない限り敵機は落とせない。

しかしVT信管付きは違う。拡散した弾子の一発一発が、VT信管の機能により敵機をレーダー探査し、ドップラー効果により至近距離で炸裂する。

海軍技術部門の試験結果では、従来比で三倍以上の撃墜率になると出ているから、これは実質的に対空装備が三倍になったのと同じだ。

八島の改装では、これらの変更にあわせて、一部の二〇センチ砲を二〇センチ高角砲と交換してある。

従来の二〇センチ砲は対水上／対地攻撃用だから、従来型の三式弾しか使えない。対する二〇センチ高角砲はVT信管式の三式改拡散砲弾が使える。

これにより二〇センチ連装砲が減って、代わりに二〇センチ高角砲が一〇基二〇門増えた。

さらには舷側の一二センチ砲を減らし、一八センチ対空ロケット四連装・六基二四門を追加した。

細かくなるが、面白いものも追加されている。それは鹵獲米艦に設置されていたボフォース社製の四〇ミリ連装機関砲一〇基二〇門を、そっくりそのまま、無理矢理に、従来の三〇ミリ連装機関砲と交換したことだ。

なぜ、そのような事になったのかは、すでに諸君も知ってのことだろう。そう……このモンバサには、米第4艦隊用として、腐るほどの米海軍式VT信管や修復用の装備が残されていたからだ。

これを再利用すると、大幅な補充軽減に繋がる。なにしろ鹵獲艦で構成した第二戦隊や第一〇空母支援艦隊だけでは使い切れないほどのため、八島で再利用してやろうということになった。

おっと……ちなみに秋津のほうは、同じ四〇ミリ機関砲でも国産の完全複製品《デッドコピー》を搭載する予定だから、VT信管も国産品となる。

こんな感じのため、八島と秋津は別型艦でありながら、かなりの部分が共通しているという珍しい代物になったのだ。

まあ、日本本土では『八島改良型（秋津型）』と、どっちとも取れる表現に落ち着いたらしい。こんなところだが……これで良いか？」

結論から言えば、最後の部分だけ言えばいいのに、山本は長々と詳しい説明まで入れて小沢の質問に答えた。

小沢は頭脳明晰で、いろいろと細部までこだわる性格だ。

「はい、どうも御丁寧な説明、ありがとうございました」

そのため山本の懇切丁寧な説明に、かなり満足したような表情を浮かべている。

この小沢の性格を見越しての説明だった。

「では、他にないか？」

今度は護衛隊の後藤存知少将が挙手した。

「他の部隊のことで恐縮ですが……。なぜ長官は鹵獲艦を中核とする第二戦隊と第一〇空母支援艦隊を、別々の艦隊に仕立てられたのでしょうか？　この二部隊は完全に別仕様のため、一つの艦隊としてまとめたほうが有効活用できると思うのですが」

鹵獲した英米の艦は、まったく違う規格で建艦されている。

装備や機関の操作も違うため、日本の艦から乗り代えてすぐ扱えるものではない。

そのため二ヵ月間、猛烈な習熟訓練を行なったのだが、それでも何とか半人前くらいになった程度だ。

それを山本は、主隊へ第二戦隊を、空母部隊へ第一〇空母支援艦隊を組み入れてしまった。

下手をすると、既存艦隊の足枷になる。

そう後藤は危惧したらしい。

「そうだな。じつは儂も、いろいろ悩んだ結果なのだ。で、結果的にああなった。

まず第二戦隊だが、あそこにいる戦艦ハウはキングジョージV級だから、速度は二九ノットだせる。しかし米戦艦のコロラドはメリーランド級なので二一ノットしか出せない。

両艦を速度の観点から別艦隊に配属すると、その艦だけ習熟度が大幅に低くなり、結果的に配属先の艦隊の足を大きく引っぱることになる。これがなければ、戦艦ハウは第一戦隊に組み入れたかったのだがな。

結果的に、八島艦隊の主隊に入れたものの、実質的には別動隊としての運用を行なうことになる。

また、第一〇空母支援艦隊として正規空母フューリアスと軽空母ベローウッドを独立運用させたのは、護衛する軽巡マーブルヘッド以下も、すべて鹵獲艦だからだ。

搭載する艦上機こそ日本製になったが、その日本機も着艦フックなどを各艦用に変更したため、他の日本製空母にすぐさま着艦できないものになってしまった。

しかもフューリアスは、正規空母といっても、零戦四三型／九九艦爆あわせて二八機しか搭載できない。米国製の軽空母ベローウッドのほうが、零戦四三型／九九艦爆あわせて三二機搭載できるから、これではどっちが軽空母かわからんほどだ。

彼らには、第一／第二空母艦隊のような、本格機動運用は任せられない。あくまで空母艦隊を側面から支援する……そうだな、米海軍式にいえば護衛空母的な扱いにするつもりだ。

ともかく次の作戦では、どれだけ艦を損耗させずに最後までやり遂げるかが、最大の目標となっている。

場合によっては、鹵獲艦部隊には申しわけないが、八島同様に標的艦として動いてもらう場面もあるかと思う。その場合は、ダメとわかったらすぐさま切り捨てるから、担当指揮官は最優先で乗員の生命確保に専念してもらいたい」

そう山本は告げると、第一〇空母支援艦隊を預かる大林末雄少将を見た。

第二戦隊のほうは山本直率だから、あらためて確認する必要はない。

「鹵獲艦部隊の指揮官に任じられた時点で、そのことは重々承知しております。いざとなれば第一〇空母支援艦隊は、第一／第二航空艦隊の盾となり、思う存分戦って見せます！」

八島艦隊の中ではもっと後任となる指揮官の大林が、まだ若い頃の片鱗を覗かせながら返答した。

「申しわけないが……頼む。では、他に質問は？」

今度は南雲忠一が挙手した。

「作戦会議では、本作戦の始動はハワイ方面の進捗状況にかかっているとありますが、具体的にはいつぐらいとお考えでしょうか？」

作戦予定表を見ても、開始時期は明記されていない。

代わりに『ハワイ方面の状況を総合的に判断し、開始時期は臨機応変に定める』とある。

これは連動型の作戦では良くあることだが、作戦内容が内容だけに、南雲は不安に思っているようだ。

「いまごろ連合軍は、ハワイを奪還すべく、虎視眈々と狙っていると思われる。サンフランシスコにいる密偵からの報告では、かなりの数の艦がすでに集結しているようだ。

その中には、米海軍史上で最大となる最新鋭戦艦が二隻、しかも、まっさらの新型が含まれている。

米海軍基地周辺の飲み屋街では、しきりと『アイオワ級戦艦』『エセックス級空母』の名が囁かれているそうだから、おそらく新型戦艦がアイオワ級、新型正規空母がエセックス級と思われる。少なくとも日本海軍としては、この名を新型艦の仮称として採用したそうだ。

数から言えば、戦艦数では、すでにハワイ方面艦隊を陵駕している。空母も正規空母だけで六隻を揃えているらしいから、ハワイにいる第四艦隊の五隻を上回っている。

これに多数の軽空母や護衛空母までいるというから、攻める側としては準備万端整ったと言えるだろう。

ならば、なぜ攻めてこないのか？　それはひとえに、この八島が現在行方不明だからだろう。

米海軍が乾坤一擲の大反攻作戦と銘打って、鳴り物入りでハワイを奪還しにきたとする。米艦隊の規模が報告通りだとすれば、正面から戦えばハワイ方面艦隊が負ける可能性が高い。

むろん、馬鹿正直に激突して決戦を行なうような真似はしないよう厳命されている。もしハワイ防衛が無理なら、艦の損耗を最小限にしつつ一時的にミッドウェイまで撤収し、早期にハワイを明け渡す予定になっている。

御存知の通り、ハワイ諸島の復興は、ほとんどなされていない。これは意図的にそうしたのだから当然の結果だ。

大半の住民は米本土へ逃れ、ハワイに残った民間人は八万名ほどしかいない。彼らの大半は農民と漁民だ。土地や海を生活の基盤としているため、どうしても離れられなかったのだろう。

彼らの生産する農作物や漁獲は、すべて現地民政府を通じて、ハワイ内で消費されている。それでも足りないぶんのみを日本からの輸送で賄っている。

彼らは今も米国籍のままだから、ハワイが奪還されたら元に戻るだけだ。もちろん米国の法律でなんらかの罪に問われる可能性はあるものの、おそらく米国政府は、反対に彼らを英雄的に扱い、その後のハワイの維持に役立てようとするだろう。

その他については、真珠湾の艦船用燃料は、ハワイ方面艦隊を維持できる最低限しか用意していない。もし敵にハワイを明け渡す場合は、一滴残らずミッドウェイへ持っていくことになっている。むろんタンクは破壊する。

これは二基だけ補修して使えるようになった浮きドックも同様だ。他の固定ドックや船台は破壊されたままだから、浮きドックだけミッドウェイに曳航していく。

航空基地については、現時点でもフォード島基地以外のすべてが破壊されたままだ。しかも滑走路は米国製の土木機械で深々とした溝や穴が無数に掘られているから、復旧には相当の時間が必要になるだろう。

当然だが、ハワイにある土木機械やトラクターなどの機動車両は、農家や漁民が使用しているものを除き、すでにすべて日本本土へ持ち帰っている。破壊した各種設備についても、クレーンなど修理すれば再使用できるものは分解して移動、再使用が不可のものはスクラップ処理した上で持ち帰った。

だから現在、ハワイに残っているのは、現地住民が最低限の生活を送れるだけの都市基盤《インフラ》と、最低限の燃料だけだ。

ハワイを奪還した米海軍は、まずこれらの問題に直面する。そうだな……ハワイを立て直すのに、最短でも半年はかかるだろう。

その間、米艦隊はハワイへ釘付けになる。強引に動けば、ミッドウェイからマリアナ諸島にかけて展開している連合艦隊と戦いになり、ハワイを防衛しなければならない米海軍のほうが不利だ。

それでもなお、新たに編成された米艦隊は、相手がハワイ方面艦隊だけだったら勝利する可能性が高い。

だがそれは、あくまで相手がハワイ方面艦隊だけの場合だ。

敵の目には、常に八島の影がちらついている。苦労してハワイを奪還しても、また八島艦隊が攻めてくれば、短期間で制圧されてしまう。その時、米艦隊はまたしても大被害を受けてしまうだろう。

こんなことをしていたら、いつまでたっても太平洋での完全勝利など不可能だ。八島艦隊がいる限り、常に米艦隊はジリ貧となることが決定しているからな。

もっとも……米海軍も必死になって八島に対する対抗策を考えているはずだから、もし本当に攻めてきたら、なんらかの秘策を用意している可能性が高い。

　だが実際に出撃したら、そこに八島がやってくることはない。代わりに来るのは秋津だが、それも四月以降になるだろう。

　連合軍が秋津の存在を感知しているか否かはわからんが、さすがに秋津の作戦参加時期までは読めないはずだ。

　つまり米太平洋艦隊は、常に八島の影に脅えながら、おっかなびっくりハワイ奪還作戦をいつ実施するか算段し続けることになる。

　まあ、もし秋津の情報をすでに入手していれば、少し話は違ってくるがな。八島に加え、秋津まで海戦に参加すれば、もはや米艦隊が勝利する望みはない。ならば、そうなる前に、一縷《いちる》の望みを賭けて大バクチ……ハワイ奪還作戦を実施する気になるかもしれない。

　儂としては、この線がもっとも濃いと思っている。

　となれば敵艦隊が大挙してハワイへ攻めてきた時が、八島艦隊が動く時となる。敵艦隊の相手は、当面、ハワイ方面艦隊に担ってもらう。場合によってはミッドウェイすら放棄し、マリアナ方面を最前線とすることも予定に入っている。

　これで最低でも半年は持つ。その間に我々は、最終目標に向けて驀進し、一気にこの戦争を終わらせる！」

　山本の声は自信に満ちている。

　それだけ、今回の作戦には熱を入れた。

　ただしそれは、完璧な作戦ではない。

　いくつか重大な懸念材料があり、最悪の場合は失敗することもありうる。

　それでも山本は、いまの日本にできる最良の策と断じ、徹底して決行する方針を崩さなかったのである。

結局のところ、南雲は作戦の開始時期を教えてもらえなかった。

しかし山本の説明により、そう遠くない未来だと受けとったようだ。

いまは、それで満足するしかない……。

南雲の表情はそう物語っていた。

三

二月二七日　サンフランシスコ

「まだ、駄目だ。ヤシマの行方がわからん……」

これで何度めだろうか。

ニミッツに詰めよったハルゼーが、机越しに猛牛のような鼻息を漏らしている。

机の反対側には、辟易《へきえき》した表情を浮かべるニミッツがいた。

ここはサンフランシスコ市の対岸にあるアラメダ海軍基地。

そこに間借りしている太平洋艦隊司令部の中だ。

「キング作戦部長に聞いたぞ！　いまヨコスカじゃ、ヤシマ型の二番艦が組立中だってな!?　それが完成すれば、ヤシマがどこに雲隠れしてようと関係なく、俺たちはハワイを取りもどせなくなる。だからチャンスは今しかないんだよ！」

ハルゼーの言葉通り、八島ドックでは『建艦』ではなく『組み立て』が行なわれている。

すでに艤装まで済んだ艦体ブロックを、ただドックで組み立てるだけなのだ。

溶接と超巨大なボルト止め、そしてなんとセメントによる接着が用いられている。

これらの情報を、すでに合衆国海軍はスパイ情報から習得していた。

「ハワイ奪還だけなら、君の言うことは正しい。しかし……たとえ奪還しても、その後に必ずヤシマ型が出てくる。そうしたらハワイを守る術《すべ》はない。結果、また元の木阿弥になってしまう。

　おそらく日本の考えはこうだ。わざとヤシマを不在にして、我々の奪還作戦が開始されるのを待つ。そして我々がハワイへ接近したら、とりあえずハワイにいる艦隊で応戦しつつヤシマの到着を待つ。

　ヤシマが来たら選手交代だ。そして我々は最悪の場合、ハワイへ上陸部隊を残したまま、ふたたび逃げ戻ることになる。そうなれば、あの屈辱の日々の再現だ」

　気弱な発言をくり返すニミッツ。

　それを見てハルゼーは、『おや？』といった表情を浮かべた。

「ヤシマに対しては、キング作戦部長が肝いりで送ってきた新兵器があるだろう？　ヤシマが出てきたら、それこそアレを使えばいい。たとえ沈めるのが無理でも、戦闘継続ができなくなるほどの被害を与えれば、ヤシマは日本本土へ戻るしかなくなる。

　そうなれば残った敵艦隊は普通の艦ばかりだから、俺たちで対処できる。いまサンフランシスコ湾に浮かんでる戦艦や空母は、いずれも日本の古臭い艦より優秀だ。正面からぶつかっても勝てるぞ！」

　そう……。

　八島さえいなければ、すでに合衆国海軍は世界最強なのだ。

　それが事実だけに、ハルゼーの声にも口惜しさが滲んでいる。

「ああ、私もそう思っている。だが、ハワイにいる敵艦隊と君の艦隊が激突すれば、双方とも無視

できない大被害を受ける

たしかに我々が勝つだろう。だが……こちらが一方的に勝てるほど、まだ太平洋艦隊は強くない。すると、どうなる？　新兵器で大ダメージを受けたヤシマは、ドックで補修するため日本本土へ戻るだろう。だが今度は、いまヨコスカにいる二番艦が出てくる。海軍上層部の予想では、遅くとも二～三ヵ月後には配備されるだろうとなっている。

　対する我々の秘密兵器は、いまのところ一回こっきりぶんしかない。すなわち……ヤシマに使ったら、次の補充は当分先……新規に製造しなければならんから、どんなに急いでも三～四ヵ月後になる。

　そもそも、あの新兵器は、まだ試験段階のものだ。それを、あえて実験をかねてヤシマに使用し、実際の効果を確かめる。その大前提で、常識外れの短期間で完成させたのだ。

　ともかく使ってみる。いくら効果が未確定といっても、ある程度のダメージなら与えられる。これは設計段階での試算で判っている。

だから攻撃を受けたヤシマは、最低でも洋上補修が不可能な程度のダメージを受けるはずだ。

　ともかく……今回の作戦は、ヤシマが日本本土に戻ることが最低条件になっている。ヤツがドック入りしているあいだに、戦闘で得た最新のデータを反映した改良型を作り、今度こそ撃沈を目指す……これが予定だったはずだ。

　なのにヤシマの二番艦が出てきたら、改良型を作るどころか、以前の設計のままの試作品を再生産するだけで手一杯になる。それも二番艦が出てくる一ヵ月後にしか完成しない。

　ヤシマの復活のほうが一ヵ月早い。そうなると、ハワイにいる我々は逃げ帰るしか選択肢がなくなる。

　ハワイを再奪還したヤシマは、おそらく以前と同じく西海岸へやってくるだろう。そして今回は、以前のように君の艦隊が迎撃することもできない。なぜなら君の艦隊は、ハワイにいる通常編成の敵艦隊を阻止するので手一杯になるからだ。

　結果、今度こそ西海岸の各都市は徹底的に破壊され、サンフランシスコも軍港としての機能を完全に喪失するだろう。

　これじゃ駄目だ。二度めの米本土攻撃を許したら、世間は合衆国政府を許さない。ただでさえ増税と大量の戦時国債発行で、もはや軍備をまかなう手段は枯渇しつつある。

　これで合衆国市民が避戦に走ったら、またたくまに政府は資金不足によりデフォルト、ルーズベルト政権も倒れてしまうだろう。

　そうなれば連合国も瓦解する。対英支援はみるみる細り、いまはなんとか優勢に展開しているイタリア戦線も、徐々に軍備と物資不足により後退を余儀なくされるはずだ。

　だいたい……日本軍が中東地区でドイツ軍と握手した時点で、連合軍は北アフリカ／イタリア／中東方面に全力を投入しなければ、この大戦には勝てないと判断されていたはずだ。

　一部の軍事専門家だけが、そろそろドイツは国力に比して戦線を広げすぎたから、拡大限界点に達し自壊すると言っているだけだ。

　しかし、ドイツもバカではない。現在、モスクワを落とす寸前まで行っているが、どうもそこから先に進む気配が見えない。

　おそらくモスクワ制圧後は、モスクワ周辺に航空基地と列車砲基地や長距離砲基地などを多数設置し、当面はウラル山脈西側の破壊を目指すようだ。

そしてモスクワを攻めていた陸軍の何割かを引きもどし、イタリア戦線に投入する。対する我々は、中東方面にすら戦力を割けずにいるのだから、北イタリアのドイツ軍が増強されれば、そっくりそのまま押し戻されることになる。

これを打開するには、日本軍に対する戦力をすべてヨーロッパ方面へスイングするしかない。

なのに、この時点でハワイや南太平洋に大戦力を投入する作戦など、連合国を根底から瓦解させる最悪の手段にしかならない……」

合衆国は、たしかに軍備の大増産を成功させた。

これから先の一年、日本軍の現有戦力を大幅に越える戦力が新規投入される。

だがそれは、装備に限ってのことだ。

肝心の装備を扱う将兵たちは、いま新規大募集と簡略訓練で大幅な増員をめざしているが、増産された装備ほどには増えていないのが現状である。

そして米軍将兵はいま、イタリア戦線で大量消費されている。

ドイツ軍は新型の戦車や装甲車、長距離砲／優秀な野砲／対戦車砲、歩兵用の対戦車兵器などを駆使して、なんとか突破口を開こうと模索する連合軍をせき止めている。

そのせき止めかたが大問題なのだ。

連合軍が戦車で突破しようとすると、たちまち豪雨のごとく大砲の砲弾が降ってくる。それに怯《ひる》んだ味方戦車の速度が落ちると、今度はドイツのパンター戦車やティガー戦車が群れをなして出て来る。

こちらの戦車がゆいいつ優っているのが速度なのだから、機動力を潰されたらまたたくまにスクラップにされてしまう。

そこでこちらとしては、ドイツの戦車を阻止するため、対戦車兵器を持った歩兵部隊を前面に出すことになる。

　連合軍の歩兵用対戦車兵器は、5センチと8センチバズーカ砲だ。

　これでドイツ戦車を阻止しようとしても、新型の8センチバズーカ砲でも、正面だと撃ちぬくことができない。

　大型の12センチバズーカ砲もあるにはあるが、あれは三脚を立てて専用の分隊で運用するものなので、戦場を逃げ隠れしながら射てるようにはなっていない。

　かろうじてパンター戦車だけが、三〇メートル以内、しかも側面や後面に8センチ弾を命中させると破壊できる程度だ。

　5センチ弾は、履帯に命中させても確実に足を止めるには至っていない。

　そして大問題なのが……側面や後面に命中させるには、どうしても一度、敵戦車をやり過ごす必要がある。

　そのために歩兵たちは複雑な塹壕を掘って、その中を常に移動しながら戦車をやり過ごすことになる。塹壕がなければ、まず助からない。

　しかしドイツ軍も、第一次大戦時のような塹壕戦を黙って容認するわけがない。塹壕戦に関しては、残念ながらドイツ軍のほうが圧倒的に戦訓を蓄積しているからだ。

　おそらく……。

　ドイツの戦車部隊が前進するとともに、多数の擲弾兵小隊が、小隊単位で機関銃を身につけ忍びよってくる。

　ドイツ兵たちは塹壕めがけて手榴弾や小口径の迫撃砲弾を投入し、次に軽機関銃や機関短銃を乱射しながら塹壕に飛びこんでくる。後方からは重機関銃の掩護もある。

　むろんその間も、敵戦車は主砲や機関銃を射ちまくっている。

結果的に至近距離での歩兵同士の戦闘になり、連合軍側は味方戦車の支援がないぶん防戦一方になるため、対戦車攻撃を行なう余裕がなくなってしまう。

これらの経緯は、第一大戦で恐ろしい数の戦死者を出しつつ戦ったドイツ軍が、その戦訓を十全に生かして戦っている証拠だ。

対する連合軍は、主力となる合衆国将兵の経験が乏しく、ドイツ軍の巧妙な罠にはまる光景があちこちで見られている。

そう……。

いま合衆国軍は、わが身を削りながら戦訓を蓄えている最中なのだ。

太平洋で日本軍と戦った主力は海兵隊だったから、熟練の海兵隊をヨーロッパ戦線へ全面投入すれば、かなり状況は改善されるかもしれない。

しかし海兵隊は、いまだに太平洋奪還を夢みて、南太平洋とサンフランシスコで待機中だ。

彼らがヨーロッパ戦線に全面投入でもされない限り、この質的劣勢は当面続く。

そして劣勢が継続すれば、兵員の損耗もそれだけ積み上がっていく。

それを合衆国は、本土からの暫時戦力投入、しかも新兵で賄っているのが現状だった。

「日本軍を無視してヨーロッパに集中するって……まるで夢物語じゃねえかよ！」

たしかに、ハルゼーが叫んだように、実現不可能な夢物語だ。

現実は厳しい。

日本軍はハワイと南太平洋の西半分を手中にして、そこに戦力を駐留させている。

中東方面においては、アラビア半島の南半分を勢力下におさめた。

ただし……ドイツ軍と手を握った部隊はその後、大部分がアデンに戻った。

そして陸軍二個師団をアデンに残すと、残りの陸軍と陸戦隊全員はセイロンへ戻っている。

日本軍は、中東方面を本気で制圧するつもりはない。

まずセイロンで地固めし、インドの内乱を側面から支援する態勢に入る。

いま現在……。

インド独立軍（政治的な名前はインド国民軍）は、インド南部から攻め上がると同時に、ビルマ方面にいる日本軍に支援されたベンガル方面軍が、ひたひたとインド東部の要衝であるコルカタに迫っている。

インド沿岸部の主要都市と港湾は、定期的に日本海軍のインド方面艦隊が航空攻撃と砲撃で破壊を継続中だ。


そのため、インド中南部で最大の要衝となるハイデラバードが南部方面軍に奪取されると、そう遠くない時期に、インド東岸全体が独立軍の手に落ちる可能性が出てくる。

おそらくその頃になると、英植民軍はあらかたの軍備を使い果たし、首都であるニューデリー周辺を固めて死守態勢に入るか、もしくはインドを諦めてイラン方面へ撤収するかの選択を迫られるはずだ。

なにしろアラビア半島のペルシャ湾には、日本の巡洋艦部隊が徘徊している。

同時に日本軍守備隊が制圧しているアブダビには、イランを射程におさめた陸軍航空隊が常駐し、毎日のようにインド方面への物資輸送路を破壊し続けている。

これらの側面支援により、英植民軍は完全に補給路を断たれ干上がった状態なのだ。

物資のうち、食料や一部の消耗品はインド国内でも調達できる。

しかし独立軍の動きが活発化している現在、民衆から無理に搾取すれば憎悪の対象となり、凄まじい勢いで独立軍への参加者が増えていく。

結果、ますます英国の統治を危うくする。

これでは、いくら現地兵がいても戦えない。

まさか日本製の戦車や機関銃（主に中国戦線で使用された旧型だが）を装備したインド独立軍に対し、手に手に剣や槍を持って突撃しろとは言えないはずだ。

いや……。

実際にそれをやった英植民軍が、すでにいる。

南部の要衝だったコインバトールを守備していた英陸軍一個師団が、自分たちが北部へ撤退する時間を稼ぐため、現地人で構成される植民軍二個師団に対し、最後まで抵抗しろと命じた事実がある。

そしてあろうことか、英陸軍部隊は撤退する時、あらかたの重火器と銃砲弾を持ち去ったのだ。

現地軍に残されたのは、お涙程度の小口径野砲と型落ちの小銃や拳銃、そして工事用のダイナマイトが少々。弾薬に至っては、砲兵連隊ですら火砲一門につき二〇発程度しか残されていなかった。

小銃弾は、兵一人につき三〇発のみ。

これではいくら兵員数があっても、またたくまに射ち尽くす。

結果……。

市内を探しまくって手に入れた骨董品の剣や槍、肉処理用の大型ナイフや家庭用の調理ナイフまで駆りだし、最後の肉弾特攻を行なったのである。

当然、そこまで英軍に尽くす義理はないと、部隊を脱走する現地兵が続出した。

その数、四個連隊相当。

じつに一個師団に匹敵する兵員（しかも戦闘要員の割合が高かった）が、英国を裏切ってインド独立軍へ寝返ったのである。

このようにインド本土では、渾沌と戦乱が急速に拡大している。

日本軍としては、セイロンとビルマに常駐させている帝国陸軍部隊を、ころあいを見てインド本土へ移動させる予定になっている。

むろん、その際は『インド独立軍からの一時的な駐留要請』という形を取り、あくまで主役は独立軍であることを内外に知らしめる予定だ。

これはインドが独立したのち、インド国内に日本軍を、『基地の間借り』をする形で常駐させるためだ。

日本はインドの宗主国とはならず、あくまでアジア国家の一員——正式な独立国家として迎える方針を貫く。

これは東南アジアの植民地に対しても同じだ。

大東亜共栄圏構想に基づき、すべての植民地は独立し、そののち当面は日本の軍事的な庇護のもと、新興国としての地盤を築いていくことになっている。

むろん共栄圏内での交易は日本に有利になる。

これは当然だが、欧米植民地時代のような一方的搾取は行なわれない。

日本あっての東南アジアという構図は維持するものの、本気で自他共楽の世界を作りあげようとしているのだ。

ハルゼーに夢物語と言われたニミッツは、返す言葉がないため沈黙してしまった。

そんなニミッツに対し、なおもハルゼーは言い募る。

「太平洋を失った合衆国なんて、片翼をもがれた天使みたいなもんだぞ？　まともに飛ぶことすらできず、まっ逆さまに墜落するのが関の山だ。

それを防ぐには、なんとしてもハワイを奪還しなければならん。そのためには太平洋の東半分だけでも勢力圏に入れなければならん。そのために俺たちが、こうしてサンフランシスコにいるんじゃねえか!」

ここまで言われては、ニミッツも口を開くしかない。

「上層部としても、まだ太平洋艦隊の解散は考えていない。ここにいる艦隊も、ヤシマが再びサンフランシスコへやってこない限り、ここから後退させるつもりはない。

いまこの艦隊を東海岸へ移動などさせたら、それこそ西海岸全体で暴動が起きる。我々の艦隊は、西海岸に住む合衆国市民に対して、最低限の安心材料を与えるためのものだからな。

だから、その艦隊をハワイへ移動させるのは、西海岸が安全になったという確証が得られた場合のみだ。私は、たとえ短い期間……いや、一瞬だけでもいい。その時がいずれ訪れると思っている。

しかも、ヨコスカにいる二番艦が就役する前にだ。最悪なのは、ヤシマが行方不明のまま、ハワイに二番艦が来ることだが、そこまで待っていたら、さすがに無能と言われても仕方がない。

そこで私はキング作戦部長に掛けあって、最低でも三月末までには艦隊を出撃させる決定を下すよう書類で誓約を取った。

だから、もう少しの辛抱だ。そのうち、嫌でも出撃しなければならん状況になる。君の描く状況と違い、この場合は尻に火がついた状況での出撃となるが、ともかく背に腹は代えられないとして出撃することになるだろう」

ニミッツの苦渋に満ちた返答を聞いて、ハルゼーはなんとなく理解した。

おそらく北イタリア戦線での大勢が、これから一ヵ月以内に決する。

そう上層部は見ているようだ。

ここ三ヵ月、合衆国は最大規模の直接的な軍事投入を実施している。

その大半が英国と北イタリアに対してであり、米海軍もかなりの艦船を、輸送の護衛と陸上部隊の支援のため、英国方面と北部地中海に投入している。

むろんイタリア近海にも、対地支援のため、旧式戦艦を主力とする艦隊を張りつけている。

そのせいで東海岸に残っている海軍部隊は、これまでで最も手薄となった。

しかも残っている大型艦の大半が、ノーフォークで修理や改装中であり、東海岸の防衛任務についている艦は、艦籍を離れて補修中のものを除き、大半が軽巡主体の駆逐部隊か、もしくは護衛軽巡や護衛駆逐艦編成の沿岸防衛部隊のみである。

たしかに大増産は成功している。

しかし新規に作った艦や装備は、いまも日々ごとに目減りしている。

それでも来年度まで増産が続くため、いま失っている分は代替えが利く。

だが……。

これからヨーロッパ方面は、ドイツ軍と雌雄を決する戦いが待っている。

その時の軍備消耗率は、いまの何倍も激しくなるはずだ。

その時に、太平洋方面へ投入する余剰軍備はない。

だからチャンスは一度きり……。

三月のある日。

太平洋艦隊は、自分たちの存在意義を賭けて出撃することになる。

それは準備万端整えての出撃ではなく、周辺の状況が切迫した結果、止むに止まれず行なわれるものだ。

なんとしてもハワイを奪還する。

しかし、その後は考えていない。

ふたたびヤシマによって制圧されることが容易に想像できる状況下、なぜ上層部はこのような決断に至ったのか……。

ニミッツのもとには、まもなく大作戦が実施されるという極秘の通達が届いている。

その名は『ノルマンディー上陸作戦』。

ドイツに知られたら大被害を受けるため、いまは各方面の長官までしか知らされていない、文字通りのトップ・シークレットである。

その決行予定日が三月末……。

つまり合衆国政府と軍上層部は、ハルゼーによるハワイ奪還作戦を陽動作戦として利用するつもりなのだ。

むろん、ハルゼーは知らない。

ニミッツも悟られないよう無表情を保っている。

だが、野生の猛獣なみに勘が鋭いハルゼーは、ふと思った。

『なんだか北イタリア戦線で、勝利する日が近づいているみたいな感じだな』

フランスの北端にあるノルマンディーに、四〇万以上もの連合軍が上陸する。

そうなればドイツ軍は、北イタリアに集中している軍備を、嫌でもノルマンディー方面に割かねばならなくなる。

そうなれば、北イタリア方面の情勢は一変するはずだ。

だが……。

何も知らされていないハルゼーは、別の考えも思い浮かべた。

『なんかドデカイことがヨーロッパ方面で起こり

そうだが、それを可能とするためには、日本軍の脅威を払拭する必要がある。

もしかすると合衆国政府は、俺たちにハワイ奪還の花道を用意する代わりに、早急な日本との戦争終結を決意しているのかもしれないな』

一度はそう思ったが、すぐに振り払う。

そんなことをすれば、日本に対し弱気になりすぎたとして合衆国市民の反感を買い、ルーズベルト政権は倒れるだろう。

そうでなくとも、今年に迫った大統領選挙で不利な状況が囁かれているのだ。

戦争中に内政問題で大統領が交代するのは、戦争遂行という一点において極めて不利に働く。

政府や軍部が毎日のように流しているプロパガンダにより、合衆国市民は、まだ戦えると信じているのだ。

ということは……。

あらぬ疑惑が、ハルゼーの脳裏をよぎる。

『もしかすると上層部は、太平洋艦隊を人身御供にして全滅させるつもりか？』

太平洋艦隊が全滅すれば、さすがに合衆国市民も国家的な危機に気づく。

その時、ルーズベルト大統領が、

『日本と講和の用意がある。これから合衆国は日本と電撃的な講和を果たしたのち、ヨーロッパ戦線に集中、確実にドイツを葬る』

そう宣言すれば、大統領選挙に勝てる……。

今度の考えは、振り払うことができなかった。

急に黙りこんだハルゼーを見て、ニミッツが疲れきった声で尋ねた。

「……どうした？」

「……あ、いや。なにがあろうと、俺は目の前の敵と戦うだけだ。そう、改めて決心していたところだ」

その決心は、どちらかというと悲壮な決意に近い。

　しかし顔には出さなかった。

「辛い戦いになると思うが、君も私も、もはや後がない。つまり一蓮托生の間柄というわけだ。

　だから君には、やりたいようにやって欲しい。艦隊の編成や指揮官の抜擢など、私は一切口を挟まない。君が最適と思う艦隊で出撃してくれ。あらかたが決まったら、私に編成表と人事表を提出してくれれば、こちらで決済する」

　甘い条件を出せば出すほど、悲壮感が増してくる。

　まるで死刑前にご馳走を食べさせてもらえる囚人みたいだ。

「それは法外な権限付与だな。だが、喜んで受け入れるとしよう。艦隊については、すでに訓練も済んでいるから、ほとんど変更するつもりはない。人事については、少し考えてみる。まあ、あまり突飛なことはしないつもりだ。

　それじゃ、さっそく作業にかかるとしよう。長々と居座ってすまなかった。それじゃ、またな」

　言うだけ言うと、ハルゼーは仮長官室を出ていこうとした。

　すると長官室の扉の前で、報告にきた司令部参謀と鉢合わせになった。

「うおっ！」

「あ、すみません！　緊急連絡ですので」

　互いにすくみ合っている。

　それを見たニミッツが、すかさず声を発した。

「ハルゼー。緊急報告を優先させてくれ」

　その一言で、ハルゼーが横に移動する。

「報告を」

「はい。たった今、モロッコにいる北アフリカ方面の連合軍司令部から、緊急指定の暗号電が届きました。内容は、ケニアのナイロビを死守している英植民軍が、音信不通に陥った東部のモンバサに強行偵察部隊を出した件についてです。

一ヵ月以上の期間と偵察部隊の二割を失う大被害を出しつつ、ようやく二日前にモンバサにあるキリンディニ港を盗み見ることのできる高台にたどり着いたそうです。

そしてキリンディニ港の中央に、見たこともないような巨大な戦艦が一隻、錨を降ろして停泊していたそうです。

残念ながらその後、偵察部隊との連絡が途絶えてしまいました。モロッコの司令部は、モンバサを守る日本軍に見つかってしまい、殲滅もしくは捕虜にされたと考えているようです。

ナイロビの司令部は、この報告を受けて、モンバサは日本軍によって制圧され、守備隊は残らず捕虜にされ、おそらくマダガスカルの捕虜収容所へ移送。英東洋艦隊と米第4艦隊は消滅したとの確信を得たと判断したそうです」

「なっ！」

ニミッツとハルゼーの声が見事に重なった。

八島がいた。

しかも遠く離れた東アフリカに。

これまで情報がなかったのは、モンバサを守っていた部隊と艦隊を、秘密を守るため残らず捕虜にしたからだった。

むろん陸路で逃亡する者を、完全に阻止することは不可能だ。

しかしそれは、ケニアの大自然が助力したらしい。

すなわち、モンバサとナイロビの間に広がる広大な森林と草原、そして大地溝帯に連なる険しい火山群に足を奪われ、すでに逃走中途で生き絶えたか、もしくは今も逃げ隠れしつつ現地に留まっているると思われる。


なぜ街道を車両で驀進しなかったのか？

そうした者は、すべて日本の空母部隊が放った掃討用の艦上機によって粉砕され、いまは街道沿いのスクラップと化している。

しばらく、ニミッツとハルゼーのあいだに沈黙が流れた。

次の瞬間……。

ニミッツの大声が響き渡る。

「緊急出撃準備だ！　こんなチャンスは、もうこれっきりしかない。ヤシマがモンバサからハワイまで来るには、どう急いでも一ヵ月はかかる。その間に、ハワイにいる敵艦隊を叩き潰し、ハワイ沖でヤシマを迎撃できる態勢を整えるのだ！」

「承知した」

ハルゼーの返事は短かった。

ついさっき、一ヵ月後の話をしていたというのに、丸々一ヵ月の前倒しになった。

当然、出撃準備もまだ未達成のままだ。

だがハルゼーは、一切の反論をしなかった。

なぜなら、もう待つのは飽き飽きしていたからだ。

すぐに背を見せて立ち去ろうとする。

その背にむけて、ニミッツが最後の言葉をかけた。

「どんな状況になっても、あのヤシマだけは、ノシをつけてヨコスカに追い返せ！　それから、艦隊司令長官に着任すると同時に、私と同格の大将へ昇進だ。これは上層部からの強制だからな。では、頼んだぞ!!」

「任せろ!!」

背を見せたままのハルゼーが吼える。

これが……。

ニミッツとハルゼーが、サンフランシスコで交わした最後の言葉となった。

四

三月三日　サンフランシスコ沖

これまでにないほどの大車輪で、ハルゼーは出撃準備を整えた。

そして今。

上陸部隊を乗せた大輸送船団を引き連れ、サンフランシスコ沖八〇キロ地点で艦隊を集結させている。

「これより我々は、ノンストップでハワイまで突撃する。まず先行するのは、俺が直率する水上打撃部隊だ。

序盤では、俺は徹底して囮になる。敵の打撃部隊が迎撃に出てきたら、スプルーアンスの第1空母群とスプレイグの第2空母群で叩く。その間、俺は逃げ回るぞ。

敵が水上打撃艦じゃなく空母航空隊を出してきたら、第2空母群は俺の直掩に専念、スプルーアンスは、なんとしても敵空母部隊を潰せ。この場合も、俺は一目散に逃げる。

いいか？　今回は、馬鹿正直に正面から激突するみたいなことは絶対にしない。たしかに、水上打撃戦力はこちらが優勢だ。しかし空母戦力は、数こそ多いが、質的には拮抗している。だから敵の空母戦力さえ目減りさせられたら、その時点で俺たちの勝ちだ。

ともかく、上陸部隊をオアフ島東部にあるカネオへの浜辺に乗りこませるまでは、可能な限りヒット・アンド・アウェイ戦法で敵を漸減する。

上陸部隊がカネオへを制圧したら、今度は打って変わって積極攻勢だ。敵にヤシマが来るまでハワイで粘るなんて気にさせないよう、全力でミッドウェイ方面へ駆逐する！」

真新しい艦隊旗艦――。

アイオワ級戦艦アイオワの会議室で、久々にハルゼーの咆哮が響き渡った。

会議に出席しているのは、空母部隊司令長官にして第1空母群司令官のレイモンド・A・スプルーアンス中将（昇進）。

次に第2空母群のクリプトン・F・スプレイグ少将（昇進）。

『特殊突入隊』と銘打たれた、軽巡主体の戦隊を率いるのはアーレイバーク大佐だ。

そして作戦には、ここにはいないが、事前に打ち合わせを済ませている『特殊爆撃隊』のジミー・ドーリットル大佐となっている。

ハルゼーの発言が終ると、すかさずスプルーアンスが挙手して発言を求めた。

スプルーアンスはこれまで、敗退した将として辛い立場に置かれていた。

開戦時の頃は『鉄仮面』や『人間計算機』やらと、恐れられながらも高い評価を受けていたが、いまではその面影すらないほど地に落ちている。

「我が方の正規空母は四隻のみ。これをカバーするために、軽空母四隻と護衛空母九隻を揃えました。対する敵は、ハワイからの情報を信じるならば、正規空母五隻／軽空母六隻／直掩空母二隻となっています。

このうち正規空母は、数こそ我が方が一隻足りませんが、エセックス級が一隻あたり最新鋭機一〇〇機を搭載できるため、ほぼ互角の戦力と考えています。

日本軍の軽空母と直掩空母は、大型化した新型艦上機を搭載できないとあります。そのため軽空母六隻と直掩空母二隻には、旧型となる零戦と九九艦爆／九七艦攻が搭載されていると思われます。

　これは我が方も同じで、軽空母にはＦ６Ｆが搭載されていますが、艦爆はドーントレス、雷撃機は搭載していません。護衛空母はＦ４Ｆ／ドーントレスとなっています。

　敵の正規空母にある最新型の艦戦は、いまだに性能が判っておらず脅威のままです。艦爆は新型のものの、すでにデータを得ています。艦攻は以前の新型から代替わりして二代目となっているため、これまで不明です。

　これに対し我が方は、Ｆ６Ｆヘルキャット／ＳＢ２Ｃヘルダイバー／ＴＢＦアベンジャーと、正規空母のみですが最新鋭の高性能機を全艦搭載することができました。

　ですので空戦および爆撃の中心戦力は、あくまでこれらの新型機になると想定しております。

　ということは……長官が突出なされた場合、直掩任務には旧型のＦ４Ｆしか出せません。敵は当然、新型機を航空攻撃隊の主力として操り出してくるでしょうから、こちらのＦ４Ｆを最大数出しても守りきれるか判りません。

　それよりも、最初から空母同士の決戦を行なうプランが有効ではないかと思い、空母部隊司令長官名にて作戦変更の嘆願を出したのですが……長官は無視なされるおつもりですか？」

　長々と説明した後、スプルーアンスは肝心な事を口にした。

　これがスプルーアンスらしいところで、相手に有無を言わせぬ説得力で押してくる。

　だが、ハルゼーも負けずに言いはった。

「最初に空母同士で戦えば、双方ともに無視できないダメージを受ける。どちらかが一方的に勝利することもありうるが、それは完全に賭けだ。そして賭けの勝率を上げるには、事前に敵を罠にはめる必要がある。

その罠が俺の部隊だ。もちろん、なけなしのアイオワ級二隻は絶対に守る。だから標的になるのは、先行するニューメキシコ／カルフォルニア／アイダホの三隻だ。

これら三隻は二一ノットしか出せんから、ただでさえ打撃部隊の足枷になっている。アイオワ級が三三ノットも出せるんだから、俺の部隊も三三ノットで走りまわりたい。だから三隻の旧式戦艦は、部隊内の別動隊として囮になってもらう」

なんとも無慈悲な決定だが、最新鋭のアイオワ級アイオワ／ニュージャージーの性能を最大まで引き出すには、この決定が不可欠なのもの確かだ。

「では護衛空母カード／ロングアイランド／チャージャーの三隻に、囮の戦艦群の直掩をさせます。これは専任ですので、たとえ長官の高速部隊が不利になっても直掩機を回すことはしません。

いくら旧型戦艦とはいっても、いまの合衆国海軍には貴重な戦力です。是が非でも生き残ってもらい、その後のオアフ島制圧作戦で対地砲撃支援を実施してもらいたい。そのための判断だと思ってください」

スプルーアンスにしては温情溢れる進言だが、良く考えるとそうでもない。

今回の作戦のキモは、三隻の低速戦艦が可能な限り生き延びて、敵艦隊の目を引きつけることにある。

敵の注意が三隻に集中すればするほど、ハルゼーの高速部隊を始めとして、残りの部隊が動きやすくなるからだ。

そのためには、三隻を可能な限り稼動状況に置くことが必要になる。

なんのことはない。

スプルーアンスは多めの直掩機を出すことで、彼らが囮として這いずりまわる時間を一秒でも長くするつもりなのだ。

これはこれで、非情に徹した決断といえるだろう。

「ああ、それでいい。ということは俺の高速部隊には、カサブランカ／リスカムベイ／コーラルシー／コレヒドール／ミッションベイ／ガダルカナル……合計六隻が直掩につくってこったな？

ならば充分だ。

俺の部隊のいずれの艦にも、最新の対空砲やボフォース四〇ミリ機関砲が搭載されている。これらにはＶＴ信管が使えるから、直掩機に頼らずとも、ある程度の対空防御が可能だ。

だから直掩機のぶんだけ安心材料になる。どちらかというと、敵の新型機が攻めてきた場合、直掩機の損耗が気になる。だから護衛空母の直掩隊には無理するなと伝えておいてくれ」

これまたハルゼーも、なんと温厚な気遣いだ。

ただし、こちらは裏があるはずもなく、言葉通りの強気から出たものだった。

特殊突入隊を率いるアーレイバーク大佐が挙手した。

「今回はヤシマが来ないようですので、私の部隊と爆撃隊に出番はなさそうですが……となると代役となる支援攻撃部隊は、まったくいないことになりますが？」

本来であれば、ハルゼーの部隊を支援するため、二〇隻ほどの潜水艦部隊が参加する予定になっていた。

だが、作戦開始直前。

西海岸の諸都市を束ねる市長連合会議において、艦隊が出撃するのであれば、西海岸に面する各都市を守るため、是非とも潜水艦部隊と沿岸防衛部隊を展開させて欲しいと嘆願されたのだ。

これまで唯一の守り神と思っていた太平洋艦隊が出撃すれば、日本軍が裏をかいて都市奇襲を実施するかもしれない……。

その可能性を払拭できない各都市は、住民の動揺を防ぐための方策を、なんとしても太平洋艦隊からもぎ取らなければならなかったのである。

そこでニミッツは、サンフランシスコに用意していた太平洋潜水艦隊の中から、各都市に各一〇隻ほどの潜水戦隊を出すことを約束したのだった。

「ああ、潜水艦隊を用意していたのだが、あれは沿岸各都市の防衛のため出さざるを得なくなかった。

しかし諸君がオアフ島に到達し、無事に上陸部隊をカネオへに送り届けさえすれば、西海岸の安全は確保されるため、潜水艦部隊も、その後にハワイと東太平洋の中央付近まで進出させることが可能になる。

そうなれば、一部はハワイ近海まで出して、諸君の支援任務に当たらせるつもりだ。だが……別動隊として、敵艦隊の待ち伏せや追撃などを行なうには、あまりにも潜水艦の数がすくなすぎる。

現在は新型潜水艦となるガトー級の大半が、英国本土周辺に集結中だ。旧型となる潜水艦も、大西洋の輸送ルートと地中海のイタリア近海に展開させているため、残りは建艦中のガトー級とテンチ級が完成するのを待つしかない状況にある。

とはいえ、潜水艦は最低でも一週間に一隻の割合で完成しているから、月に四隻から六隻、半年で二四隻から三六隻と、またたくまに戦力の補充が可能だ。

これは、これまでの実績数だが、これからの一年はさらに加速する予定だそうだ。そうなれば一年後には、丸々一個潜水艦隊が実戦参加できているかもしれん。

そういうわけだから、潜水艦部隊については、ヤシマが出てきた場合に備えていると考えて欲しい。これで納得できたか？」

ハルゼーにしては丁寧な説明だったので、アーレイバークも納得したようだ。

次に挙手する者がいないのを確認した上で、ハルゼーは右手を頭上にかかげ、拳を握り締めながら怒鳴った。

「それじゃ作戦開始だ！」

いよいよ……。

ハルゼーが得意とする、強行突進が発令された瞬間だった。

第二章　ハワイ諸島攻防戦

一

一九四四年三月　ハワイ東方沖

三月四日、午前六時八分（現地時間）。

日本時間だと四日の二〇時二八分。

「第一六哨戒海域で行動中の第一一潜水隊、伊号四一潜より入電。ロサンゼルス西南西一二六四キロ地点において、敵の大規模艦隊を確認。確認した限りでは、新型戦艦二隻、在来型戦艦二隻、重巡および軽巡五隻、駆逐艦多数！」


オアフ島の東方海上で哨戒活動を行なっていたハワイ方面艦隊の主力艦隊。

その旗艦となっている戦艦長門《ながと》の艦橋に、突然の報告がもたらされた。

日本のハワイ方面艦隊、それは連合艦隊そのものだ。

八島艦隊と随伴する二個空母艦隊は、艦隊の性質上、連合艦隊の名を冠されることはない。

八島艦隊は八島艦隊であり、たとえ山本五十六が乗艦していようと、それは八島艦隊司令長官に着任しているだけで、連合艦隊司令長官は形式上兼任しているにすぎないのだ。

そのハワイ方面艦隊を任されているのが、三川軍一連合艦隊司令長官代理（中将）である。

ここは方面艦隊旗艦となっている戦艦『長門』の昼戦艦橋。

八島の馬鹿みたいに広々とした艦橋に比べると、

どうしても狭い印象しかない。

だが八島を除けば、長門型は、いまもって日本最大の戦艦である。

伝令の報告を受けた三川は、迷うことなく中沢《なかざわ》佑《たすく》参謀長（少将）を見た。

「参謀長。通信連絡をしてきた潜水艦は、その後に攻撃を実施したのだろうか？」

三川は長官代理に抜擢されたものの、実際は、以前から率いていた第一戦隊司令官のため、階級も中将のままだ（現在の八島は各戦隊群にすら配属されていない）。

これでは示しがつかないとして、海軍上層部と山本五十六は大将への昇格を画策したが、これは当人が固辞したため実現しなかった。

同様に中沢参謀長も、それまで第八戦隊司令官だったのを、指揮下の重巡がハワイ方面艦隊に編入されたせいで、降って湧いたような艦隊参謀長（代理）に着任となった。

なのに三川が参謀長と呼ぶのは、主隊参謀長として抜擢したからである。

連合艦隊としては、あくまで参謀長代理でしかない。

つまり中沢もまた、実質的には連合艦隊に参加しているにも関わらず、人事上では、アフリカ東岸にいる宇垣纏《うがきまとめ》連合艦隊参謀長の指揮下にあることになる。

「いいえ、彼らには索敵任務に専念するよう命じてありますので、よほどのことがない限り攻撃はしないと思います。

ただ……同時に攻撃行動を取れる潜水艦が三隻以上いる場合のみ、通信担当の潜水艦を支援するため、他の二隻が攻撃行動に出ることは許されています」

「ふむ。せっかく敵艦隊を発見したのだから、是非ともここは漸減《ぜんげん》してほしいものだが……ところで敵艦隊は、何しに出てきたと思う?」

三川率いるハワイ方面艦隊の主隊は現在、オアフ島東方一〇五七キロを北へ向けて進行中だ。

中核艦は戦艦『長門／陸奥《むつ》』。

他に戦艦『比叡《ひえい》／霧島《きりしま》』、直掩空母『鳳翔《ほうしょう》／龍驤』、重巡『那智《なち》／羽黒《はぐろ》／青葉《あおば》／衣笠《きぬがさ》』、軽巡『那《な》珂《か》／球磨《くま》／花蓮《かれん》／西別《にしべつ》／能取《のとろ》』、駆逐艦八隻と、どこに出しても恥ずかしくない、堂々たる大艦隊に仕上がっている。

しかも今回の哨戒任務には、第五駆逐戦隊の駆逐艦九隻も参加しているため、さらに重厚な布陣となっている。

それにしても、三川がいぶかしがるのも当然だ。

この位置から敵艦隊までの距離は二七〇〇キロあまりある。

なので、すぐさま脅威になるとは思えない。

これまでもサンフランシスコから八〇〇キロ付近までなら、主に訓練目的で出てきたことはある。

今回も、もう少し遠くまで訓練しに来たとも考えられるが、艦隊規模がこれまでで最大、しかも新型戦艦二隻を伴うとなれば、ハワイを守る者としては警戒を強める必要がある。

そう感じての質問だった。

「敵艦隊が水上打撃艦で構成されていますので、艦隊単独での行動なら訓練と判断しますが……もし、どこかに空母部隊も随伴していたら、ハワイ攻撃の意図があると考えるべきかと。

さらに言えば、後方に上陸部隊を乗せた輸送部隊が随伴していれば、これは間違いなくハワイ奪還作戦が開始されたと見るべきです」

「この時期にか？　まあ仔細は、水上機基地から飛行艇を出させて確認するとしよう。もしかすると、横須賀で組立中の秋津の存在がバレた可能性があるな」

八島改型戦艦『秋津』の存在は、すでに秘密にはなっていない。

そもそも露天構造の八島ドックで艦体ブロックを組み立て始めたら、嫌でも周囲から丸見えになる。

当初は海軍もドックを隠蔽しようと考えたらしいが、あまりにも巨大すぎて、屋根で覆うことは強度的に不可能と結論されたのである。

そこで各部ブロックの建造までは極秘にして、横須賀に集合してからは公開同然の措置が取られたのだ。

これは秋津も同様で、大本営としても、すでに秋津の存在は連合国に察知されている大前提で動いている。

「はい。もともと隠すつもりもなかったので、ブロック組み立て段階に入ったら、いっそ公開することで、合衆国海軍の選択肢を狭めるべきとの観点から、いろいろと画策していたようです」

「それに敵さん、まんまと引っかかった可能性もあるな」

「はい。でも慢心は禁物です。報告にあった新型戦艦は、おそらく四〇センチ砲を搭載していると思います。となると我々の主力である長門と陸奥に、最低でも対抗できる能力を持っているはずです。

なにしろ我々の戦艦は、八島型を除くと戦前のままですので、敵もあらかたの性能を知っています。しかも八島の存在もありますので、新型を作るとすれば、かなり高性能な戦艦になると考える次第です」

「どれだけ強力な戦艦でも、八島には対抗できんだろう？　八島とタメを張る戦艦となると、一年やそこらでゼロから作れるはずがない。

我々が二番艦の秋津を一年半で用意できたのは、あくまで八島という試行錯誤の塊を完成させたからだ。準備万端整えた状況からの一隻と、何もないゼロの状態からの一隻では、建艦に関する難易度が何十倍も違う」

これは三川の言う通りだ。

現在、合衆国海軍は懸命になってコンクリート戦艦の設計と、一部のコンクリート輸送船の建造を行なっているが、いまだに八島ほどの艦を短期で建艦できるメドはたっていない。

コンクリート輸送船は、もともとヨーロッパ戦線を支援するため大量建造する予定で設計されていたものだから、ほとんど在来工法で造られている。

基本的に全体を一体成型するもので、これは鉄筋コンクリートのビルを建設するのと同じものだ。

たしかに一部の輸送船を、実験的にブロック工法で建艦する動きも見られる。

だがこれは、設計中の対八島級戦艦のための、いわゆる基礎技術習得のための方便である。

「そうですよね。しかし、もし敵艦隊がやってくれば、当面は我々が対処しなければなりません。すなわち、『洋央作戦』の開始です」

中沢参謀長の口から、初めて聞く作戦名が飛び出てきた。

それもそのはずで、これは秘匿作戦扱いになっており、ここが哨戒行動中の連合艦隊でなければ絶対に出てこない名だった。

三川が長官代理を引きうけた時、同時にひとつの作戦指令書を手渡された。

作戦名『洋央』は、いくつもの段階的に連鎖する作戦の総称である。

これは合衆国海軍が用意万端整えて、ハワイ奪還作戦を実施したときのための対応作戦となっている。

　そのためにハワイ方面艦隊が編成されたのだから、これが主作戦と言えるだろう。

「洋央作戦は連鎖する性質のものだから、いったん開始すると当面は中止できない。それゆえに、本当に開始するのかを見極めることが重要になってくる。

　中でもハワイにいる現地住民の扱いについては、甲乙丙の三案いずれかを選択するよう指令書にあるが……これだけは、作戦開始の判断に先だって選択と決定をしておかねばならん。

　そして私は、いまそれを行なうべきだと思うのだが、参謀長としてはどう考える？」

　ハワイには約八万人の、アメリカ国籍の民間人が生活している。

　これに日本から一時滞在として八〇〇〇名余の軍属が移動してきているが、彼らは軍と共に行動する契約を結んでいるため、現地住民とは別扱いとなっている。

　そう……。

　驚くべきことにハワイには、いまだ日本からの純粋な民間人は入っていない。

　ハワイは第一級戦地に指定され、通常であれば許可される、基地周辺の水商売や風俗関連の一時滞在すら全面禁止のままである。

　反対にアメリカ国籍の民間人が、ちゃっかり水商売に転職して、軍部のお目こぼしもあって無許可営業している。

　したがって、ふたたびハワイが戦場になれば、軍属はともかく、現地住民の安全を確保しないと、のちのち大問題になりかねない。

　しかも今回の場合、敵が上陸してくるのはオアフ島のカネオへ周辺の可能性が高く、前回のように住民退避用の安全港として活用することができない。

　そこでハワイ方面艦隊とハワイ方面陸軍司令部（ホノルルに設置）は、敵艦隊の攻撃と上陸が確実となった段階で、アメリカ国籍の現地住民全員を、オアフ島北部のハレイワ地区に設置した臨時収容所へ集め、さらにはハレイワ周辺五キロを非武装安全地帯にすることを決定している。

　この措置は敵の攻撃前に、国際共通周波数と短波ラジオ放送で公表される。

　それでもなお、連合軍がハレイワ地区を攻撃すれば、その責は全面的に連合軍が負わねばならない。

　これは人道主義を盾にとった敵作戦の妨害に他ならない。

　だが少なくともハレイワ地区に、治安維持のための少数部隊しか配備されていない事実が判明すれば、連合軍も日本が現地住民を盾にする気はないことだけは理解するはずだ。

「主隊参謀長としては、上層部の意向を最大限に反映する甲案を推奨したいところですが……それだと露骨すぎて、かえって敵艦隊から怪しまれるのではないかと。

　そこで非常に采配が難しいのですが、繊細な作戦運用が不可欠となる乙案を推奨します。なぜなら事が事だけに、最も難しい乙案の訓練に一番多くの時間を費やしたからです。

　やはり訓練慣れしている乙案が、艦隊員および陸軍さんも、自信をもって遂行できるのではないでしょうか？」

「そうだな。ではただちに、ホノルルの陸軍司令部へ作戦伺いをしてくれ。もし敵がハワイ奪還作戦を実施してきた場合、海軍としては乙案で開始したい所存だが、陸軍としてはどうか？　これだけ聞いてくれればいい」

ハワイ防衛は、必然的に陸海共同作戦になる。

しかも陸軍は、いざとなれば海軍に頼らないと、ハワイを脱出することすらできない。

これらの事情があるため、三川としては、海軍が乙案で行きたいといえば、おそらく陸軍も同意するだろうと目論んでいた。

「では直ちに暗号通信を送ります」

そういうと中沢参謀長は、長門艦橋の後方にある参謀控室へ向かった。

二

三月五日夜　モンバサ

五日夜、一八時零分（東アフリカ時間）。

日本時間だと、六日の午前零時ちょうど。

「八島艦隊、出撃！」

短い山本五十六の号令とともに、ゆっくりと八島が動きはじめる。

まずは投錨していたキリンディニ湾中央部から出るため、舳先を南東方向へ向けはじめる。

しかも、なんとその場で転回している！

良く見ると、八島の艦首部分に激しい波しぶきが上がっている。これが八島の艦首を真横方向へと移動させつつあるのだ。

八島は以前、横須賀の八島ドックにおいて行なわれた第一次改装において、艦首バルバスバウの後方に、二基の超大型サイドスラスタ・スクリューを増設した。

これは艦首喫水下に二ヵ所、横方向に貫通する大穴（直径五メートル）を開口させ、その中に、直列一二気筒ディーゼルエンジン四基（各スクリューにつき二基）で駆動する大型スクリューを設置したものだ。

このスクリューを正・逆回転させることで、真横方向の左右に推力を発生させる。

ディーゼルエンジンは四基の総出力が二万馬力しかない。

そのため全力を出しても、のんびりした動きしか与えられない。

だが実際には強力な助っ人として、左右両舷を縦に貫通しているダクトスクリューで正逆方向に水流を発生させるため、総合的な旋回速度はかなり実用的なものになっている。

さらには外洋において、速度を出している段階でサイドスラスタを使用すると、艦尾の舵とダクトスクリューのみを用いた旋回より、驚くほど小さな半径で方向転換が行なえるようになった。

改装後の公試結果を見ると、個艦回避運動時に使用される緊急旋回では、なんと長門の旋回半径より小さかったらしい。


ものの一五分ほどで、八島は戦車の超進地転回なみの『その場転回』を終了した。

「前衛部隊、微速前進」

山本の出撃命令を受けた艦隊航行参謀が、もっとも湾口部に近い場所にいる護衛隊所属の第一駆逐戦隊（軽巡大井《おおい》／駆逐艦九隻）に命令を下す。

キリンディニ湾は細長い河口のような形状をしているため、外洋に出るまでは縦列を組んで移動しなければならない。

その後モンバサ沖二〇キロで、外洋航行に適した艦隊陣形に変更する。

そのため、まず護衛隊所属の戦隊が移動を開始したのだ。

順番は第一駆逐戦隊に続き、軽巡『神通／多摩／木曽』、次に護衛隊の主隊となる、重巡『足柄／妙高／鈴谷』、続いて直掩空母『鳳翔／龍驤』、汎用軽巡『基隆／淡水』に守られた特殊工作輸送艦『伊豆／房総』、最後に艦隊直属駆逐艦一〇隻が続く。

その後方を、二列になった第三駆逐戦隊／第六駆逐戦隊が、足並みを揃えて出ていく。

次に移動するのが八島艦隊だ。

まず第一水雷戦隊（軽巡『高津《たかつ》』／駆逐艦一〇隻）が露払いをし、続いて新規参加となる重巡『高雄／愛宕』が進む。

この二隻は大規模改装されていて、在来艦でありながら一層の舷側ブロックと、上甲板の各所に重層コンクリート板を張りつけている。

そのため以前に比べると、ダメージを受けた場合の継戦能力が大幅に向上している。

その他にも、新開発された二式一〇センチ五五口径連装高角砲を四基搭載し、既存の三〇ミリ機関砲もＶＴ信管仕様となった。

さらには八島にも設置された二式一八センチ四連装対空ロケット発射機二基を新規に設置し、総合的な防空能力は従来比だと三倍以上に達している。

さながら防空重巡といった感じだが、これは高津型軽巡の『竹野／日置』や、大幅な設計変更を経て八島型設計艦となった軽巡『矢矧／酒匂／大淀』にも当てはまる。

いずれも重防空艦であり、対艦／対地能力は以前とさほど変わっていない。

この軽巡戦隊が、八島を左右から挟むようにして進みはじめた。

そして殿軍として第三水雷戦隊／第五水雷戦隊が続く。

次の隊列は、空母機動部隊を構成している第一空母艦隊だ。

正規空母『白鳳／紅鳳／飛鶴／紅鶴』が二列となり、左右を軽巡『富田《とみた》／円山《まるやま》』、汎用軽巡『台《たい》東《とう》／諸骨』に率いられた直衛駆逐艦一〇隻が護衛しつつ進行する。

最後の隊列が、八島艦隊第二戦隊となる鹵獲艦部隊だ。

戦艦『ハウ／コロラド』が、軽巡『香取／鹿島／香椎』と汎用駆逐艦六隻に守られながら、ゆっくりとした足どりで進んでいく。

なお軽巡『香取／鹿島／香椎』は、もともと練習艦隊に所属させるため設計された艦だったが、八島建艦の余波を受け、一隻でも艦隊に随伴できる軽巡が欲しいとの声に押され、建艦時にダクトスクリュー二基を追加されている。

そのため、本来なら一八ノットしか出ないはずが、なんとか艦隊について行ける巡航二二ノットまで増速された。

だが、それでも八島艦隊の突撃速度となる二四ノットには足りないため、今回、低速戦艦のハウとコロラドに随伴する直衛駆逐艦に抜擢されたのである。

なお、残りの第二空母艦隊は、鹵獲艦で構成される第一〇空母支援艦隊の訓練支援のため、先日からモンバサ沖に展開している。

つまり第二空母艦隊と第一〇空母支援艦隊が訓練を終えて集結している地点が、そのまま八島艦隊の集合地点となったわけだ。

「いやいや……まったく大所帯になったものですね」

八島艦橋からの光景を見ていた山本に、長官専任参謀の黒島亀人《くろしまかめと》が小声で話しかけた。

「湾口を出るまで私語は慎め」

黒島の常識外れは今に始まった事ではない。

だが長官専属の参謀のため、ここで叱責しておかないと他に示しが付かない。

「……」

参謀長の宇垣纏にも睨まれたため、黒島は素直に口を閉じた。

「第二航空艦隊より入電。モンバサ周囲六〇〇キロに敵影なし。陸上部分でも、顕著な敵の動きは確認されなかったそうです」

第二航空艦隊は、訓練がてらに長距離航空索敵を頻繁に行なっている。

その結果、南のタンガニーカ中部からケニアのナイロビ近郊まで、徹底的に敵の戦力が調べあげられている。

タンガニーカは第一次大戦後、ドイツからイギリスへ統治権が移動した。

その後は現在にいたるまで植民地として扱われ、同時に英植民軍の供給地としても重要な地域となっている。

事実、対イタリア戦を展開した東アフリカ戦線と、対日戦を展開したビルマ戦線には、総数二八万名が派遣されている。

しかし対日戦においては、日本軍がビルマより先への侵攻をストップさせたため、派遣された植民軍は、そのままインド植民軍に組み入れられ現在に至っている。

肝心のタンガニーカ本土については、直近まで英東洋艦隊の母港がモンバサに設置されていた関係で、マダカスカルにいる日本陸軍を警戒する以外、直接的な脅威は存在しなかった。

当然、国内の植民軍や英軍守備隊も、ケニアよりは大きな戦力を保有しているものの、優秀な一線級部隊から国外へ出しているため、残っているのは訓練中の新兵部隊や二線級の後方部隊ばかりだ。

そのような状況の中。

モンバサを確保した八島艦隊は、二個空母艦隊と一個空母支援艦隊を、訓練がてらと称し、ケニアとタンガニーカの沿岸部および、六〇〇キロ以内の内陸部にある航空基地と陸軍基地を徹底的に破壊したのである。

今回の作戦を遂行するにあたり、八島は前代未聞の量の物資をセイロンで積みこんでいる。

燃料に関しては、舷側バルジの水密区画から水を抜き、そこに燃料を入れたほどだ。

これに艦内および艦底部の間隙を予備燃料タンクとしたのだから、燃料の総重量は一〇万トンを越えている。

さらには、絶対防御区画内の倉庫や空き部屋に、これでもかと物資や弾薬を詰めこんだ。

このうち弾薬は安全確保のため場所が限られたが、それでも全艦隊の予備銃砲弾や空母艦隊用の爆弾や魚雷など、個々の艦や輸送船が運ぶ一〇倍以上もの量を確保している。

そのせいで、八島はいつもより『どっしり』している。

なんと喫水線が四メートルも上昇したのだ。

そのぶん、艦全体が海中へ沈みこむ。

喫水下が二四メートルとなり、比較的水深のあるキリンディニ港でさえ、中央部にしか入ることができなかった。

速度もやや落ちて、最高で二五ノット、最大巡航二二ノットとなっている。

なお経済速度である艦隊巡洋速度は、これにともない一八ノットへ修正された。

これらの措置により、なんと空母艦隊用の爆弾と魚雷は、出撃数にして四五回が可能となった。

そこで、このうちの一五回ぶんを消費して、ケニアとモンバサの敵基地を徹底破壊した（消費したぶんは、支援隊に所属する補給船と護衛隊所属の特殊工作輸送艦『伊豆／房総』が、セイロンとモンバサをピストン輸送して、すでに補充を完了している）。

　そのため、今後の空母航空隊が出撃可能な回数は、まっさらの四五回となっている（ただし空母一隻の連続出撃回数は、空母に搭載している爆弾と魚雷によって制限されるため、いったん補給のため攻撃を中止しない限り、最大五回が限度となっている）。

　八島は超巨大戦艦としての機能の他に、じつは超巨大輸送船としての機能も有していたのだ。

　これはハワイにあった米軍の燃料や物資／建設機械／車両／スクラップなどを、根こそぎ日本本土へ持ち帰ったことでも証明されている。

　実際問題として、八島の絶対防御区画内やその他の区画は、過剰な浮力を得るために、膨大な空間が用意されている。

　つまり、実態はスカスカの艦なのだ。

　だからこそ得られた突拍子もない余剰浮力である。

　今回は、その余剰浮力の三分の一を、燃料と物資輸送のために削った計算になる。

　それでもなお、まだ三分の二が残っているから、あい変わらず不沈艦であることには変わりない。

　一時間後。

　ようやくキリンディニ湾の湾口を越え、八島艦隊は集合地点へ移動を開始した。

　時間は午後八時。

　出撃開始時点で日没後であり、終始、暗闇の中での行動である。

　これは当初からの予定だ。

　ハワイ方面艦隊から、敵艦隊がハワイへ向かっているとの最新情報がもたらされたのが本日の午前九時。

　それ以前にも、昨日の段階で敵艦隊がサンフランシスコ沖に出てきたことは報告されていたため、その後の動きを継続監視していたところ、どうやら本気でハワイを奪還する気らしいとの判断が下ったのだ。

最新報告は、ハワイからマリアナ諸島のサイパン、そして日本の霞ヶ浦、佐世保からシンガポール／セイロンのコロンボを中継し、ようやくモンバサまで伝えられた。

ハワイで動きがあれば、それは作戦開始の合図。以前から山本が言っていた通りになり、ここに極秘の作戦が開始されたことになる。

それがよほど嬉しかったのだろう、黒島亀人がいつになくウキウキしているようだった。

「さて……雑談を許可する。大所帯の件だったな？」

いきなり声を掛けられた黒島だったが、八島の夜戦艦橋にいる山本の背後で、微動だにせず答える。

「はい。私としては、これほどの数を揃えなくとも、作戦目的は達成可能だと思うのですが……」

今回の極秘作戦は大本営で立案・作成された。基礎的な草案は、八島がドック入りしている時期に作成されている。

そのため黒島も一枚噛んでいる。

しかし、その後はずっとインド洋にいたため、もっとも重要な作戦仔細に関して、黒島は一切関与することができなかった。

作戦に必要な艦隊編成にも口を挟めず、それが不満の原因になっているらしい。

「儂もそう思うが、作戦目的がアレなだけに、かなり政治的な思惑も入っての数らしい。途中までは極秘作戦となっているが、最終的には鳴り物入りで戦うことになる。そのための陣容というわけだ」

まだ作戦名を口にするのすらはばかられるらし

く、山本の口調も慎重そのものだ。

「そのぶんハワイ方面艦隊が手薄になったので、下手をすると大被害を受ける可能性が出てしまいました。これを考えると、いささか愚策に思えてなりません」

「うおっほん！」

公然と大本営を批判した黒島に対し、宇垣が大きな咳払いをした。

「ほら、宇垣が怒ってるぞ。あまり無茶なことは言うな。まあ、貴様はそう言うが、作戦なんてものは達成して初めて評価されるもんだ。

どれだけ立派な作戦でも、途中で失敗したり中止したら、駄目な作戦だったとの結果しか残らん。

だから貴様は、八島で出来ることをやれば良い。そして結果が良ければ、作戦運用の功労者として、のちに作戦の不具合について意見具申する機会も出てくるだろう。それで我慢しろ」

「……はい」

事前に文句を言うと上層部批判になる。

だが作戦達成後に功労者となれば、作戦でこういった不備があったと言っても、それは貴重な戦訓として採用される。

軍隊など、所詮はそんなものだ。

「宇垣。これから我々はケープタウンを目指す。あそこには南半球で最大の英海軍中継基地がある。あそこを潰せば、アフリカの東海岸全体と西海岸の南半分が機能不全となるから、絶対に失敗できない。その点、大丈夫か？」

山本の口から、初めて『ケープタウン攻撃』という具体名が出た。

実際に攻撃するのは、第一目標がケープタウンのフォールス湾に面した、西部にあるサイモンズ港だ。

ここは英海軍の軍港に指定されているため、ここさえ潰せば連合海軍の行動を麻痺させられる。

サイモンズ港を潰したら、次はケープタウン郊外にある航空基地と陸軍基地の破壊となる。なお今回の作戦では、ケープタウンに対し上陸作戦は実施されない。

従来のように無血開城を目的とした上陸作戦を行なっても、あまりにも補給線が長大になりすぎるため、陸上部隊を維持することが困難だと判断されたのだ。

八島艦隊は、八島が膨大な数の物資を運んでいるため、ほとんど補給線の維持は必要ない。

だが、他は違う。

モンバサまでは、隣りのマダガスカル島への補給を兼ねて、セイロンから補給船がやってくるが、それでもかなり無理をしているのだ。

だから徹底破壊のみを行なう。

これは作戦の絶対条件となっているので修正不可である。

「ケープタウンの全域が、八島および戦艦『ハウ／コロラド』の主砲射程圏内となっています。なので敵の航空基地と沿岸防衛部隊さえ潰せば、あとは対地砲撃のみでも完全破壊が可能です。

ただ……無差別に砲撃したり、市街地を目標にすると、それだけ民間人にも被害が出ます。なので航空攻撃で敵基地を破壊した後は、まず砲撃目標地点に対し民間人の退避勧告を実施し、そののち砲撃する予定になっております」

「うむ、それで良い。あんなアフリカの先っちょにいる住民にまで、八島が子々孫々まで悪魔のように思われるのは心外だからな。

アフリカについては、大東亜共栄圏の圏外にあたるため、戦後に植民地がどうなるかは不明だ。

それでもなお、日本軍が好意をもって対応される環境になっていれば、色々と戦後の都合も良くなるはずだ。

　そういった観点からも、我々は可能な限り人道的な戦いをしなければならん。まあ本音を言えば、戦争に人道もへったくれもないのだが、戦後を睨んだ政治的な要因として、人道ぶった行動は有利に働く……そうは思っている。まあ、すべては偽善だがな」

　いつになく辛辣な意見に、黒島が興味深そうな表情を浮かべている。

　黒島は高度なシミュレートを脳内で実施しているせいで、常に現実主義であり、人道主義などという作戦効率を阻害するだけの要素は、まったく考慮に値しないと思っている。

　もし黒島が人道的なことを言いだしたら、それは作戦遂行にもっとも適した戦術として利用できるからであり、もしそうでなければ簡単に切って捨てるはずだ。

　その黒島の目が、明白に物語っている。

　今回の作戦は、敵の反応によっては凄惨なものになる……と。

　日本の思惑に相手も乗ってくれるとは限らない。いいや……戦争相手なのだから、思惑に反する結果になると考えるのが当然だ。

　それを山本は、八島という超絶すぎる巨大戦力をもって、実力で押し潰してきたのである。

　だが今回は、これまでのようには行かない。

　そう黒島が暗黙のうちに語っている。

　これは悲惨なことになりそうだ……。

　そう思った山本は、おもわず小さく身震いをした。

三

三月五日　日本

八島艦隊がモンバサを出撃した後の五日午後一時。

日本時間では同日の夜――午後七時頃。

皇居の地下会議室において、臨時の御前会議が開かれている。

「突然の招聘というのに、欠席もなくお集まりになられて幸いに存じます」

会議の冒頭、進行役を担っている東條英樹《とうじょうひでき》首相が、つるつるの頭を深くさげた。

面《おもて》を上げた東条首相は言葉を続ける。

「本日、ハワイを防衛している連合艦隊より、合衆国艦隊がハワイ奪還を目論んで進撃中との至急電が入りました。

また、以前からの作戦予定に基づき、東アフリカにいる八島艦隊が、時機到来とのことで出撃している頃との最新報告を受けとっております。

これらの状況を踏まえた上で、陛下より臨時の宮中会議を開きたいとの勅旨が御座いましたので、急遽集まって頂いた次第です」

ここで一息つくと、東条は列席している面々の顔を見た。

嶋田《しまだ》繁太郎《しげたろう》海軍大臣／重光葵《しげみつまもる》外務大臣／賀《か》屋《や》興宣《おきのり》大蔵大臣／安藤紀三郎《あんどうきさぶろう》内務大臣／永野修身《ながのおさみ》軍令部総長／杉山元《すぎやまはじめ》参謀総長。

陸軍大臣は東条が兼任、連合艦隊司令長官の代理は永野修身が兼任している。

「敵がふたたび太平洋で動きはじめたため、いよいよ大東亜戦争も予断を許さない状況になってまいりました。このことを陛下は深く御憂慮なされ、いま一度現状を確認した上で、このまま各作戦を続行してよいものか、宮中会議において検討してもらいたい……そう申されておられます」

あくまで天皇陛下が危惧したことを、天皇の輔弼《ほひつ》である内閣総理大臣が忖度して緊急会議を召集した……そう言いたいようだ。

宮中会議に限らず、あらゆる面において陛下は無謬性《むびゅうせい》を確保してある。

しかもそれは、陛下が問題を起こしても無罪になるのではなく、陛下は絶対に罪を犯さないという大前提のもと、あらゆる問題事は陛下を回避し、部下である重鎮や各部門の責任者が引きうけるというものだ。

とくに宮中地下で行なわれる御前会議は、ともすれば天皇陛下に戦争責任が及ぶ可能性があるため、最大の注意をもって無謬性を確保してある。

半面、軍事における最高決定機関である大本営の戦争遂行会議は、もっとも秘匿性の高い大本営内で実施されることもあり、すべてが隠蔽された上で、会議の記録も陛下に不利にならないよう配慮がなされている。

そのため陛下も、こちらではかなり積極的に意見や質問を行なっているらしい。

だが、御前会議は違う。

日本国の運命を決定する最終会議であり、陛下は質問はするが意思決定は絶対にしない。会議の内容を決定するのは東条英機であり、出席者の多数決をとることもある。

東条は出席者の意見を集約するために、かなり自身の意見を抑えている。その上で陛下の意志を忖度し、場合によっては皆の意見をくつがえし、陛下の暗黙の意見を押し通す。これが大日本帝国の総理大臣の役目である。

ここで東条の口が止まった。

まず最初に、陛下からの御質問がある。

それを待つ態勢に入ったのだ。

「……嶋田。聞くところによれば、今回の八島艦隊の作戦は、始めたら最後まで止まらないとあった。作戦を始めるきっかけは、連合軍によるハワイ奪還作戦の開始とも聞いておる。そこで質問なのだが、この作戦は本当に無理なく達成できるのか？」

陛下には前もって、作戦の概略が伝えられている。

むろん、あくまで概略であり、重要な部分や微妙な部分は伝えられていない。

そのことを陛下も承知しておられるため、あえて御前会議で質問なされたのだろう。

指名された嶋田海軍大臣は、ただそれだけで額に汗を浮かべている。

それも仕方ない。

返答のしかたによっては、全責任が自分の双肩にのしかかってくるからだ。

「無理なくと言えるほど、帝国の状況は楽観できるものではありません。合衆国の国力は凄まじく、すでに新造艦だけで、ハワイにいる連合艦隊を上回る規模になっているとの試算もあります。

実際、今回サンフランシスコから出てきた敵艦隊は、規模・内容の双方において、ややハワイ方面艦隊を上回っているそうです。

今回の作戦は、八島艦隊が目的を完遂するまで、ハワイ方面艦隊のみならず、全戦線に共通しております。帝国陸海軍部隊は徹底して防衛戦闘に終始しつつ、可能な限り敵の侵攻を食い止めるとあります。

そして八島艦隊が実施する作戦の予定は、日程的にはまったく定められておらず、その時その時の状況に合わせて、臨機応変に対処しながら進行していくとなっております。

つまりすべての帝国陸海軍部隊は、これより先徹底した防衛態勢を維持しつつ、八島艦隊の動向を注視することになります。

そして全戦線の部隊は、目の前の敵が皆無であっても進撃せず、敵が攻めてくれば漸減作戦を実施して敵戦力を削りつつ、現在の支配地域を可能な限り譲らないこととなっております。

これらの事がいかに困難かは、過去の戦訓を見れば瞭然としております。そこで海軍においては、八島艦隊が作戦を成就するまでは、まず第一に戦力の温存と徹底した遊撃戦の展開を命じております。

支配地域の死守は可能な範囲内で行なうこととし、無理をして玉砕などという短慮な結果を生まないよう厳命してあります。当然、必要とあらば戦線を後退させることも視野に入っております」


嶋田大臣はさらりと言ってのけた。

だがこれは、帝国軍にとって精神的な大変革をもたらす決定だった。

なにしろ強硬派の中には、ハワイ方面艦隊を正面から激突させて敵に大被害を与えよと強弁するものもいるからだ。

こちらが積極攻勢に出れば、恐れをなした敵艦隊は、ハワイ奪還を諦めサンフランシスコへ逃げ帰るはず……そう公然と口にしている。

しかし嶋田は、列席している永野修身軍令部総長と共に、陸海軍の上層部に対し粘り強い説得を行なってきた。

前回、連合艦隊がハワイを奪取できたのは、八島艦隊がわが身を削ぎながら単身突入し、あらかたの被害を一身に受けつつ攻撃をし続けたからだ。

すべては八島艦隊あっての積極攻勢だったことを思い出させたのである。

今回、太平洋に八島艦隊はいない。

いま組立中の戦艦『秋津』は、来月末にならないと完成しない。

しかも、予定通り完成したとしても、設計通りに動くか公試をしなければならないし、新規に『秋津艦隊』を編成した上で、実戦に耐えうる技量を習得させねばならない。

それには、どう考えても最低最短で三ヵ月は必要……。

あれやこれやを合算すると、秋津がハワイ方面に出られるのは六月になる。

それまでは、ハワイ方面艦隊だけで堪え忍ぶしかない。

ゆえに……。

被害が想定しずらいイチかバチかの短期決戦など論外である。

それらの事を、昆布を噛みしめるように言って聞かせたのである。

陸軍は南太平洋での戦いが一段落している。

オーストラリアが中立宣言をしたこともあり、いまはパプア／ニューギニアの隅々まで制圧地域を広めつつ、同時に未開発の資源を最優先で探査している。

マレー／ビルマ方面は、ベンガル方面にいるインド独立軍の支援を行なっている関係から、物資輸送や、インド独立軍に対する兵員訓練などの部門は忙しいものの、部隊そのものは駐屯地から動いていない。

これはセイロン方面も同様で、インド方面は支援に徹し、中東方面も消耗物資の輸送と部隊の定期的な交代を行なっているだけだ。

満州方面は、いささか問題がある。

なぜならドイツ軍のソ連侵攻にともない、ソ連は極東地区とシベリア地区からかなりの戦力をモスクワ方面へ移動させているからだ。

そのため相対的に、極東方面とシベリア方面は極端に手薄な状況になっている。

一方の満州支援軍（旧関東軍）は、以前にいた二〇万ほどの関東軍に加え、中国から撤収してきた四〇万の部隊が合流し、名前も満州支援軍に変更された。

倍の戦力が合流すれば、相対的に関東軍の勢力は低下する。

しかも度が過ぎていた関東軍に煮え湯を飲まされていた大本営が、ここぞとばかりに組織改革を断行、いまでは満州支援軍の実質的な支配者は、大本営の意を組んだ旧中国方面軍幹部に変わっている。

その幹部たちが、現在は千載一遇の好機と声を揃えて、ソ連に対して宣戦布告を行なうよう嘆願しはじめたのだ。

これには、ようやく形が整ってきた満州帝国正規軍の影響もある。

いま満州では日本の強力な後押しで、新規の軍需産業を大規模育成している。

さすがに新兵器などは日本本土でしか開発されていないが、すでに技術的な完成を見ている部門——従来型の銃砲／一式より以前の各戦車／一世代前の航空機／建艦技術が低レベルでも作れる護衛軽巡・護衛駆逐艦・海防艦・輸送船などは、積極的に満州／台湾／シンガポールで生産できるよう、開戦当初から三ヵ年計画で行なってきた。

それらが今、ようやく実を結ぼうとしているのである。

ちなみに……。

ソ連は連合国の一員だが、日本とは戦争状態にない。

この状況を踏み倒して、日本のほうから戦争をふっかけるとなれば、たとえ沿海州とシベリア全土を制圧しても、戦争の大義は付いてこないだろう。

　あくまで日本は、合衆国から宣戦布告されたことで戦争に突入した。だから祖国防衛の大義がある。

　侵略に対する防衛戦争は、戦争の大義としては最も説得力がある。

　だから、防衛戦争を台無しにするような軍事行動は、絶対に許されない。

　まさに正論だけに、正面きって言われると満州支援軍も引き下がるしかない。

　しかし……。

　急進派の筆頭となっている旧関東軍幹部たちは、満州皇帝の溥儀に接近し、満州帝国の意志として、満州帝国軍を用いた対ソ戦争を聖戦とする位置付けを可能とするよう、裏で密かに暗躍しているらしい。

　満州帝国は、中国王朝である『清』を引きつぐことで正当性を確保している。

　そして『清』は、その系譜として、過去を遡るとモンゴル帝国に行き着く。

　すなわち満州帝国は、モンゴル帝国の最大版図までは、自国領奪還の大義名分を掲げることが可能……そんな甘い罠を皇帝溥儀に仕掛けているらしい。

　むろん、最大版図などという戯れ言を放てば、世界中が大混乱に陥ってしまう。

　オスマン・トルコやペルシャ帝国、ローマ帝国、モンゴル帝国と元……彼らの末裔が、それぞれ最大版図は自国領だと言いだしたら、それこそ永遠に世界大戦が継続してしまうだろう。

　だが、極右的な思想を持つ一部の者にとっては、反論の余地のない大正義であることも確かなのだ。

先ほどの陛下の質問は、これに至る危険性を孕んでいる。

ゆえに嶋田が、懇切丁寧に否定的意見を上奏するのも当然だった。

「連合軍が精強なのは承知している。そして朕も、一日も早い戦争終結を望んでいる。この戦争は、どちらかが完勝するまで続けたら、帝国はたとえ勝利しても大きな痛手を被るだろう。

戦争を仕掛けてきたのは合衆国のほうだ。ならば帝国としては、帝国有利な状況下で、なんとしても戦争の停止を実現せねばならない。

かの豪州では、それが実現できた。欧米列強と言えども、戦争被害が自国にとって無視できないほど拡大すれば、講和も論理的な帰結のひとつとして選択せねばならない。

その点、欧米は論理的な思考を尊ぶ気質があるから、帝国としては相手の矜持をいたずらに落としめることなく、妥協が可能な線で講和を模索する席上につかせることが最優先課題であると思う」

陛下の口から、初めて『講和』の二文字が出た。

そもそも戦争開始に最後まで抵抗していたのが陛下なのだから、誰より戦争の終結を望んでおられたに違いない。

その意を素早く汲み取った東条が、賀屋興宣大蔵大臣に目配せした。

「大蔵省として発言することがあります。発言を許可してください」

事前に打ちあわせていたのだろう、賀屋の声はなめらかだった。

陛下に対し、続けて発言なされるかを確認し、否定の意を受けた東条。

「発言を許可する」

すぐに賀屋の発言を許可した。

「では、恐れ多き事ながら……現在の帝国の財政状況は、極めて逼迫していると言わざるを得ません。

たしかに物資の面においては、豪州の中立宣言以降、ポートモレスビーやジャカルタ、シンガポール、サイパンを中継点とした間接貿易が実施され、念願だった重要資源の大半が、滞りなく日本本土に届き始めました。

それ以前から、合衆国海軍の潜水艦による航路破壊活動をしらみ潰しに阻止してきたことが功を奏し、昨年に発足した海上護衛総隊による護送船団においては、ほぼ被害皆無となっているとの報告を受けとっております。

これにより南洋各地の石油や、中立となった中華民国からの石炭と鉄鉱石、満州帝国においても、大慶において新規の油田が発見されたほか、幾多の重要戦略物資が日本へと輸出されております。

オーストラリアのボーキサイトについても、間接貿易の形ではありますが、かなりの量を備蓄できるほど輸入できております。

そして重要なのは、ニューカレドニアから運ばれたニッケル鉱石が、ほぼ日本／満州／台湾の需要を満たす量に達したことです。いまは大車輪で金属精錬を実施し、少しでも国内備蓄を上乗せできるよう努力している次第と報告を受けました。

このように、交易については順風満帆なのですが……肝心のそれらを購入する財貨が、ここにきて圧倒的に不足しはじめました。

とくに海軍艦艇の新造に予算を食われており、戦時国債だけでは到底まかえない規模に達しております。

これまでは、それでも政府予算の五割を越える額を拠出し、なんとか軍備増強を実現してきました。しかし四月から始まる新年度においては、これ以上の軍備増強はおろか、本年度なみの維持すら難しい状況となっております。

　これには、いま横須賀で建艦中の戦艦『秋津』も一枚噛んでおります。御存知の通り、八島型と秋津型はコンクリート補強式の超大型戦艦ですので、艦体ブロックを製造する段階で、大量のセメントと鋼鉄を必要とします。

　本来なら、あと一年ほど先に完成させる予定でしたが、物資の本土輸送が予想以上に順調なため、すべてが前倒しされました。

　しかし必要な国家予算は、そう簡単には増額できません。ですの秋津建造に関する予算の前倒しぶんが、そっくりそのまま予算の逼迫となって大蔵省を悩ませているのが現状なのです。

　さて……これより頻繁に出てくる『デフレーション』や『インフレーション』、そして『スタグフレーション』という用語は、欧米では一九世紀から使用されていますが、日本ではまだなじみがない言葉ですので、大蔵省内の専門用語として御理解していただき、それらがもたらす影響のみを御理解いただければと思っております。

　話を戻します。交易により物資は潤沢に入ってきても、日本本土にある官営／民間企業には、それを購入する経済的余裕がありません。かといって新規に通貨を大量発行すれば、すぐに通貨の価値の下落……インフレーションを巻き起こすことになります。

　戦前であれば、国外の資金を導入することで当座しのぎできたのですが、いまは戦時中であり、しかも大規模な資金を確保できる国家は連合国に集中していますので、敵国に借金を申し出ることなどできるはずもありません。

　残念ながら……大東亜共栄圏の中だけでは、うまく資金の循環ができない状況なのです。日本の持ち出しが圧倒的に多いため、いまも大量の国富が海外へ流出しているのが現状です。

そこで現在は戦時統制経済により、人為的に金銭価値の上昇……デフレーションを発生させて物価を抑制している状況なのですが、最近は交易の促進により物品が潤沢に供給されはじめておりますので、ますますモノの価値が低下する状況が迫っております。

これは一見すると戦時経済としては好都合に思えますが、実際は通貨供給量を増やせない状況ですので、デフレーションではなく不景気の中で物価が上がっていくスタグフレーションを招く可能性が大きいと判断しております。

モノはあるのに、臣民にはそれを購入するだけの資金がない。企業は戦争遂行のため利益を追求できず、物資が余っていても、それを利益に直結させることができない。政府は税の取り立てが満足に行なえず、結果的に予算規模が縮小し続ける……。

かように戦争では、経済的には極一部の軍需産業が潤うのみで、他の大半は飢えることになります。

いかに売られた喧嘩に等しい戦争と言えども、我々が無為無策のまま傍観していれば、ますます臣民は困窮し、帝国の国力は低下する一方で、結果的に陸海軍も現状を維持できなくなる可能性が高い……そう大蔵省としては予想しております」

なんとも悲観的な発言だが、これはれっきとした事実のため、誰も反論できない。

戦争は対外的な経済活動を極端に低下させる。

現在、日本とまともに交易を行なっているのは、同盟国の満州帝国と中国、オーストラリア、タイ王国くらいのものだ。しかも、どの国も日本のほうが輸入超過のため貿易赤字となっている。

戦時においては、日本は武器を輸出するくらいしか出すものがない。

だから、これも当然である。

貿易赤字が続けば、国富は目減りしていく。

交易相手国には嫌でも代価を支払わなければならないので、日本に物資が入れば入るほど、日本国内は貧しくなっていく。

本来であれば、潤沢な物資を交易に有利な物品に加工し、より利益をえられる状況で輸出を拡大すべきだが、それが出来ないのが戦時下という特殊な状況である。

賀屋大臣の発言が途切れたため、あえて東条は議事進行役として質問した。

「このままではジリ貧になるから、一刻も早く戦争を終わらせるべき……これが大蔵省の意見だと判断してよいか？」

極端に端折った質問だったため、慌てて賀屋大臣が訂正する。

「いいえ、そうは申しておりません。さすがに帝国が不利な状況で戦争が終結すれば、実質的には敗戦となりますので、国家賠償その他、さまざまな不利益が生じてしまいます。

幸いにも現状は、帝国軍が圧倒的有利な状況で推移しておりますが、この状況はあくまで一過性のものであり、今後は連合軍の巻き返しにより、徐々に優位性は低下していくと判断したまでです」

東条は、すかさず反論した。

「八島艦隊、そして横須賀で建造中の秋津艦隊により、連合軍の有利な状況は根底からくつがえすことができる。

今回、敵はハワイ奪還を目論んで攻めて来ているが、八島艦隊もしくは秋津艦隊さえハワイへ出向けば、前回の戦い同様に勝利するのは我が方と考えている。

これは状況を元に戻すのと同じであり、何度もこれをくりかえせば、連合軍はその都度もとの木阿弥に帰す。

連合軍といえども、無限に富をひねり出す打出の小槌を持っているわけではない。圧倒的な国力も、それを消費しながら戦果なしの状況が続けば、いずれ心が折れる。

そうなれば我の強い合衆国市民は厭戦に走り、合衆国政府は国内の崩壊を阻止するため、嫌でも自分たちのほうから講和を申し出てくる……そう帝国政府としては意見の一致を見ていたはずだが？」

これは完全に『建前』である。

帝国政府が日本臣民を納得させるための方便であり、実際に実現する可能性は極めて小さい。

それを今、御前会議の席上で言い放った東条を、皆が『なんのつもりだ？』といった表情で見ている。

「合衆国側からの講和申請は、宣戦布告した側のため難しいと考えます。しかも帝国にとって望ましい単独の講和申請となると、合衆国が連合国を瓦解させてまで講和を言いだすとは到底思えません」

「それを可能とするのが我々の役目である」

東条は、ここぞとばかりに語気を強めた。

じつはこの問答、賀屋と東条による、あらかじめ取り決めていた『茶番』である。

つまり『やらせ』だ。

いつか来るであろう御前会議での重大局面にあたり、陛下を正しき方向へ導くため、以前から密かに何度も打ち合わせていたものだった。

だから東条の突き放すような口調も、次に発言する賀屋の言葉を協調するためのものだった。

「……そうは申されますが、我々にやれることは限られています。しかもチャンスは何度も訪れない。ですから我々は、いずれ到来する真の千載一遇を見逃さず、一度きりのチャンスと考えて、即座に行動を起こせるよう準備を万端にしておくべきではないでしょうか？」

ここで陛下が口を挟んだ。

「賀屋。一度きりの好機とは、八島艦隊の作戦成就のことか？」

「はい。そうでなければ、この場で発言など致しません」

陛下は『ふむ』と唸った後、長い沈黙思考に入られた。

その間、臣下たる参加者たちは、椅子に座り背筋を延ばして待機している。

やがて……。

「東条。その好機とやらが訪れたら、帝国政府としてはどう出るつもりだ？」

我が意を得たり！

東条の口元が、かすかに動いた。

「すでに帝国としての講和条件は整えております。奢らずに妥協可能な線を模索し、相手が値踏みをしてきた場合を考えて、やや過剰な部分もありますが、最終的には双方が納得できる条件になる大前提で組まれております。

帝国政府としては、ここにいる重光葵外務大臣を中心として、なんとしても合衆国との単独講和を達成すべく、いま全能力を傾注して仔細を決定している最中であります。

とはいえ……それもこれも、すべては八島艦隊の作戦が成就するか否かに掛かっております。そして、それを読めるのは、現地にいる山本五十六長官のみです。

我々は粛々と準備を整えつつ、山本長官の采配が勝利に繫がることを期待するしかありません。

もちろん勝算があるからこそ、大本営も作戦実施を許可したわけですが、こと戦争に限っては様々な要因が絡みあっているため、絶対確実に事が進むとは限らないわけです。よって万事を尽くして天命を待つという心境になるのは、これに限り仕方のないことだと思っております」

「そうか。その考えは、朕としても間違っていないと思う」

これは事実上の同意である。

陛下は決断を下したわけではない。

たんに東条の意見に対し、異論がないと意思表示しただけだ。

となれば、あとは東条次第だった。

「御意。承《うけたまわ》り恐縮に存じます。では帝国政府としては、総理大臣たる私の判断において、来るべき合衆国政府との交渉に備えることに致します」

これは公式な場での、東条の結論であり決意でもある。

だが実際には、天皇陛下の決断を東条が忖度したものに他ならない。

どちらにせよ……。

大日本帝国の国家方針が、いまここに決定したのだった。

四

三月六日　東太平洋

現地時間、午前五時四八分。

「主隊所属の那智二番機、羽黒一番機、共に敵の戦艦部隊を捕捉。距離、本艦隊より北東一六九〇キロ！」

ここは山口多聞少将率いる第四空母艦隊。

旗艦に指定された正規空母『扶桑』の艦橋。

今朝は未明から、ハワイ方面艦隊が保有する艦載水上機を用いて、北北東から南南東に至る九十度の範囲を徹底的に索敵させている。

ちなみに……。

打撃部隊編成の主隊に所属する重巡搭載機が発見の功労者なのだが、その主隊は第四空母艦隊より二〇〇キロほど北東へ突出している。そのため、なんとかぎりぎりで発見できたらしい。

また、敵艦隊の位置を真珠湾からの距離で計算すると、北東一九三〇キロ付近となる。

現在の艦載水上機は、艦によって異なっている。

これは第一次改装と同時に新型機が導入された影響だ。つまり第一改装がなされていない艦については、いまだに旧型機が搭載されていることになる。

最新型の川西二式水上偵察機『紫雲《しうん》』は、射出に特殊カタパルトが必要であり、現在のところ第一改装を受けた重巡のみに搭載されている。

紫雲の航続距離は、じつに三三七〇キロ。片道一六八五キロもの長距離索敵が可能なだけに、今後はさらに搭載できる艦が増える予定だ（主隊から敵艦隊までは一四九〇キロ）。

カタパルトの改装がまだの艦は、従来型となる愛知零式水上偵察機となる。

零式水偵の航続距離は二〇九〇キロのため、片道一〇四五キロとなり、先ほど発見した敵艦隊まては届かない。

その他、今回の索敵に参加している航空機は、真珠湾のフォード島に設置された水上機基地から、九九式飛行艇二機（航続四七三〇キロ）／二式飛行艇一機（航続七一五三キロ）が出ている。

フォード島の滑走路からは、陸軍機の三菱一〇〇式司令部偵察機（航続四〇〇〇キロ）が二機、ハワイ方面艦隊の要請で出てくれた（現在のフォード島滑走路は陸海共用）。

第四空母艦隊参謀長の葦名《あしな》三郎《さぶろう》大佐が、黙ったままの山口多聞に質問する。

「これから全速で突進すれば、夕刻までに六〇〇キロ稼げます。この時点では、相手が動かなくとも、彼我の距離は一〇〇〇キロに縮まります。一〇〇〇キロなら新型艦上機だと届きます。攻撃隊を出しますか？」

葦名は典型的な海軍エリートで、海兵四九期・海大三一期とまだ若い世代だ。

なのに昭和一六年には、早くも第一一航戦（現在の第五空母艦隊第一一航空戦隊に該当）の主席参謀に抜擢されている。

今回も、山口率いる第四空母艦隊が再編されて第一線級の正規空母部隊になったのを機会に、若手で最優秀の空母使いと名高い山口多聞の女房役として抜擢されたのである。

「いや、出さん。まだ敵空母部隊が見つかっておらん」

山口が受け持っている任務は、一にも二にも敵空母部隊の撃滅である。

だから、ここで敵の戦艦部隊に色気を出すと、肝心な時に敵空母部隊を打ち漏らしてしまう。

その点、こうと決めたらテコでも動かない山口は、微動だにせず初志貫徹するつもりらしい。

「では、第五空母艦隊に任せますか？」

「うむ。ただし大野《おおの》さんには、くれぐれも無理をしないでくれと伝言を頼む。ああ、それと……深追いは厳禁というのも付け足してくれ」

第五空母艦隊の司令長官には、山口多聞とは正反対の熟練空母使い――大野一郎《いちろう》少将が抜擢されている。

大野は海兵三八期・海大二六期と、海兵卒は山口より早いものの、海大卒は二年も遅い。階級に差が出ているのも、ここらへんの事情が関係しているようだ。

しかし大村空司令／加賀艦長と、経歴は申し分ない。

ただでさえ空母大増産で空母使いが逼迫しているため、大野のようなベテランは、時には退役していても復帰させるほど重宝されている。

「了解しました。では、ただちに伝えます」

葦名参謀長が空母『扶桑』の艦橋を出ていくと同時に、艦隊航空隊長の宇宿主一《うすくしゆいち》大佐が入ってきた。

「空母全艦、発艦準備が整っております」

やる気満々の宇宿を見て、山口は小さくため息をついた。

「はあ〜。俺も攻撃したいのは同じなんだが……現在ハワイ方面艦隊は、全艦隊が洋央作戦に基づいて動いている。そんな状況で、第四空母艦隊だけが作戦を無視して動くわけにはいかんのだ。そう作戦会議で説明したではないか」

たしかに山口は、いかにも嫌そうに、必要最小限の説明をした。

まるで愚痴に聞こえるようなそれを、いまさら『厳命』と言いかえるわけにもいかず、宇宿をたしなめる口調も覇気がない。

「敵の空母部隊を発見するまでは、すべて第五空母艦隊が対処する……でしたね。まあ、第五空母艦隊には零戦と九九艦爆しかいませんので、敵戦艦部隊だと最低限の被害しか与えられそうにありませんが」

自分の部下たちに攻撃させたくて堪らない宇宿は、かすかに皮肉の色合いを込めて返答した。

それも仕方がない。

それは宇宿の経歴を見ればわかる。

比叡分隊長／妙高運用長／野島《のじま》運用長／日向《ひゅうが》運用長謙伊勢《いせ》運用長を経て中佐昇進、その後は天龍《てんりゅう》副長を経て、ようやく木更津航空隊副長となる。

その後は鳳翔副長／赤城《あかぎ》副長と航空畑を歩み、大佐昇進とともに舞鶴航空隊司令となった。

そして空母増産と空母艦隊の増強にともない、三ヵ月前から第四空母艦隊航空隊長として奮闘してきたのだ。

他の航空畑一本で活躍してきた者と違い、後からやってきた者は、なんとか実績を上げたいと考える。その思いが、いまの態度に出ているらしい。

「ああ。艦隊司令部でも、そう判断しているようだ。ともかく敵の主力空母部隊を我々が潰せば、あとはどうとでもなる。反対に、下手をうって我々が先に被害を受ければ、洋央作戦の根幹にかかわる失態となる。

だから……いまは我慢するしかない。俺も戦いたいんだよ。せっかく猛訓練を部下たちに強いて、恨み言を無数に言われてまで、やっと満足いく仕上がりにできたんだ。できれば一秒でも早く、皆を戦わせたい。戦果を上げさせたい……だが、いまは駄目だ」

山口は、一見するとひょうきんそうな坊っちゃん顔のくせに、『鬼多聞』と呼ばれるほど部下に猛訓練を課すことで有名だ。

それだけに、空母艦隊でも選り抜きの技量を誇る者たちが育っている。

「敵の戦艦部隊が単独で突出するとは思えませんので、そのうち敵空母部隊も発見できると思います」

「その通りだが……敵もこちらを探しているのだから条件は同じだ。となると、第五空母艦隊があまり突出すると、敵空母の餌食になる可能性がある。我々が無事でも、第五空母艦隊が壊滅すれば、作戦の続行が困難になるからな」

「ならば……当面は逃げの一手ですか。なんだか忸怩たる思いしかありません」

「仕方がない。出番が来るまでの辛抱だ」

珍しく山口が、慰めるような事を口にした。

日頃なら死んでも言わない部類の言葉だ。

「了解しました。各航空隊長を通じて、飛行隊の面々に事情を説明するよう命じておきます。そして辛抱していれば、かならず出番は来ると伝えておきます」

「頼む」

互いの気持ちを思いやるが、さりとて作戦目的は厳守する。

艦隊を預かる者は、ただ勇猛なだけでは務まらない。

二人の会話を聞いていると、誰かが逸話として後世に語りそうな気さえしてくる。

激戦の前の静けさ……。

それはもう、あとわずかで破られることが決定していた。

＊

七日、午後一時（現地時間）。

場所は、マダガスカル島中央部の西岸沖一二〇キロ地点。

モンバサから見ると、一六四〇キロほど南方向へ航行した場所となる。

「艦隊周囲三〇〇キロに敵影なし」

定期的に届く水偵による航空偵察の報告を、山本五十六は士官食堂で受けた。

いまは若手士官を集めて雑談をしている最中だ。

そのため山本は、さりげない素振りで了承したことを示しただけだった。

八島艦隊は現在、ひたひたと南下している。

万が一にも敵に発見されないよう、マダガスカルにある帝国陸軍航空基地（といっても滑走路一本のみ／隼一六機／九九式双発軽爆六機）の制空圏内を移動している。

なおマダガスカル島の西岸には、海軍の一個水上機基地もある。

そこからアフリカ東岸へ定期的に水偵と飛行艇を出している関係から、八島艦隊が索敵活動を行なっても存在を疑われるようなことはない。

「さて……話の途中だったな。我々は今、英軍が支配しているケープタウンへむけて隠密裏に移動しているわけだが、今回の作戦は、諸君らにいろいろと苦労をかけることになると思う。

その点は、儂としても大変に申し訳なく思っている。しかしだ、これは大日本帝国にとって欠かすことのできない作戦のため、誰かが八島艦隊を動かさなければならない。

そして今、諸君や儂がここにいるのは、偶然や単なる人事の為したことではない。我々は全員、今回の作戦に参加するにあたり、自らの判断で参加決意書に署名と押印をしたのだから、すべてを納得した上での参加である。

なんらかの理由で参加できなかった者たちも大勢いる。儂は、その決心も尊重する。だから、その者たちが不利にならないよう、連合艦隊司令長官の権限をつかって出来る限りのことをしたつもりだ。

諸君と儂、諸君と艦隊司令部は、もはや一蓮托生の身だ。なのに……いまだ作戦目的を諸君に教えられないのは、儂としても非常に心苦しい。

諸君に伝えられているのは、今回の作戦が大変に困難なものであり、状況によっては八島といえども無事では済まない。しかし日本が大東亜共栄圏を確立するためには、どうしてもやらねばならない作戦でもある……これだけだったな？

だから今回の作戦は、ケープタウンの破壊で終わらない。いま言えることはこれだけだが、なんとか納得して欲しい。そして八島艦隊司令部を信じて欲しい。それをお願いするため、この会合を開いた」

そう告げると山本は、何度めかのお辞儀をした。

「……長官、やめてください！」

たまらず誰かが叫んだ。

集まっているのは、ほとんどが尉官だ。

佐官に対しては、すでに朝飯の時に行なっている。

さすがに佐官以下については一同に集める場所がないし、集めたら八島の機能が麻痺してしまう。

そのため以下の者は各指揮官を通じて、間接的に山本の言葉を伝えてもらうことになっている。

一人の大尉の叫びに釣られ、別の誰かが声を上げる。

「私たちは八島に乗艦した瞬間から、八島と運命を共にする覚悟を固めております！」

「その通り！　八島が被害担当艦なのは、もう身に染みて判ってる！」

「我々尉官は、艦隊司令部という頭脳に繋がる神経でしかありません。頭脳なき神経は役に立ちませんし、中枢に従わない神経もありえません。なので何も気になさらず、思う存分使ってください！」

最後の声は、どうやら軍医のようだ。

誰もが帝国海軍の士官として、出征した段階で覚悟を決めている。

末端の徴兵された兵員になると違うかもしれないが、少なくとも江田島出身や叩きあげで士官になった者は全員、大東亜の礎となる覚悟を持っている。

そんな声が聞こえてきそうな大合唱だった。

「すまん。諸君の気持ちは良くわかった。儂としても、作戦内容を解禁できる段階になったら、一秒でも早く諸君に伝えようと思っている。では、あまり長くなるとメシが冷えてしまう。ここいらで退散するとしよう」

山本が閉会の言葉を吐くと、背後に立っていた艦務参謀がすかさず声を張りあげる。

「これにて解散する。あとは各自、予定時間までゆっくり食事をしてくれ。御苦労だった」

山本は士官食堂を出て、艦内通路を歩きはじめた。

長門型戦艦の通路に比べると数倍も広いそこには、あちこちに梱包された木箱が並んでいる。これらも今回のために積みこんだ物資の一部である。

「これで納得してくれただろうか……」

独り言にも聞こえたが、隣りを歩く艦務参謀は律義に答える。

「恐らく大丈夫かと。アラビア半島作戦の時は、まだインド洋作戦の一部と思っていた者もいたようですが……。その後にセイロンへ戻り、新たな作戦の準備段階に入った頃から、誰もが次の作戦はなにかが違うと感じるようになったみたいです」

「まあな。恐ろしいほどの物資や燃料、それに予備の装備に弾薬。これらをぎゅう詰めにしての出撃だ。なにかあると思わないほうがおかしい」

「我々が道を切り開くのは、ここが八島艦隊である以上、ある意味必然なのですが……これっきりになって欲しいと思う気持ちもあります。

我々が作戦を失敗したら、次は秋津が引きつぐことになるわけですが、秋津が太平洋から離れれば、おそらく米海軍は黙っていないでしょう。

そういう意味では、もはや我々には後がないとも言えます。少なくとも艦隊参謀部は全員がそう思っていますので、その覚悟が、知らぬうちに下の者たちにも伝わっているのではないでしょうか」

「そうかもしれんな。その状況で儂が今回、駄目押ししたようなものだ」

山本はひと休みするため、絶対防御区画内にある長官室へ向かっていた。

だが、それを阻止するように、通路の前方から通信参謀が走ってきた。

「長官、ハワイ東方沖で始まったようです！」

「わかった。すぐ艦橋に戻る」

ハワイで、ついに戦いが開始されたらしい。

遠く離れた別方面の戦いだが、GF長官を兼任している山本にとっては、指揮下にある艦隊の戦いでもある。

だから出来る限り艦橋にいて、最短時間で最新報告を受けられるよう務めようと思った。

「艦務参謀。そういうことなので、あとは頼んだ」

「了解しました。艦隊艦務に関してはお任せください」

長官室まで同行するつもりだったらしい艦務参謀は、なにかやる事があるらしく、すぐに踵を返すと来た方向へ走りはじめた。

「やれやれ……どうやら足止めさせていたようだ。すまぬことをした」

「長官を一人にはさせられませんので、それはどうかと」

今度は自分が同行する気満々の通信参謀が、すこし憮然とした態度で反論する。

「そうは言うが……貴様も何か急用があれば、そちらを優先してほしい。儂は子供ではないぞ。自分のことは自分でできる。

そして、ここは八島の中だ。連合艦隊内では杓子定規に規範が守られるが、ここでは効率最優先……長官とて例外ではない」

規範を重んじた結果、作業効率が犠牲にっては元も子もない。

事が被害担当艦だけに、誰もが最善を尽くさないと思わぬ結果に結びつく。

そのことを山本は、日頃から口を酸っぱくして戒めている。

「ご心配なく。いまの急用は、長官を昼戦艦橋へお連れすることです」

どうやら首に縄を括りつけても連れてこいと、宇垣に命じられているようだ。

そう感じた山本は、同行を許す気になった。

かくして……。

ふたつの大洋において、ほぼ同時に連動する作戦が開始された。

そしてそれは、遠くないうちに全世界の命運を決めることになる。

第三章　第二次大戦の分岐点到来！

一

一九四四年三月　ハワイ東方沖

三月六日、午後零時一八分（現地時間）

「フォード水上機基地所属の九九式飛行艇一号艇より入電。第五空母艦隊の北東八九〇キロ地点に敵水上打撃部隊を発見。さらには、敵打撃艦隊の後方一〇〇キロに、軽空母八隻以上を含む空母艦隊を発見！

なお一号艇は、敵水上打撃部隊を直掩している多数のＦ４Ｆに追撃されたため、仔細偵察を断念して反転退避した模様」

大野一郎少将率いる第五空母艦隊。

その旗艦となっている軽空母『祥鳳《しょうほう》』の狭い艦橋に、いきなり伝令の声が響いた。

「うおおっ！」

報告を聞いた艦橋にいる者たちが、一斉に喚声を上げる。

敵の打撃艦隊は、今朝五時の時点では、第四空母艦隊から北東一六九〇キロの位置にいた。

そして第五空母艦隊は、第四空母艦隊の北方二〇〇キロにいた。

つまり第五空母艦隊から見た敵打撃部隊の位置は、さほど変わらない一六五〇キロ付近となる計算だ。

その後、空母機動部隊司令長官を兼任している山口多聞中将より、夕刻までに北東方向へ四〇〇キロ移動し、そこで命令を待てという長官命令が届いた。

敵の打撃部隊が朝から動いていないないなら、四〇〇キロの距離を詰めても彼我の距離は一二五〇キロにしかならない。

第五空母艦隊の艦上機は零戦／九九艦爆／九七艦攻のため、攻撃半径を決めるのは最も足の短い九九艦爆（爆装時一〇〇〇キロ）となる。

つまり、夕刻になっても届かない。

ということは、山口長官は敵の打撃艦隊がさらに接近してくると考え、第五空母艦隊を前方展開する命令を下したことになる。

敵艦隊の速度は一八ノット。

おそらく低速の戦艦が混っているのだろう。そのため一二時間で四〇〇キロしか進めない。

この距離を減算すると、夕刻における彼我の距離は八五〇キロとなり、余裕で攻撃圏内に入ることになる。

だから誰もが、攻撃する敵は水上打撃部隊だと信じていたのだが……。

その後方一〇〇キロに、軽空母構成だが大規模な空母部隊がいるとわかった。

敵の軽空母部隊との距離は九五〇キロ。

夕刻の位置から攻撃隊を出しても、ギリギリで届く。

報告を聞いて嬉しい誤算と理解した途端、一気に全員の志気が高まった。

「山口長官より緊急入電。ただちに敵空母部隊に対し、夕刻の攻撃を前提とした前進を開始せよ……以上です！」

別の伝令が駆け込んでくるやいなや、喉も張り裂けんばかりに叫ぶ。

「全艦、現在の陣形を保ちつつ、艦隊全速で北東方向へ進撃せよ」

大野一郎少将の決意を込めた命令が、静まりかえった祥鳳の艦橋に響き渡る。

「攻撃隊、出撃準備を開始せよ」

艦隊航空参謀が復唱する。

夕刻まで五時間ほどあるから、この命令は早すぎる。

しかし周囲に脅威が存在しないなら、早々に艦上機を飛行甲板に上げても問題はない。

そう航空参謀は判断したのだろう。

「万が一のため、本艦隊の直掩二〇機を維持します」

命令を終えた航空参謀が、大野へ確認の報告をした。

「そうしてくれ。ああ、主隊への直掩機支援は、艦隊総数で四〇の予定だったな？　ということは、夕刻まで交代で直掩任務に着かせるのか？」

「はい。本当なら三交代にしたほうが直掩隊の疲労も少ないのですが、そうなるといささか数が心許なくなりますので、ここは無理してもらいます」

第五空母艦隊にしてみれば、これからの五時間は、まさしく一世一代の大舞台なのだから、航空参謀の無慈悲な言葉もしかたがない。

「ああ、大変だろうが頼む」

大野もそう思っているらしく、すんなり承諾した。

それから五時間……。

一時間前には艦隊陣形を発艦態勢に組みなおし、準備万端整った。

「全空母、発艦！」

ふたたび大野の命令が響く。

この位置に第五空母艦隊がいるのは、攻撃隊を出撃させるためだ。

自艦隊用の直掩機二〇機と主隊へ派遣している

直掩機二〇を除いた、ほぼ全数となる一四〇機（全艦上機は二〇四機）が、すでに爆雷装を終えて発艦態勢に入っている。

命令を、第一次改装で設置されたばかりの艦内有線電話で、発光信号所へ送る。

五分後には、鳳翔の飛行甲板から艦爆隊の一番機が発艦した。

攻撃隊の構成は、零戦四三型四〇機／九九艦爆七〇機／九七艦攻三〇機。

艦隊に所属している軽空母は、祥鳳／瑞鳳《ずいほう》／龍《りゅう》鳳《ほう》／海鷹《かいよう》／神鷹《しんよう》／大鷹《たいよう》。

六隻もの大所帯だが、一隻あたりの搭載数が二四機から三三機と少ないため、白鳳型正規空母の二隻ぶんにもならない計算となる。

しかも祥鳳型三隻は二八ノット出せるが、海鷹は二三ノット、神鷹と大鷹は二一ノットと極端に遅い。

そのため海鷹／神鷹／大鷹の三隻は、合成風力なしでの艦攻発艦が不可能であり、これでは運を天に任せるようなものだ。

そこで九七艦攻は祥鳳型三隻に搭載し、残りは零戦と九九艦爆だけの搭載となった。

そのため攻撃隊も、極端に艦爆が多い構成になっている。

命令を終えた大野は、大役を終えたとばかりに福留賢《ふくとめまさる》艦隊参謀長を見た。

「相手も軽空母……いや、おそらく護衛空母と呼ばれる低速空母だろうから、艦隊の性能はどっちもどっち。となれば先に仕掛けたほうが圧倒的に有利だ。

しかも、もし敵が護衛空母のみの構成なら、先の海戦で報告のあった大型の新型機は載せられないはず。

となれば艦戦はＦ４Ｆ、艦爆はドーントレス、艦攻は米海軍の慣例として載せていないと考えている。ゆえに最大航続距離は、足の短いＦ４Ｆの一二〇〇キロ……片道六〇〇キロに制限される。

現在の彼我の距離は九五〇〇キロ。よって敵の攻撃隊は、逆立ちしても届かない。我々の一方的なアウトレンジ攻撃が可能となる。まさに千載一遇の好機といえるだろう」

もし朝の段階で……。

ここまで山口多聞が予測して、第五空母艦隊を前方展開させていたとすれば、恐ろしいほどの先見の明だ。

だが、おそらく違うだろう。

前方展開は、あくまで敵の打撃部隊を攻撃するためで、軽空母部隊の発見はまったくの偶然だったはず……。

いや、そうとも言えないかも。

敵の打撃部隊が、日本の空母部隊のいる海域へ向けて突進している。

この状況を考えれば、敵打撃部隊には最低でも直掩機がついているはず。

となると、その直掩機はどこから来る？

サンフランシスコは遠すぎて、たとえ陸軍の長距離戦闘機が届くとしても、やってくるまでのタイムラグが大きすぎて役に立たない。

となれば近くに、護衛担当の空母部隊がいると考えるのが普通だ。

もし山口多聞がそこまで考えていたら、夕刻の飛行艇による索敵で、敵空母部隊を発見するほうに賭けていた可能性がある。

となれば会敵は必然……。

これればかりは、山口多聞に聞いてみないと真相はわからない。

いま判っていることは、日本側の圧倒的有利な状況で戦いが始まりそうだということだけだった。

＊

同時刻……。

アフリカ東部時間では、七日の午前一時頃。

場所はマダガスカル島の南端から南へ一〇〇キロほどの地点。

ここが八島艦隊のいる現在位置だ。

敵に発見されないよう、わざと遠回りしている。そのせいで、なかなかケープタウンまでの距離が縮まらない。

それも仕方がない。

八島を基準にすれば、艦隊最大速度は二三ノットまで出せる（最終改装後の最大速度二五ノットを基準とする。ただし現在は過積載状態のため最大速度は二四ノットまで落ちている。この場合の最大艦隊速度は二二ノットとなる）。

だが随伴している艦隊の中には、二一ノットしか出せない鹵獲戦艦部隊もいる。艦隊速度は足の遅い艦を基準に設定されるため、どうしても亀の歩みになってしまうのだ。

ならば、いっそ遅い艦隊は後から来るようにして、八島基準で高速南下するという手もある。

しかし、ここは慣れない東アフリカ沖。

いちおう海図はあるものの、まともな航路測定データもないため用心するに越したことはない。

作戦予定にある航路を辿るとなると、ケープタウンまでは約三〇〇〇キロ。

三〇〇〇キロといえば、ちょうど東京からウェーク島付近までの距離だ。

現在の艦隊速度である一八ノットで進むと、どう頑張っても九〇時間（三日と一八時間）あまりかかる計算になる。

つまり攻撃開始は、現地時間の三月一〇日午後七時頃……。

日没前に航空攻撃、日没後は艦砲射撃が可能になるので、まったく都合の良い時間だ（航空攻撃はケープタンの五〇〇キロ手前から実施できる）。

もっとも、これは当初からの予定である。

まず夕刻に、第一空母艦隊による航空攻撃でケープタウンにある飛行場とレーダー施設を破壊する。これが始まりとなる。

その後、午前八時をもって、英海軍の軍港を艦砲射撃で叩き潰す。

夜が明けると、すかさず空母艦隊による第二次航空攻撃。駄目押しの滑走路破壊で、敵の航空戦力を壊滅へと追いこんでいく。

朝早い段階で、敵の軍港／航空基地／陸軍駐屯地／レーダー施設などを破壊したのち、ケープタウンに対し降伏勧告を行なう。

これにケープタウンが応じれば、これまでと同様の無血開城となる。

応じなければ、日中は重要施設に対し航空攻撃。夜間は打撃艦隊が接近しての砲撃と、八島がいるにしては無難な戦術が展開される予定だ。

今回の攻撃では、もっぱら八島は威圧用に用いられる。

あくまで最後にドカンと一発ぶちこんで、ケープタウンの住民を震え上がらせるのが役目だ。あまり八島が射ちまくると、出さずに済む被害まで出てしまう。

山本五十六風に言えば、いらぬ恨みを買うことになる。

これを避けるため、作戦のすべてが組まれているといっても過言ではなかった。

「なにか変わったことは？」

長官室で睡眠を取っていた山本が、ようやく八島艦橋にやってきた。

　ちなみに山本が艦橋不在のあいだは、宇垣纏参謀長と作戦参謀（場合によっては航行参謀）が交代で艦隊司令部長官の代理を務めている。

「拍子抜けするほど、なにもありません」

　宇垣が眠そうな表情も見せず、いつも通りぶすりとした声で答える。

「そうか？　ハワイのほうは、始まってるんじゃないのか？」

「あちらは、あちらです。おっしゃる通り、大本営からの連絡によれば洋央作戦の第一段階が開始されたようです」

　いまハワイ東方沖では、両陣営の艦隊が探り合いをしている最中だ。

　そのため、むやみやたらに通信を発することができない状況にある。

　日本本土への暗号通信も、状況報告などは水偵を使った通信筒連絡とし、艦隊からの発信を厳禁としている。

　通信筒を受けとった陸軍司令部は、ホノルルに設置した司令部通信施設を使って、海軍の代理として暗号通信を発信する。この方法なら、ハワイ方面艦隊が無線封止をしていても問題ない。

　さらには、作戦指示書は事前に各艦隊へ渡されている。

　その指示書には、時系列に沿った作戦予定が記載されていて、その予定の番号のみを送信すれば、連合軍側には理解不能な通信となる。

　海軍の暗号は新規のものに更新されてからは、いまのところ連合軍側には破られていないようだ。陸軍暗号は、開戦当初から使用しているものが優秀なため、いまだに破られていない。

　その優秀な陸軍暗号を海軍が使うという用心深さが、洋央作戦の重要度を如実に物語っていると言える。しかも意味不明の番号送付のみなのだ。

「当面……三川さんは大変だな」

山本は、ハワイ方面艦隊司令長の三川軍一の顔を思い出し、ふうとため息をついた。

「大日本帝国……いいえ、帝国のみならず大東亜すべての命運がかかった戦いですので、たとえ困難すぎる作戦であろうと、引きうけた以上は全力を投入しなければなりません。

しかも三川中将は、連合艦隊司令長官の代理として戦っていますので、まさに帝国海軍を背負っての出陣となります。失敗は許されません」

自分もGF参謀長代理を押しつけている宇垣だが、そんなことは知らんぷりだ。

「本来なら、儂はあっちで戦っていたはずだが……八島艦隊を他人に任せるわけにもいかないから、こうして遠い地でやきもきしている。まあ、過酷な作戦という意味では、実際は八島艦隊のほうが何倍も過酷なんだがな」

これから自分が行なう作戦を思いやり、自然と口調が重くなる。

八島だけでも九八八六名（最終改装後の総員）。艦隊全体を併せると数万名もの命が、山本五十六の双肩に掛かっている。

その重みを知らない山本ではなかった。

「失敗が許されないという点では、帝国海軍に所属する全艦隊に共通することです。どこかの作戦が破綻しても、別の艦隊が助力して作戦を遂行するなどといった芸当は、いまの日本には不可能です。

ただ……たとえ作戦が失敗に終わっても、被害がほとんどないのであれば、それは仕切りなおしできる状況と判断されるでしょう。

まったくもってお気楽至極の判断ですが、計画的にそれを目指すとなると話は違ってきます。つまり私が言いたいのは、失敗は許されないが、作戦運用によっては挽回の余地ありということです。ましてや作戦そのものが、それらの要素を第一目標として掲げていたら、それは必然的に実行され、予定調和的な未来となって実現するはずです」

なんとも抽象的な表現ばかりで、いつもの現実主義一辺倒の宇垣からすると、寝不足で朦朧としているのではないかと思うほどだ。

しかし……。

それを聞いてもなお、山本五十六は肯くばかりで、なんら疑問を表明しない。

つまり宇垣の言う事を正しい認識と捉《とら》え、しっかり理解した上で肯定している証拠である。

「……まあ、そのぶん、とてつもなく難しい作戦とも言えるがな。あっちに比べたら、我々の作戦は一直線の猪突猛進型だ。八島という最強の暴力を存分に使用し、ただ暴れまくるだけの作戦と言っても良い。

ただし……失敗が許されないという点では、ハワイ方面艦隊とまったく同じだ。我々がおこなう『Z作戦』には、敗退とか撤収とかいう文字はない。何段階にもおよぶ大作戦というのに、そのどれもが失敗できない。

失敗すれば、そこで終わりだ。大東亜共栄圏は夢と消え、過酷な欧米列強による攻勢が始まる。我々は防戦一方となり、やがて全面的に敗北する。

それらすべてが、八島艦隊とハワイ方面艦隊にかかっている。どちらも負けられない。ただし勝つ必要はない。これがミソだな」

最後だけ、ほんの少しおどけた山本。

それを面白くもない冗談だと受けながす宇垣纏。

たったいま、山本によって明かされた『Z作戦』とは？

それは……。

これからの進捗によって明かされることになる。

二

三月六日夕刻　ハワイ東方沖

戦艦アイオワの艦橋に上がったハルゼーは、腕を組んで長官席に座り、口を噤《つぐ》んだまま微動だにしない。

そこに、待ちに待った報告が舞い込んだ。

「西方向から敵機集団！　距離四六キロ、高度四〇〇〇‼」

「来たか！」

ハルゼーは一挙動で立ちあがった。

「直掩隊にフォーメーションBで行くと伝えろ。対空射撃、用意！」

ようやく……。

ハルゼーの顔が物語っている。

ようやく、まともな戦いができる。

八島が現われてからというもの、海軍で培《つちか》ったあらゆるものが毀損《きそん》されてきた。

なんのために海軍提督になったのか、まるで判らない日々が続いた。

だが……。

今日の敵に八島はいない。

また八島がやってきたら駄目かもしれないが、今日だけは存分に戦える……。

これまでハルゼーがため込んできたものが、一気に噴出しようとしている。

そんな狂気を交えた笑顔だった。

「直掩隊、直上から退避します！」

フォーメーションBは、艦隊中央部の上空から直掩機を排除し、対空射撃の障害にならないよう配慮する戦闘隊形だ。

そのため直掩機は、輪形陣の中間あたりで円を描くように飛行することになる。

反対にフォーメーションAは、直掩隊を最優先にする戦闘隊形である。

「よし、万端整った！　いつでも来い!!」

どうやらハルゼーは、艦橋から司令塔へ移る気はさらさらないようだ。

これは艦隊司令長官としては失格だが、なぜか誰も退避をうながす者はいない。

誰もが、『これこそハルゼー』だと思っているからだ。

アイオワの艦橋からも、日本海軍の艦上機の群れが、肉眼でも見えるようになってきた。

ただし高度が四〇〇〇もあるため、ところどころに浮かぶ積雲に隠れつつ、ゴマ粒をばらまいたようにしか見えない。

「………？」

ハルゼーが異変に気づいた。

すかさず艦隊参謀長が声をかける。

「どうかしましたか？」

「この距離だと、すでに敵の雷撃機は低空侵入しているはずだが……その報告がなかった」

「たしかに、ありませんでしたね。もしかすると敵の攻撃隊は、艦戦と艦爆のみなのでは？」

「かもしれん。だが、万が一ということもある。対水上監視を強化するよう命じてくれ」

「了解しました」

すぐに参謀長は、アイオワ艦橋にある電話ブースへ走る。

緊急の場合なので参謀長自ら赴《おもむ》いたことになるが、ハルゼーの指揮下では珍しいことではない。

「敵機との距離、八〇〇〇！　来ます!!」

輪形陣の半径は二〇〇〇メートル。

――ドンドンドン！

外縁にいる駆逐艦群が、ＶＴ信管付きの主砲弾を射ちはじめる。

輪形陣内側に該当する半径一〇〇〇メートル地点の上空には、第２空母群が送り出したＦ４Ｆ構成の直掩機二〇が、次第に前方へ移動しつつ高度を上げていく。

「敵機集団、まもなく直上！」

敵機は大胆にも、まっしぐらに艦隊中央をめざして飛んできた。

それを見たハルゼーが呟く。

「敵は戦艦群しか興味がないらしい」

戦艦が五隻もいるのだから、他に目移りする余裕がないようだ。

そう受けとったハルゼーは、ますます凶悪な笑みを深める。

——ドドン！

甲高い射撃音と共に、アイオワが搭載している最新型の一二・七センチ連装高角砲が火を吹いた。

「ＶＴ信管付きは、ひと味もふた味も違うぞ！」

この時点でハルゼーは、日本海軍がすでにＶＴ信管の秘密を丸ごと奪ったことを知らない。

真珠湾に備蓄されていたＶＴ信管は交戦で破壊されたと報告されているし、第４艦隊がアラビア半島南方で消息を断ってから、まだそれほど間がない。

そのため第４艦隊が搭載していたＶＴ信管が日本軍の手に渡っても、まだ対処できていないと考えていた。

「対空監視員より報告。敵機は零戦と九九艦爆、九七艦攻も混っているそうです！」

その報告に、ハルゼーの動きが止まる。

「なんだと!?」

「妙ですね。敵の艦上機は、すでに新型になっていると聞いていたのですが」

参謀長も気になったのか、すぐに発言した。

「いや、ちがう！　俺が言いたいのは、そんなことじゃない。なんで艦戦や艦爆と同じ高度に、低空侵入するはずの艦攻がいるのか気になったんだ！」

「艦攻も爆装するときがありますので、今回は大型爆弾を搭載してきたのでは？」

「いや……もっと簡単に説明がつく」

ハルゼーが答を言うより早く、報告が舞い込んだ。

「敵機集団、こちらの攻撃を回避しつつ上空を通過します！」

「しまった！」

ここに来て、ハルゼーが痛恨の叫びを上げる。

「敵の目標は俺たちじゃない。後方にいるスプレイグの第2空母群だ。もし北方にいる第1空母群が目標なら、そもそも俺らの上空には来ない!!」

囮になった気満々だったハルゼーが、唇を嚙みしめている。

「それでも……敵は旧型機です。我が艦隊の上空を通過するのですから、それ相応の被害を受けるはずです」

第2空母群は、水上打撃部隊の後方一〇〇キロにいる。

航空機からすれば、わずか一五分ほどの距離だ。そのため、わざわざ迂回するより一直線に横切るほうが得策となる。

ちょっと頭の回る指揮官ならそう考えてもおかしくないが、ハルゼーはVT信管のすごさを評価するあまり、直上通過という奇策に思いが至らなかったのである。

「第2空母群に至急打電だ。間に合えばいいが……。それと上空監視隊に連絡して、どれくらい漸減できたか集計させろ。まんまと裏をかかれたが、交戦データは今後の役にたつ。それくらいしか貢献できんのが腹立たしいが……」

早くもハルゼーは気を取りなおしている。

そう感じた参謀長が、落ち着いた声で質問した。

「このまま進撃しますか？」

「まもなく日没だ。日没までは、ハワイに驀進しているように見せかける。その後は作戦予定に従い、北西へ転進する」

ハルゼー部隊の役目は囮のため、ともかく目立つことが肝心となる。

しかし、あまりにも猪突猛進していると、警戒中の二個空母部隊との距離が開いてしまう。

それを修正するためと、敵艦隊をおびき出すために、ハルゼー艦隊および二個空母部隊は、オアフ島東方七〇〇キロ地点付近で、島を北側から半周する目的で転進することになっていた。

「第2空母群への緊急通信、終了しました」

電話ブースから通信参謀が戻ってきた。

「あとはスプレイグ次第だな。おっと！　敵の空母部隊が近くにいるはずだが、索敵機をただちに出せ」

「まもなく日没ですので、あまり長い時間は探れませんが……それでも出されますか？」

日没まで、あと一時間ほど。

いまから艦載水偵を出しても、周囲四〇〇キロ程度しか索敵できない。

「かまわん。出来ることは何でもやっておく！」

「承知しました」

日本海軍の性質上、おそらく敵の空母部隊は、アウトレンジ攻撃を期待して航続距離ぎりぎりで発艦させたはず。

となれば、旧式とはいえ半径五〇〇キロ以上を攻撃圏とする艦上機ばかりだから、四〇〇キロでは捉えられないことになる。

それは承知しているが、出さずにはいられない……。

それがハルゼーの正直な心境だった。

＊

一五分後……。

ここはクリプトン・F・スプレイグ少将率いる第2空母群の旗艦――軽巡ナッシュビルの狭い艦橋。

さすがに脆弱《ぜいじゃく》で鈍速な護衛空母を旗艦にするのは危なすぎるとして、スプレイグは最初から軽巡を旗艦に指定していた。

「敵艦上機集団、来ました！　距離四八キロ‼」

最新鋭の戦艦を有する水上打撃部隊と違い、こちらの対空レーダーの性能は、お世辞にも良いとは言えない。

それでも四八キロで探知できたのだから、今日の電波状況は良好のようだ。

「各艦、個艦回避を開始せよ。対空射撃、個々で判断して開始して良い。直掩機は全力で敵を阻止しろ。ただちに送れ！」

スプレイグの命令に応じて、各担当参謀が走る。

――ドンドンドン！

軽巡ナッシュビルと随伴している軽巡アトランタも、ほぼ同時に対空射撃を開始た。

実のところ、ナッシュビルはアトランタより古いブルックリン級のため、スプレイグもアトランタを旗艦にするつもりでいた。

ナッシュビルの対空砲は一二・七センチ単装八門なのに対し、アトランタはアトランタ級一番艦のため、一二・七センチ連装六基一二門と強力だからだ。

他にもVT信管が使える四〇ミリ機関砲も、

ナッシュビルは一門も搭載していないのに対し、アトランタには一〇門も搭載されている。

なのに、なぜナッシュビルを選んだのかと言えば、アトランタの乗員習熟度がかなり悪かったからだ。

ただでさえ優秀な乗員は、のきなみ新鋭艦へ移動させられている。

今回の作戦でいえば、スプルーアンス率いる第1空母群には、最新鋭のクリーブランド級軽巡が四隻も配備されているといった具合だ。

その余波を受けて、どうしても軽視されがちな護衛空母部隊には、多数の新米水兵が配属されているのである。

「右舷斜め後方より、敵雷撃機！」

軽巡ナッシュビルは、護衛空母九隻を守るように、艦隊中央の右舷側に位置している。

反対側となる中央左舷にはアトランタ。

駆逐艦一〇隻は、単輪形陣の外縁を構成している。

スプルーアンスの部隊は軽巡四隻、駆逐艦一六隻と、かなり重厚な布陣だ。

比較すればするほど、自分の部隊が惨めになる……。

それでもスプレイグは、八島がいない敵と戦える幸運を喜んでいた。

「護衛空母ロングアイランドに爆弾命中！」

ロングアイランドは一九四一年に竣工した、もっとも古い護衛空母だ。

試験的な意味での建艦だったため、一隻しか造られなかった。

速度は一八ノットと極めて遅い。これは次のチャージャー級やボーク級も同じだが、旋回性能などは少しマシになっている。

速度が遅いということは推進力が乏しいという

ことだ。

当然、回避能力も低い。

それが着弾の原因であった。

「ロングアイランド……爆沈しました！」

艦橋監視員が声を上げた。

驚愕というより、どちらかというとビックリしたといった感じだった。

「なんと、脆《もろ》い……」

思わずスプレイグの喉から声が漏れる。

敵は九九式艦爆。だから当たったのは二五〇キロ徹甲爆弾のはず。

正規空母であれば、飛行甲板と格納庫に被害はあっても、轟沈どころか撃沈にも至らないはずだ。

だが商船構造の護衛空母は、そもそも戦闘艦として造られていない。

開発当初の名称が『航空機搭載護衛艦』だったのが、その証拠である。

艦内を細かいブロックに分け、それぞれがハッチで密閉できる軍艦構造に対し、ただ壁で大まかに区切られた商船構造は、一発でも艦内に爆弾が飛びこめば、広範囲にわたって大被害が生じる。

その衝撃が艦底部にまで及べば、缶室に被害が出ることで水蒸気爆発を発生させる。

そうでなくとも、艦内弾庫に格納されている爆弾が誘爆すれば、簡単にふたつにへし折れる。

本来は後方で支援にあたるような艦なのだ。

それを艦隊決戦に出さざるを得ない米海軍は、いまだに苦境の最中《さなか》にあると言える。

「直掩機、歯がたちません！」

上空を守るＦ４Ｆは最終型のＦ４Ｆ－４。

だが零戦も、最終型となる四三型だ。

同じ最終型であれば零戦が圧倒する。

しかも攻撃隊に随伴してきた零戦は五〇機。上空にいるＦ４Ｆは二〇機。ハルゼー部隊に直掩機をだしたぶん、こちらが手薄になった格好だ。

　この状況でまともにぶつかれば、零戦隊に対応するだけで精一杯（実際には対応すら難しい）、とても敵の艦爆や艦攻を銃撃する余裕はない。

「一回も攻撃隊を出せずに終るのか……？」

　おもわず弱音が漏れる。

　あわてて口をつぐみ、周囲に気付かれないようにした。

「チャージャーに魚雷命中！」

「ガダルカナルに爆弾命中！」

　日本の空母航空隊のパイロットも、新旧交代の波が押し寄せている。

　もとからいた搭乗員は、のきなみ新型機のある正規空母に去っていった。

　そのため攻撃隊を発艦させた第五空母艦隊の軽空母には、古参の搭乗員は編隊長くらいしか残っておらず、他はすべて開戦後に航空学校を卒業した新兵だ。

　ただ……。

　既存の軽空母は開戦以降、太平洋狭しと、あちこちで戦ってきた。

　そんな軽空母が六隻なのだから、まったくの新兵同様の米護衛空母とは比べものにならない。

「敵機、爆撃を中断。帰投していきます！」

「……？」

　まだ爆弾を投下していない機もいる。

　なのに日本軍機は、のきなみ退避行動に移動している。

　中には抱えていた爆弾を適当に落とす機もいた。

　あっけに取られているスプレイグに、参謀長が小声で囁く。

「日没を気にしているようですね。このまま続けると、帰投するのは完全に陽が暮れてからになります。おそらく夜間着艦訓練が充分ではないのでしょう」

参謀長の意見は正しい。

第五空母艦隊は、攻撃訓練こそ、なんとか一人前になるまで行なってきた。

しかし時間や場所が限られる夜間着艦訓練は、まだ必要最小限にしか行なっていなかったのだ。

むろん正規空母の航空隊は違う。

優秀な者が集められていることもあり、すべての訓練を充分なだけ済ましている。その余波が軽空母部隊に出ているようだ。

「助かったのか？」

「今日のところは。もっとも、対空射撃部門も奮闘したようですので、総合的に見れば妥当な戦闘だったと思います」

危険が去ったことで、参謀長も余裕が出たらしい。

話す言葉も落ち着きを取りもどしていた。


「ともかく……被害状況の確認が最優先だ。頼んだぞ」

「了解しました」

参謀長が被害確認のため去ってから一六分後……。

ふたたび艦橋に戻ってきた。

「いまのところ概略しか集計できていませんので、確報は後で届けさせます。我が方の被害は、撃沈されたのがロングアイランドとチャージャー。飛行甲板の被害で離着艦不能になったのがガダルカナル。魚雷命中により速度低下を来したのが、コーラルシーとなっております」

「他は無事だったのか？」

「断片被害などは受けたようですが、航空隊の出撃には支障無しとなっています。ただ……コーラルシーは速度が八ノットまで低下していますので、これ以上の艦隊随伴は無理です」

「仕方がないな。コーラルシーとガダルカナルは艦隊から分離させ、サンフランシスコへ戻そう。ただし護衛の駆逐艦を割く余裕はないので、各自単艦での帰投となる」

脆弱な護衛空母が、たった八ノットでのろのろと逃げ帰る。

ガダルカナルは一八ノット出せるため、コーラルシーとは別行動になる。

これだと、まさに日本潜水艦の餌《え》食《じき》である。

それを承知の上で、スプレイグは無慈悲な決断を下した。

「状況からして仕方ありませんね。ただちに命令を発します」

戦闘可能な護衛空母はカサブランカ／リスカムベイ／コレヒドール／ミッションベイ／カードの五隻。

のちに判明したが、ハルゼー部隊に出した直掩Ｆ４Ｆ二〇機と、第2空母群の直掩に出した二〇機のうち、生き残ったのは二二機のみ。

じつに半数近くが射ち落とされた計算になる。

しかしスプレイグは、残された戦力で戦うしかなかった。

三

三月七日午前三時　ハワイ東方沖

第2空母群が痛手を被ってから一一時間ほどが経過した。

いまは日付が変わった午前三時。

ハルゼー部隊は予定通り、日没後にオアフ島の北東七〇〇キロ地点へ到達した。

この時点で、第一空母群は北方二〇〇〇キロ地点。

第二空母群は東方一五〇キロ地点にいる。

「予定地点に到達しましたので、転進命令を出します」

さすがに寝るわけにもいかず、ハルゼーはアイオワ艦橋に居座ったままだ。

とはいっても、長官席でうたた寝はしていた。いまも参謀長の報告で起こされたようなものだった。

「お、おう……許可する」

予定では夜明け前に索敵機を発艦させ、日本の艦隊を捕捉したら、スプルーアンス部隊が航空攻撃を仕掛けることになっている。

新型機となるF6F／SB2Cヘルダイバー／TBFアベンジャーは、最大攻撃半径八三五キロを誇る。

しかもまだ、日本軍は新型機の性能を知らない。

なぜ半径八三五キロかといえば、F6Fの最大航続距離が一六七〇キロだからだ。

TBFは一七八〇キロ。なんとSB2Cに至っては一九三〇キロに達する。

日本の新型艦戦『紫電改』は一九〇〇キロ。空冷彗星は一五二〇キロ。流星は一八五〇キロ。

そう……。

日本の艦上機はいつのまにか、合衆国の艦上機にアウトレンジ攻撃される立場に追いこまれていたのだ。

スプルーアンス部隊は、やろうと思えば現在地点からオアフ島を攻撃できる。

もっとも、現在は夜間のため出撃できないので、あくまでこれは計算上の遊びだ。

しかし、あと二時間ほどで夜が明ける。

そうなれば、オアフ島攻撃も視野に入ってくる。

だがハルゼーは、その気はまったくない。

ともかく日本の空母部隊をなんとかしなければ、

オアフ島攻撃など夢また夢の話だからだ。

それだけに、朝一番での航空索敵には力を入れる予定になっていた。

と……。

ふたたびハルゼーの瞼が閉じようとした時。

アイオワ艦橋の艦内電話が激しい呼び出し音をたてた。

すぐに誰かが出て応対しはじめる。

一分もしないうちに、小走りに近づいてくる足音が聞こえた。

「長官、緊急報告です！　起きてください!!」

「ああ？」

眠そうに片目だけ開けて答える。

「アイオワの通信室が、敵の水上レーダー波を捉えました！」

レーダー室ではなく通信室が捉えたということは、超短波受信機で電波状況を探っていて、偶然に捉えたのだろう。

「……敵の打撃部隊が現われたのか？」

なんとか頭をはっきりさせようと、首筋を左手で揉みながら聞いている。

「それが……レーダー室に問い合わせてみたところ、アイオワの周囲三八キロに敵影なしと返答が来たそうです」

水上レーダーは、水平線を越えた場所にいる敵艦を発見することができない。

唯一の例外は、水上レーダーを檣楼トップのような高い場所に設置することだ。そうすれば見通し距離が延びて、そのぶん探知範囲が広がる。

「なんだ、それは？」

レーダー波が届いているのに敵艦がいない。

すぐ近くに敵潜水艦がいて、小出力の水上レーダーを使用したとも考えられる。

だが、危険度の割に得られるものが少ないため、その可能性はかなり小さい。

「わかりません。通信室によれば、出力は大きくないものの、電話を切る時点でも変わらず継続探知していたそうです」

「ふむ……」

ハルゼーは少し考えて、無難な結論に達した。

「超短波は、突発的な電離層が発生すると、水平線を越えて遠方まで届くと聞いたことがある。ただ、それが発生するのは暑くなる季節らしいから、いまの時期、しかも夜間は珍しい現象と言えるだろうな」

各国の軍が超短波であるVHF帯を扱うようになってから、スポラディックE層と呼ばれる、突発的に発生する電離層のことも知られるようになってきた。

この電離層が発生すると、なんとオーストラリアにあるレーダー基地の電波がハワイでも観測できるという。

ただしこの電離層は、気まぐれに発生するし、なんと移動する。

そのため、たとえ電波が届いて何かに反射しても、それがオーストラリアまで逆に届き、ハワイにいる艦船を探知できる可能性はかなり小さい。

つまりレーダーとしては使えない現象のため、レーダー波を霍乱する要素としては知られていても、その応用については研究が進んでいない。

このことをハルゼーは、海軍の電波技術部門によるブリーフィングで聞いたことがあり、おぼろげながら覚えていた。

「では、継続して監視させますか?」

「まあ心配はいらんと思うが……」

——ズゥン!

ハルゼーの発言をさえぎり、アイオワの右舷二時方向二〇〇〇メートル付近に、なにかが爆発する音と閃光が発生した。

「敵襲！」

灯火管制された艦橋に、誰かの声が走る。

「敵襲だと？」

いまの爆発音は、小さいものではなかった。

最初、潜水艦の砲撃かと思ったが、それだと大きすぎる。

どう考えても戦艦の主砲弾か、もしくは五〇〇キロ以上の爆弾が水中炸裂した音だった。

「監視員、なにか見えるか？」

参謀長はハルゼーの疑問に答えず、状況確認を優先させた。

だが、返事はない。

――ズン、ズゥン！

後方からも複数の炸裂音が聞こえてくる。

幸いにも、いずれも水中爆発ばかりだ。

「何が起こっているんだ？」

その時、また電話の呼び出し音が鳴った。

わずかの間を置いて、誰かが叫ぶ。

「アイオワの対空レーダーを起動したところ、上空を通過していく大型機編隊を捉えたそうです！」

「爆撃機か!?」

今度の声は、疑問というより驚きの声だった。

「日本は夜間爆撃機を開発したのでしょうか？」

参謀長の質問が、そのまま答になっている。

状況を分析してみれば、それしか選択肢に残らないからだ。

「どうやら、そのようだな。まあ我が方の陸軍も、例の『黒い未亡人《ブラックウィドウ》』を開発完了しているんだから、敵も同じことを考えたとしてもおかしくない。ただ、ブラックウイドゥは夜間戦闘機だが……」

ハルゼーがブラックウイドゥと呼ぶ夜間戦闘機は、ノースロップＰ－61双発戦闘機のことだ。

去年末に陸軍へ引き渡しが始まったばかりの最新機種で、あまりにも製造単価が高いため、陸軍が量産に難色を示しているという異例の戦闘機である。

ちなみに……。

ハルゼーたちはまったく知らなかったが、日本海軍もまた夜間戦闘機を開発していた。しかも戦争の推移が激しく動いたせいで、ハワイ防衛のための切り札として開発が前倒しされた経緯がある。

その名は、中島三式陸上戦闘機『月光《げっこう》』。

そして実際に爆撃を実施したのは、一式陸攻改となる夜間爆撃機バージョンである。

一式陸攻は、昼間の任務では撃墜される率が高まっているため、現在では徐々に三式陸上攻撃機『銀河《ぎんが》』に代替わりしつつある。

そこで一式陸攻の一部を夜間爆撃／雷撃機にする改良が行なわれ、去年の暮にめでたく完成、実戦試験を兼ねてオアフ島のフォード島基地に一個爆撃隊（一二機）が派遣されたのである。

余談だが……。

次期主力陸攻となる銀河は、開発早期から、誉エンジンの開発不調の余波を食らった機種だ。

そこで早々に、空冷彗星と同じ火星二三型一八〇〇馬力を二基搭載することが決定していた。そのため開発の前倒しはすんなり成功している。

月光のエンジンは零戦四三型と同じもので、ほぼ限界の一二〇〇馬力をひねり出す。

最大速度は五五〇キロと双発としては平凡な値だが、真っ黒に塗られた機体で夜間飛行を行なうには充分すぎる性能である。

一式陸攻改のほうは、エンジンを火星二三型に換装したせいで、最大速度も四四〇キロに上昇している。

面白いのは、夜間に編隊飛行を実施する方法だ。

全機に周波数の違う飛行管制用のレーダーを取りつけるのが理想なのだが、そんなものはまだこの世に存在しない。

かろうじて月光だけが、三式航空電探というVHF波を使用するレーダーを備えているだけだ。

代わりに一式陸攻改には、三式対水上電探が搭載されている。

これは同じくVHF波（周波数は違う）を使ったものなので、あまり精度は良くない。それでも上空遥かからレーダー波を海面に照射するメリットは物凄く、敵艦の最大探知距離は八〇キロにも達している（ただし水面反射をフィルタリングする機能が低いため、判別には熟練の技が必要）。

これらを用いて、実際の飛行と爆撃は、ユニークな方法で行なわれる。

まず爆撃隊と月光隊には、胴体上部に赤色の夜間飛行灯が設置されている。この飛行灯は敵に発見されないよう、前方部に遮蔽板が設置されている。そのため明かりを視認できるのは、時計の三時から九時方向――後方一八〇度のみだ。

これを用いると、先頭を飛ぶ編隊長機だけは飛行灯を視認できない。

だが、そもそも編隊長機は編隊を教導するため飛んでいるから、どこかの機に追従する必要はない。

反対に、五機編成の各編隊に所属する四機の部下は、隊長機や前方を飛ぶ僚機の飛行灯さえ見ていれば、なにも見えない真っ暗闇でも、衝突したりコースを外れたりする心配がなくなる。

先頭の月光隊隊長機が、航空電探で警戒しつつ先行する。

そして一式陸攻改隊の隊長機が、対水上電探で敵艦隊を索敵する。

敵艦隊を発見したら、月光隊は万が一に備えて周辺警戒、一式陸攻改隊は、対水上電探のデータを頼りに中高度飛行に切り換え、高度八〇〇メートルで敵艦隊上空へ侵入、水平爆撃を実施する……。

一から一〇まで新しく考案された戦法で、月光八機／一式陸攻改一二機による夜間爆撃隊は、一二個の八〇〇キロ徹甲爆弾を投下することに成功したのである。

ただし、戦果はゼロ。

もとから戦果を得られるとは思っていない。

今回の爆撃の目的は、『夜間といえども安心できないぞ』と、合衆国艦隊を震え上がらせることにある。

現在のところ、日米双方とも夜間飛行が可能な艦戦は持っていない。

そのため夜間の直掩は不可能だ。

直掩機がなく、直前まで敵襲が察知できない状況で、ただ一方的に爆撃を食らう。

事実ハルゼー艦隊は、爆撃隊が去っていくまでのあいだ、遅ればせながら統率の取れていない対空射撃をまばらに行なったものの、敵機を視認できないため一発も命中していない。

本来なら弾幕を張り、VT信管により近接起爆で撃墜するはずが、そもそも敵爆撃隊の侵入高度すらわからない状況では、弾幕での撃墜は期待できない。

そして……。

日本軍の目論み通り、ハルゼー艦隊は大いに震え上がったのである。

「夜間も気が抜けないとなると、これは面倒ですね」

いまさらハルゼーが作戦を中断するはずもないと思っている参謀長。

なかば諦めたような口調で発言した。

「狙われたのが俺たちで良かった。もし今の段階でスプルーアンスの正規空母に被害が出ていれば、今後の作戦運用を根本から練り直さねばならなかったところだ」

「日本軍は、第二空母群を早期に察知しています。なので懸命に隠密行動しているスプルーアンス長官の部隊も、遅かれ早かれ発見されるでしょう」

「ああ。だからそうなる前に敵の正規空母部隊を発見し、なにがなんでもダメージを与えなければならん。そのための突出であり囮なんだからな」

とは言っても。

第二空母艦隊のＦ４Ｆが半減している現在。

ハルゼー艦隊を直掩できる数も限られてくる。

二隻の護衛空母が艦列を去ったのも、かなり影響してくる。

おそらく今日の夜明けからは、ハルゼー部隊を直掩できるＦ４Ｆは、最大で一〇機にまで目減りするはずだ。

「かなり無理をしてオアフ島へ接近していますので、艦載水偵でも充分に航空索敵が可能だと思います。なにせ敵艦隊は、オアフ島を離れるわけにはいかないのですから」

ハワイ方面艦隊は、ハワイを防衛するために存在している。

これは誰が見ても当然のことだから、参謀長も疑うことなく信じているらしい。

「たしかに……被害を食らった後ならまだしも、現段階で日本の艦隊が遁走する理由はないな」

大増強された米艦隊に恐れをなした日本艦隊が、ハワイを見捨てて撤収するなら好都合だが、そんなにうまい話はない。

だからこそハルゼーは、ある程度の被害覚悟で、敵艦隊にも被害を与えて撤収させようとしているのである。

「ともかく、見つけなければ話になりません。索敵に期待しましょう」

「ああ。それじゃ水偵の発艦時間になったら起こしてくれ」

そう言うと、ふたたびハルゼーは、長官席に座ったまま眠りについた。

四

三月七日午前九時　ハワイ東方沖

「見つからない……だと!?」

午前五時に水偵による索敵を実施した。

ハルゼー艦隊に搭載されている水偵は、OS2Uキングフィッシャー。

航続距離は一三〇〇キロのため、オアフ島から七〇〇キロを保って周回中のハルゼーにしてみれば、必ず日本の空母艦隊が見つかると確信してもおかしくない。

だが、見つからなかった。

ハワイ周辺は徐々に天候が悪化しつつある。

そのため、見逃した可能性もある。

そこで午前七時に、ふたたび水偵による索敵と、スプルーアンス部隊からも、航続が二三九八キロ（偵察任務／爆装なし）もあるSB2Cヘルダイバーを出させての大捜索が行なわれた。

ヘルダイバーの片道距離は一一九九キロ。オアフ島を飛び越えて、その先四九九キロまで飛ぶことができる。

これなら見つけることができる。そう確信して待っていたのだが……。

またもや空振りに終わったのである。

ハルゼーの落胆を隠さない顔を見て、参謀長が慰めるように言う。

「索敵範囲は、南南西にあたる七時方向から西方向にあたる九時方向までです。水偵のみならもう少し索敵線を多く延ばせたのですが、距離の長いヘルダイバーは航空攻撃隊の要ですので、索敵に割けた機は六機のみでした。

そのため先ほど申し上げた索敵範囲で精一杯となりました。敵艦隊の移動速度を考えると、ヘルダイバーの索敵範囲の外まで移動したとは思えません。

なので方向違いのどこか……状況からすると、おそらくオアフ島から南南東沖あたりに移動していると推測しています。

敵は未明の夜間爆撃で、我々の位置を把握しています。ですから、我々が北回りでオアフ島を回りこもうとしていることを察知しているはずです。

この状況を考慮した結果、朝一番に我々の航空攻撃を受けないよう、我々から遠ざかる方向……南へ移動したのではないでしょうか？」

「そりゃ逃げるんなら南がもっとも安全だろうけど……敵は昨日、航空攻撃を成功させてるんだぞ？　こっちの護衛空母が減ったぶん日本側が有利になったんだから、いま二回目の攻撃をしないで、いつするって言うんだ!?」

日本側は、ここぞとばかりに攻めてくる。

そう思っていたハルゼーだけに、参謀長の意見には同意できなかった。

「痛手を負わせたからこそ、今はいったん引いて、我々がもっとも脆弱となる上陸開始時を狙うのでは？

なにしろ日本有利とはいっても、ここで双方とも同数の空母や戦艦を失えば、回復するのは合衆国側が圧倒的に速いですから、戦力温存を第一に考えてもおかしくありません」

今度の返答は、かなり説得力がある。

ハルゼーも少し思いなおしたのか、顎を指でつまんで考えこんでいる。

二分後。

ハルゼーが決断した顔になった。

「よし。もう一度、ヘルダイバーを出して南方向を探らせる。今度は見つかるだろうが、おそらく二個空母群の攻撃範囲外だろう。

それでも敵艦隊の位置を確認することが最優先だ。確認さえしていれば、少なくとも今日の日中は、敵の動きを継続的に把握することができる。

もし攻撃範囲外にいたら、第二空母群を使ってカネオへを爆撃させる。上陸地点だけでなく、カネオへ地区にある日本軍の基地や滑走路／港にいる船舶など、上陸時に障害となるものすべてを破壊させる。

スプルーアンス部隊は、引き続き警戒態勢を維持、位置を変えつつ敵艦隊の動きを牽制させる。

夕刻までに敵艦隊が接近する素振りを見せなかったら、夜間に我々がオアフ島へ接近し、北部にある敵のレーダー基地や沿岸防衛基地を対地砲撃で叩き潰す。

ただし砲撃は午前一時で終わらせる。その後は北方へ全速で退避する。これを可能とするため、戦艦群のうちニューメキシコ／カルフォルニア／アイダホの三隻を分離し、輸送部隊の護衛につかせる。

こうすれば艦隊速度を三〇ノットまで上げられる。なにせアイオア級は三三ノットも出せるんだからな。駆逐艦なみの速度を出せる戦艦だ、この速さを利用しない手はない」

ハルゼーの言う通り、アイオワ級は戦艦として常識はずれの速度を誇っている。

高速空母部隊にすら余裕でついていけるよう設計されたのだから、これは日本海軍には真似のできないメリットとなる。

「了解しました。ヘルダイバーは、前回と同じく八機でよろしいですか？」

「いや、一〇機以上で索敵するよう厳命する。。スプルーアンスには無理を聞いてもらうぞ」

「承知しました。では……」

参謀長が電話ブースに走っていく。

それを見たハルゼーは、あと一時間ほどは起きていようと思った。


同日、午前一二時。

ついにスプルーアンス部隊のヘルダイバーが、日本の二個空母部隊と一個戦艦部隊を捕捉した。

このうち戦艦部隊は、ハワイ島の南方三五〇キロ地点。

大型空母を有する正規空母部隊は、ハワイ島南西四二〇キロ地点。

軽空母で構成される軽空母部隊はハワイ島西方向一二〇キロ地点にいた。

現在のスプルーアンス部隊の位置は、あいかわらずオアフ島から北北東へ七〇〇キロ離れた地点。

もっとも近い敵軽空母部隊まで九〇〇キロになる計算だ。

片道九〇〇キロだと、ヘルダイバーは届いても、F6Fとアベンジャーは届かない。

もし強引に攻撃するなら、攻撃する時間をひねり出す必要もあるため、現在位置より最低でも一八〇キロほど南下しなければならない。

現在の状況で、虎の子の正規空母部隊を単独南下させるのは得策ではない。

スプルーアンス部隊にハルゼー部隊（高速編成後）が護衛として随伴するプランもあるが、これを実施すると明日の日中に戦艦同士の激突が発生する可能性がある。

こうなると、上空では双方の空母航空隊が潰し合いをしつつ爆雷撃を実施するし、戦艦部隊はそれらの攻撃を受けながら砲雷撃戦を展開するという、まさに地獄絵図さながらの光景が現出してしまうだろう。

まだ上陸部隊を送りこんでいない段階で、戦闘不能におちいる可能性のある策は極力排除しなければならない。

猪突猛進で鳴らしたハルゼーであっても、これくらいの判断はできる。

そこで……。

いやいやながらも南下を諦めたのである。

「夕刻にカネオへ空爆。夜間にハレイワとワイアルアへ砲撃を実施する。敵のレーダー施設については、まだ所在不明となっているので、なんとしても夕刻までに発見しろ。

とはいえ……おそらくオアフ島の最北端となる、カフク・ポイント後方の高台に設置されているはずだ。三個艦隊によるレーダー波の三角測量で、だいたいそのあたりにあると計算済みだからな」

「輸送部隊は、カネオへから見て北東九〇〇キロ地点で待機中です。現在、三隻の戦艦が向かっていますが、輸送部隊の速度は一六ノットと遅いですので、カネオへ到着までは最低でも三〇時間が必要です。

もし上陸作戦を前倒しなされるのでしたら、輸送部隊も接近させせますか？　夕刻までに、我々の打撃部隊はオアフ島北部沿岸へ、スプルーアンス部隊は六〇〇キロ地点まで前進する予定になっています。

ですので輸送部隊も、夕刻までに七五〇キロ地点まで前進させておけば、明日朝の敵空母部隊による攻撃があるとしても、攻撃圏外で待機できることになります」

輸送部隊は守りが脆弱なため、敵の空母航空隊に襲われたら大被害を受けてしまう。

そのためギリギリまで所在を隠蔽し、なおかつ攻撃を受けない遠方で待機させる。

その安全マージンを削ることで、参謀長は上陸作戦が間違いなく実施できるよう算段していたらしい。

「距離七五〇キロだと、敵空母部隊が二五〇キロほど北上すれば、攻撃可能になる計算だが……大丈夫か？」

「明日の朝は、互いが空母航空隊を出して航空決戦を挑む可能性が極めて高くなります。その時点で、もし敵の空母部隊のうちのひとつが輸送部隊攻撃に転嫁されれば、そのぶん我が方の空母部隊を攻撃する艦上機が減ります。

輸送部隊には、あらたに戦艦三隻が護衛につきますので、対空射撃も三倍増くらいになります。なので被害を受けるといっても許容範囲内に収まると思います。

もちろん被害を受けないのが最良なのはわかっていますが、いま理想論を述べてもしかたありません。それより、こちらが有利な状況で戦えるかもしれない場面が訪れるのであれば、それは積極的に利用すべきだと考えます」

味方を犠牲にしても、日本海軍の空母部隊を確実に潰す。

まさに悪魔の囁きだが、参謀長はそれに魅了されたようだった。

「ううむ……そうなったら仕方あるまいな」

ハルゼーも、渋い顔ながら同意する。

八島がもどる前にハワイを奪取する。それが上層部の至上命令だけに、他の事は判断材料にならない。

今回の戦いでは、ハルゼーは双方同程度の被害までは容認するとの御墨付きを貰っている。

なにしろエセックス級空母は三ヵ月に一隻、これからも完成し続けるのだ。

それが同時平行的に複数箇所で建艦されているため、今後一年間、だいたい二ヵ月に一隻の割合で正規空母が完成する計算になる。

一年で六隻増えるのであれば、なにも問題はない。

そう考えるのが普通だが、実際には搭乗員の育成その他、数々の問題が発生する。

その点については、ハルゼーは、現有する乗員たちを可能な限り救出する予定を立てているため、たとえ艦を失っても乗員の目減りは最低限で済ませられると考えていた。

「では、それで行こう。それから……今夜も敵は夜間爆撃を行なうかもしれんから、万が一に備えて上空監視班を増員した上で、夜目に慣らしておいてくれ。対空射撃する場合、探照灯と監視員の目だけが頼りになるからな」

そう言うと、さすがに眠気を堪えきれなくなったのか、ひとつ大きなあくびをする。

続けて口を開くと、そのまま立ち上がる。

「……三時まで仮眠する。時間になったら起こしてくれ」

ゆっくりと背を向けると、左手を振って艦橋スタッフに挨拶しながら出ていった。

＊

三月九日、午前一時（現地時間）
この時点で八島艦隊は、ケープタウンまであと二三時間の位置に到達している。
その間、様々な情報が飛びこんできた。
主なものはハワイ方面の情報だが、そのハワイは現地時刻だと八日の午後零時頃となる。計算が面倒くさいのは、ハワイ方面が日付変更線の向こう側にあるからだ（日本時間は九日の午前七時）。

「いやはや……三川君には苦労をかけてるな」

山本五十六は八島艦橋を降りるため、艦橋後方にあるエレベーターへ行く途中だ。

これから就寝するため長官室へ向かう予定になっている。

エレベーターまで見送りにきた宇垣纏参謀長が、歩きながら答える。

「敵もまさか、ハワイ方面艦隊が逃げの一手だとは、予想だにしていなかったでしょう。

その証拠に、現地時間の昨日。航空決戦を挑むため、朝から懸命に索敵を実施していたそうですから。

しかし第一／第二航空艦隊だけでなく、主隊まても、常に敵空母の攻撃範囲外に移動していましたから、どうあがいても航空決戦は起こりようがありません」

「まあ……敵さんも素早く頭を切り変えて、オアフ島北部への砲撃とカネオへ港へ空襲を実施したから、敵さんが一方的に失態を演じたわけではない。

このぶんでは上陸作戦が早まる可能性が大きくなるが、その時はハワイ方面艦隊も、敵の作戦を遅延させるための攻撃をしなければならんだろうな」

二人の会話通り、決戦日となるはずの七日は、まったく何事もなく過ぎてしまった。

いや……。

合衆国側は、カネオへとオアフ島北部に対し、八日未明まで攻撃を仕掛けたのだから、何もなかったとは言えないだろう。

このうちオアフ島北部に関しては、一ヵ所の移動レーダー基地が破壊されたものの、その他に関しては一切被害がなかった。

なぜなら、合衆国側の攻撃に先立つ、七日の午後三時。

ホノルルにある日本陸軍司令部より、国際共通回線を使用した平文の電信が、ハルゼーの元に送られたからだ。

その電文には、

『オアフ島北部にあるハレイワおよびワイアルアに、合衆国国籍を有する現地住民の避難所を設置してある。現地は現在、治安維持のための少数警備部隊のみしか駐屯していない。

よって合衆国艦隊がオアフ島を攻撃する目論みがあるのなら、これら二ヵ所は攻撃を断念してもらいたい。

この要請を無視して合衆国市民に被害が生じた場合、責任のすべては合衆国側にある。ジュネーブ条約にも違反する行為になるため、重々熟慮の上で決断して欲しい』

この通信は三度にわたって送られた。

そしてその後、ホノルルにある短波ラジオ放送局が、米国西海岸向けの英語放送（いわゆる『ホノルル・ローズ』）として、ニュース形式に直された同じ内容のものを放送した。

ここまでおおっぴらに喧伝されると、ハルゼーも独断では動けない。

そこで緊急通信をサンフランシスコにいるニミッツに送ったら、すでにラジオ放送の内容を知っていて、ワシントンに問い合わせているので一時間ほど待てと言われた。

まんじりともせず一時間を過ごしたハルゼーは、大統領府の決定により、北部地域への攻撃はレーダー基地のみに限定するよう命令が出たと知らされた。

そこで日中はカネオヘへの航空攻撃、日没後は北部のレーダー施設のみを攻撃することで、七日という特別になるはずだった日は、すんなり終わってしまったのである。

「問題は明日以降ですね。一〇日の午前零時をもって、我々はケープタウンのフォールス湾西側にあるサイモンズタウン港を攻撃します。

さすがにこの攻撃は、朝までに連合軍が知るところとなるでしょう。そして被害状況や着弾時の衝撃音その他の情報から、八島が攻撃したことに気づくはずです。

ハワイを攻めている最中の合衆国艦隊は、いつ八島が来るかと、戦々恐々しつつ戦っているはずです。それがあろうことか、ほぼ地球を半周したケープタウンにいるとわかれば、当面は八島来襲はないと判断するでしょう。

そうなるとハワイ奪還にもはずみがつき、ますますハワイ方面艦隊は苦しい戦いを強いられることとなります」

宇垣にしては長い説明だったが、山本はエレベーターの前に立つまで、黙って聞いていた。

艦橋要員がエレベーターを操作するのを見ながら、最後にこう言った。

「ハワイ方面艦隊は、可能な限り長期間、敵艦隊をハワイへ引きつけておくことが主任務となっている。

敵艦隊の撃滅ではなく、あくまで牽制しつつハワイに張りつける。これが洋央作戦の骨子だ。

まさに、ぐだぐだとお茶を濁すような行動ばかりに終始しなければならん。しかも、それをやるのは天下の連合艦隊だ。海軍史に汚点を残すような作戦だが、これはどうしてもやり遂げてもらわねばならない。

ハワイ方面艦隊が粘りに粘るのは、ひたすら八島が戻ってくることを願っているから……そう合衆国に思わせなければならない。

　最低でも、これから一四日間……半月のあいだ、敵艦隊を翻弄してもらう。これに成功すれば、我々の勝ちはほぼ確定する」

　思わせぶりな口調で語る山本だったが、エレベーターが到着したため、二人の専任参謀ともども乗りこんでしまった。

　エレベーターの扉が締まり、宇垣だけが残された。

「……元から無茶を承知の作戦です。たとえハワイ方面艦隊が失敗しても、我々は止まりません」

　そっと独り言をつぶやく。

　その顔には、覚悟の文字が刻まれていた。

第四章　起死回生の一手

一

三月一〇日　ハワイ東方沖

一〇日の午前六時五八分。

ついに、ハルゼー艦隊が日本の正規空母部隊を捉えた。

位置はオアフ島の西北西八八〇キロ。

この時、スプルーアンス部隊はオアフ島北北西三三〇キロ地点まで前進していて、彼我の距離は六八〇キロとなっている。

つまり……完全にスプルーアンス部隊の攻撃範囲内だ。

ハルゼー部隊からの緊急通信を受けたスプルーアンスは、一瞬の躊躇もなく声を発した。

「攻撃隊、発艦！」

スプルーアンス部隊は、このところ毎日、朝一番での出撃に備えて航空決戦のためだけに待機していた。

暖気運転も完璧、爆雷装も終了、命令さえあれば出撃できる準備が整っていた。

命令から三〇秒後、Ｆ６Ｆ一番機が飛行甲板を走りはじめる。

今回は半数出撃、ゆえにエセックス級空母一隻あたりの出撃数は、Ｆ６Ｆ一五機／ヘルダイバー二〇機／アベンジャー一〇機となっている（他に直掩のＦ６Ｆが一〇機）。

この出撃数だと交代用の直掩機が五機しかない。

本来なら出撃するF6Fを一〇機にすべきなのだが、そこを無理しての出撃となった。

結果、出撃総数F6F六〇機／ヘルダイバー八〇機／アベンジャー四〇機、総計一八〇機。最近の合衆国海軍では、希に見る大規模出撃である。

「発艦終了後、ただちに反転。艦隊全速で東方向へ退避する」

通常は着艦の関係から、あまり航空攻撃隊との距離は開けないものだ。

しかしスプルーアンスは、新型艦上機の長い航続距離を見越して、可能な限り後方へ退避する決断を下した。

このまま現在位置にいれば、日本の空母部隊と刺し違える可能性が出てくる。今のところ見つかった様子はないが、用心には用心を重ねるべき……。

なにせ彼我の距離六八〇キロは、日本の新型艦上機もまた攻撃半径内なのだ。

合衆国側が一方的にアウトレンジできる距離まで離れるとなると、あと二五〇キロも東へ戻らなければならない。

スプルーアンス部隊の艦隊全速は三一ノット。これはエセックス級空母の最高速度三三ノットに制限されるためだ。無理すれば短時間なら三三ノット出せるが、そうなると途中で機関や缶室に無理が出て故障する可能性がある。

三一ノットで二五〇キロを踏破するには、およそ四時間半が必要。

スプルーアンスは、安全域に到達する四時間半を走りぬけるつもりらしい。

そしてその間、スプルーアンス部隊の後方八〇キロにいるハルゼー部隊が、そのまま同海域に留まり囮の役目を果たす。

同じく第二空母群も、ハルゼー部隊の東南東一五〇キロの位置から、残り少ない直掩機を出してカバーに入る。

この布陣は、カネオへ地区の二ヵ所（北に位置するノースビーチと東に位置するホヌアビーチ）へ上陸している海兵隊にとっては、まったく航空支援が受けられないことを意味している。

なんとハルゼーは、一時的にハワイ奪還作戦の航空支援を中止してまで、日本海軍の空母部隊を潰す決断を下したのである。

「攻撃隊、発艦終了。現在の陣形のまま反転退避を開始します」

艦隊参謀長の報告に、スプルーアンスは黙って肯く。

艦隊陣形を対空陣形である輪形陣に変更したいのは山々だが、もたもたしていると敵航空隊がやってくるかもしれない。

そこで仕方なく、発艦陣形のまま弧を描いて反転しはじめた。

ともかく、一刻も早くハルゼー部隊を追い越さねばならない。

八〇キロを三一ノットで踏破するには一時間半が必要だ。一時間半といえば、ちょうど味方の攻撃隊が敵空母部隊に到達する頃となる。

これら一連の時系列に沿った出来事を、スプルーアンスは一瞬で暗算した上で命令を発したのである。

「万が一に備えて、護衛各艦は、可能な限り空母に接近して対空防御を固めよ」

反転中もスプルーアンスの命令は止まらない。

やれることは、すべてやっておく。

完璧主義のスプルーアンスらしい行動だった。

「敵の主力空母部隊を殲滅できるでしょうか？」

すこし暇になった参謀長、急に不安になったらしい。

「ダメージは与えられると考えているが、殲滅となると無理だろうな。敵も新型艦上機に更新されているから、攻撃隊のかなりの数が阻止されるだろう」

スプルーアンスの返答は、参謀長の不安を増大させただけだった。

もしハルゼーだったら、豪快に笑い飛ばした上で、『勝負は時の運だ』と言うはずだ。

思っていることは同じでも、口を出る言葉は違う。

このあたりの機微については、ハルゼーのほうが、上に立つ者として圧倒的に優れている。

参謀長の顔色が優れないことに気づいたスプルーアンスは、ようやく自分の失言に気づいた。すぐにフォローのため発言する。

「だが、それで良い。敵の正規空母は四隻。こちらも四隻。となれば一隻でも被害を与えられれば、それだけ今後の作戦運用が楽になる。しかも搭載機数はこちらが上なのだ」

今度のフォローは役にたった。

たちまち参謀長の緊張した顔がほぐれる。

「そ、そうですね。最初から空母戦力は我々のほうが優勢ですから、ここでさらに差がつけば、そのぶん敵は苦しくなりますよね」

「おそらく日本軍は、オアフ島にいる陸上機も戦力に加えているはずだ。いまのところ我々が把握している敵の陸上航空基地は、フォード島の旧海軍滑走路のみ。事前の偵察によれば、ヒッカムとカネオへの航空基地は荒れたまま放置されている。

北部のハレイワ飛行場に至っては、避難民のキャンプ地になっていた。どうやら日本軍は、真珠湾しか守るつもりはないらしいな」

「はい、それについては同意します。カネオへへ上陸した海兵隊も、敵の航空攻撃と遠距離砲撃を除くと、現地でほとんど攻撃を受けなかったそうです。

ただ……カネオへ港の港湾施設は、見事なほどに消滅していました。ただの破壊ではありません。

大埠頭にあったはずのガントリークレーンやドックにあった開閉門／クレーン／レール／溶接機器／輸送機材／資材その他、一切合財が持ち去られ、残っていたコンクリート部分も爆薬で破壊されていて役立たずになっていました」

実際に参謀長が見たわけではないが、あたかも自分で目視したかのように震え上がっている。

「その報告は知っている。日本軍はハワイを要塞化すると思っていたが、どうもそうではないらしい。戦艦八島は、ただ巨大なだけではない。ありあまる排水量を利用して、そのまま巨大な輸送船にもなる。

理由はわからないが、もしかすると日本本土は、我々の予想するより物資不足が逼迫《ひっぱく》しているのかも知れないな。そう考えれば、ハワイにあったすべてを日本へ持ち帰り、新たな軍事物資として再利用しようと考えるはずだ」

「しかし……そうなるとハワイの防衛は、最低限しか強化できなくなりますが？」

「強化する必要はない。現在の日本艦隊の動きを見ていると、とてもハワイを死守する感じには見えない。守れるあいだは守り、守れなくなったら即座に破棄して逃走する。この大前提がなければ、現時点でミッドウェイ方面へ下がる意味はない」

さすがスプルーアンス、すでに洋央作戦の骨子を看破していた。

ハワイ全土はいま、民間物資を除くすべてが存在していない。

すべて八島と随伴していた輸送部隊が、日本本土へ持ち帰っている。

それは徹底したもので、たとえば八島が砲撃で破壊した海軍弾薬庫については、あれだけ徹底して破壊したというのに、実際は誘爆を含めて四割しか破壊できていなかった。

となれば六割の弾薬が、無傷で弾薬庫に残っていたことになる。

日本海軍は、そこにあった膨大な量の弾薬を、八島と輸送船を使って、一発残らず日本へと持ち帰ったのだ。

むろん米軍仕様の弾薬は、そのままでは使えない。

しかし性能を試験して米海軍の能力を把握するためには不可欠のものだし、砲弾の金属部分や火薬についても、可能な限り再利用することになっている。

同様に、港にあった金属製の機器も再利用が大前提だ。

その他、軍用車両や建設機械については、圧倒的に合衆国製品が優れているため、日本軍にとっては宝の山だ。すでに一部の車両やエンジン、建設機械については、丸コピーするための図面が完成し、試作品の製造が始まっている。

中でも日本軍を驚かせたのが、滑走路整備用のブルドーザーだ。

日本軍がほとんど人力に頼っていた部分が、すべて機械力によってカバーされていた。なんと日本軍が一週間から二週間もかかる滑走路補修を、合衆国軍はわずか一日から三日で完了させられることが判明したのである。

これは恥も外聞もなく真似しなければならない。

そう判断した大本営は、国内の自動車企業各社に対し、民間自動車すべてを生産中止にした上で、最優先でブルドーザーその他の建設機械の生産を命じている（軍用ジープの模倣だけは許可された。その結果、屋根付きの豊田製ジープといった珍品まで造られている）。

　ただし実際には、スプルーアンスが言ったほど日本は逼迫していない。

　しかし合衆国には、そう見せる努力が行なわれている。

　すべては、日本が敗戦国にならないためのプロパガンダなのである。

　しばらくして、ふたたび報告の声がした。

「艦隊反転終了」

「退避開始」

　スプルーアンスの命令を受けて、航行参謀が命令を発する。

「艦隊全速。このまま水上打撃部隊の東方位置まで突っ走れ」

　今度はハルゼー艦隊に守られながら、航空攻撃隊を収容する。

　すべてスプルーアンスの予定通りだった。

＊

「敵機来襲！」

　唐突に、山口多聞の耳を大声が突き抜けた。

　叫んだのは有線電話担当の艦橋伝令だ。

　いま山口のいる正規空母『扶桑』は、第一次改装で艦内電話が整備された。だから以前よりずっと素早い意志伝達が可能になっている。

「距離は？」

　落ち着いた山口の応答。

　慌てていた伝令が、はっとした顔になる。

「済みません！　距離七六キロ。高度三〇〇〇です!!」

「航空参謀、直掩機はどれくらい上がっている？」

今度は横にいる航空参謀に質問する。

「現在は早朝の危険時間帯のため、扶桑／山城／翔鶴から各一〇機、総数三〇機を出しています」

「敵艦隊の位置は……まあ、把握してないな？」

「残念ながら、今朝の索敵は天候悪化により未発見となっています。なのに……皮肉なことに我が艦隊の上空は雲量四と、まだ天候悪化とまでは至っていません」

「西へ下がりすぎたか。まあ、いまさら嘆いてもしかたない。それにしても、もう少し直掩機が欲しいところだが……残りは対空部門に頑張ってもらおう」

第四空母艦隊は、各空母の対空砲や機関砲の他に、対空強化された高津型軽巡が二隻、空母戦隊を挟むように配置されている。

さすがに八島艦隊に新規配備された四〇ミリ機関砲はない。だが代わりに、VT信管対応済みの三〇ミリ連装機関砲を装備している

同様に五隻の正規空母にも、八島艦隊ほどではないにせよ、一八センチ対空ロケット四連装発射機が、各艦に二基八門（VT信管・拡散子弾仕様）新規配備されている。よって艦隊全体の対空防衛は、従来比の三倍強にまで至っている。

「対空射撃、開始します！」

艦隊戦闘を担当する参謀が、各艦へ命令を送ったのち報告しにやってきた。

ほぼ同時に、対空砲が吼えはじめる。

「敵航空隊、艦爆と艦攻に分かれて進撃中！」

今度の報告は、艦橋上部にある対空監視所からの連絡だ。

この連絡は伝音管が直通しているため、電話ではなく伝音管を使って行なわれている。

――ドンドンドン！

空母改装された扶桑から、一〇センチ五五口径

連装高角砲弾が射ちあげられる。

それらは高度一〇〇〇に達するとＶＴ信管が作動し、そのまま四〇〇〇メートルまで駆け上がっていく。

その間、ＶＴ信管の感知距離である半径二〇メートル以内に敵機がいれば、高度に関わらず近接信管が作動し自爆、周囲一五メートルに榴弾と砲弾断片をばらまく。

感知に失敗しても、四〇〇〇メートルで時限信管が作動。自爆することで弾幕を形成し、それらの榴弾と断片が下方に降りそそぐ結果となる。

本来なら敵機集団が三〇〇〇メートルの高度にいるのだから、時限信管も三〇〇〇メートルに設定していれば良かったのだが、いまはそんな余裕はなかった。

そこで仕方なく、デフォルトとして設定してあった四〇〇〇メートルのまま射ちあげたのだ。

当然、次弾からは三〇〇〇メートルに再設定されている。

「上空監視員より報告！　敵機はすべて新型機の模様!!」

「やはり敵は正規空母部隊か……これは、タダでは済みそうにないな」

腕組みをしたまま仁王立ちしている山口が、不吉な発言をした。

しかしそれを聞いても、艦橋にいる誰も動揺する気配がない。

それもそのはず……。

第四空母艦隊の空母は、すべて第一次改装が済んでいる。

すなわち、部分的にだが八島型改装が施されているのだ。

舷側には一層の雷撃防御ブロックが張り巡らされ、飛行甲板と中甲板にも一層の重層パネルが敷き詰められている。

以前の松材が張られた飛行甲板は、すでに懐かしい思い出と化しているのだ。

被害を受けても、ブロックやパネルの交換を行なうことで、ある程度までなら洋上で修復が可能になっている。

だがらタダでは済まないが、被害は最小限に抑えられる自信がある。

皆は黙したまま語らないが、無言の姿がそう伝えていた。

「瑞鶴に爆弾命中！」

遅れて扶桑にも、ドーンという命中炸裂音が聞こえてきた。

「左舷後方より敵艦攻四！」

「個艦回避はじめ。左舷回頭四五度」

扶桑艦長が、操舵手に命令を発する。

個々の艦については艦長の裁量のため、山口は何も言わない。

「上空に敵艦爆五、急降下態勢！」

「噴進砲、撃て！」

電話口で対空班と連絡を取っている噴進砲隊の隊長が、噴進砲班へ命令を下す。

噴進砲は連続して多数のロケット弾を打ち上げる。効果は絶大だがタイミングが全てを決する。次弾の装塡は人力で行なうため、どうしても次の発射まで数分が必要だ。

それらの条件を考慮して、隊長が電話に張りついてタイミングを計っていたのである。

――バシュシュシューッ！

火薬式の推進薬を使っているため、打ち上げ花火のような音がする。

噴進砲弾は、ＶＴ信管と拡散子弾の仕様となっている。時限信管は高度二五〇〇に設定されているから、完全に急降下爆撃中の敵機を狙い撃ちするための仕様だ。

——ババババッ！

一秒に二回の割合で、扶桑の直上に八個の炸裂炎が花開く。

次の瞬間、炸裂炎の周囲二〇メートルほどに、無数の小爆発が生じた。

両舷一門ずつの噴進砲座が、全弾を射ちあげた証拠だ。

まるで大輪の花を咲かせる昼花火である。

拡散子弾の個別炸裂は、まったくもって花開いた花火の小玉そのものだった。

「急降下中の敵機、全機消滅！」

報告を聞いて、山口は小さく安堵のため息を漏らした。

それまでは息を止めて見守っていたのだ。

しかし危機は続いている。

「右舷真横方向より敵艦攻三！」

「右舷回頭、九〇度！」

扶桑は艦首を巡らし、右へ左へ大忙しだ。

しかし八島などに設置されている艦首スラスタは装備していない。だから、その動きは見ていてまだるっこしい。

「一発、回避……二発回避。三発……当たります！」

艦橋右舷デッキにいる水上監視員が叫んだ。

「各員、衝撃に備えよ」

艦長が声を張りあげる。

山口も近くにある機器に両手で捕まった。

——ズン！

艦橋右舷、やや後方に、六〇メートルほどの水柱が上がる。

魚雷命中の衝撃は、思ったほどではなかった。

「右舷中後部へ魚雷一、命中！」

「被害調査班、ただちに出動せよ」

艦務参謀の目配せを受けた扶桑副長が、伝音管を使い、艦内待機中の被害調査班に命令を送る。

「山城、後部飛行甲板に爆弾一、命中！」

「ううむ……踏んだり蹴ったりだな。もう少し阻止できると思っていたのだが」

止まない被害報告に、山口が憮然とした表情を浮かべている。

艦隊参謀長の葦名三郎大佐が、忙しい航空参謀の代わりに進言した。

「最新の報告によれば、敵機は一五〇機前後の大集団とのことですので、すべてをせき止めるのは無理かと。直掩隊は三〇機ですが、よく戦っていると思います」

その直掩機はすべて新型の紫電改なのだが、こちらも被害皆無とは言えないようだ。

なにしろ新型の米軍機は、恐ろしいほど頑強らしい。

自慢の一二・七ミリ機銃弾を射ち込んでも、数発では落ちないとの報告が複数舞い込んでいる。

効果があったのは、機首プロペラ軸貫通型で爆裂弾を使用している、一式三〇ミリ機関砲だ。

さすがに三〇ミリの爆裂弾だけあって、一発当たればF6Fでも機体や翼が砕け散る。

しかし三〇ミリ弾の携行数は少ない。

そのため射撃位置を確保するのに苦労し、射ち漏らしが生じているようだった。

「仕方ありません。こちらが装備を強化すれば、敵も強化するのが世の常ですから」

わずかに敵の攻撃が散漫になってきた。

そのため葦名参謀長の声にも安堵の色が見られる。

その時。

――ドウッ！

艦橋が真横に揺さぶられた。

同時に艦橋左舷の対爆窓ガラスが砕け散る。

「むうっ！」

山口は反射的に右腕で顔を覆う。

その腕に、ビシビシとガラスのかけらが突き刺さっていく。

「被害確認！」

「長官負傷！　軍医を呼べっ！」

複数の声が艦橋に錯綜する。

艦橋左側すぐ近くに、ヘルダイバーが放った一〇〇〇ポンド徹甲爆弾（五〇〇キロ相当）が命中した瞬間だった。

「たいしたことはない。軍医はいらん。衛生兵で良い」

顔を覆っていた腕を降ろした山口が、自分の腕を見ながら返答した。

自分の被害より艦の被害……。

そう思った山口は、素通しになった右舷の窓に走りより、飛行甲板を見下ろす。

周囲にはコンクリート粉や破片が舞い上がり、白い爆煙を形成している。

重層コンクリート板が四枚ほど吹き飛んでいる。そこに大きな穴が開き、階下となる上部格納庫の中が見えていた。

「パネルを支持する骨材が、一部歪んでいるようですね。でも見る限り、格納庫床面に被害はないようです。もっとも……直下にあった艦上機は破壊されたと考えるべきですが」

衛生兵を呼びに行かせた葦名が、艦橋に常備されている救急用品のロッカーからガーゼとオキシフル、止血帯、そして三角巾を持ってきた。

これで当座の手当をしておき、あとは衛生兵が来るのを待つ気らしい。

「下層格納庫や中甲板に被害がなければ、洋上補修できる可能性がある。まあ詳しくは、被害調査班の結果待ちだが。

それにしても……以前の日本空母なら、これで大破の判定を食らっている。しかし新基準に照らせば、洋上補修可能なら小破判定となる。まさに八雲仕様の恩恵大だな」

怪我したくせに、山口はけろりとした顔をしている。

痛くないわけがないが、我慢強さも人一倍らしい。

今のところ、艦体の中央付近に命中した魚雷については、被害状況が届いていない。

理論的には、一層の舷側ブロックのみでは、魚雷の爆発水圧をすべて吸収できない。

だから、なんらかの被害がバルジに生じていると思われる。

もしバルジに大きな破口が生じていたら、洋上補修では直せない。

その場合は中破判定となる。

もしブロックが吹き飛びバルジがへこんだだけで済んだなら、かつて八島が行なっていたような『潜水作業によるブロック交換』で洋上補修が可能だ（へこんだ部分には鉄骨コンクリート製の支持ステーをかませて平均を出す）。

さすがに伊豆型特殊工作輸送艦のような、『吊り下げ型潜函』による補修作業ほどには迅速に行なえないため、最低でも数日の静止しての作業となる。

「はい。第一次改装を受けていなければ、とても洋央作戦を完遂できる状況など作れません。我々のような簡易型の八島改装でもこの威力なのですから、白鳳型のような完全仕様となると、どれだけ継戦能力が上がっているか……死ぬまでには、一度乗ってみたいものです」

「ははは！　ならば、ここで死ぬわけにはいかんな」

　唐突に山口が笑ったため、被害を受けた艦橋に場違いな雰囲気が訪れる。

　しかし悪い変化ではなかった。

「敵機、攻撃を終了して帰投しはじめました！」

　上空監視班からの連絡が、さらに艦橋内を落ち着かせた。

　ようやく衛生兵と軍医が走ってくる。

　軍医はいらないと念を押したはずだが、軍医長が独断で派遣したらしい。

　それを制し、山口が命令を続ける。

「……ともかく被害確認が最優先だ。それが終わったら、上空監視班と直掩隊に連絡して、敵の被害を集計せよ。集計が終わったら概要でかまわんから報告してくれ」

　多少の間違いはあっても、まずは被害と戦果の全体像を把握する。

　そして三川が待ちわびている主隊へ報告することが重要だった。

　命令を終えた山口は、ようやく傷を軍医に見せはじめた。

　その間も、葦名参謀長との会話は続く。

「おそらく今日は、敵艦隊のいる付近が天候不良のため、航空隊を出す好機は訪れないだろう。なので第四空母艦隊は、このままミッドウェイ方面へ一時退避する」

　ハワイ周辺はいま、春の嵐に見舞われている。

　これが過ぎ去らない限り、航空攻撃は難しい。

　いまいる海域は、なんとか離艦可能だが、途中で大規模な積乱雲の群れを突破しなければならないし、攻撃目標地点は積乱雲の真下のため、暴風と大雨が攻撃行動を阻害するのだ。

「しかし……敵空母は発艦したからこそ、ここにやってきているわけで」

参謀長が疑問を含んだ問いかけをした。

「北方向に迂回した結果、うまく嵐を避けられたか……もしかすると敵の新型空母は、ある程度の荒天でも発艦が可能な設計かもしれんな。我が方の白鳳型も、あの程度の嵐なら、ジャイロ機構を搭載しているため発艦可能なはずだ」

しかし我が艦隊に所属している戦艦改装型と従来設計型の空母は、白鳳型ほど高い性能ではない。口惜しくはあるが、あるもので戦うしかないな」

戦艦改装型の正規空母は、どうしてもトップヘビーになりやすい。

しかも搭載機数を増やすため、無理矢理に二段格納庫にしたため、なおさら艦の安定が損なわれている。

その点、最初から空母として設計された翔鶴／瑞鶴／飛龍の三隻は、扶桑型よりはどっしり安定している。それでもジャイロ機構を有していないぶん、白鳳型より艦の水平を維持する能力は低い。

新型のエセックス級がジャイロを搭載しているかどうかは、山口が知るよしもないためわからない。しかし現在の天気で出撃してきたという事実が、山口の空母より性能が上であることを証明しているのも確かだった。

二

三月一〇日夜　ハワイ東方沖

恐ろしいほど順調にオアフ島の奪還が進んでいる。

そんな最中《さなか》。

ハルゼーの元へひとつの情報が届けられた。

情報の発信元は、ワシントンにいるキング作戦部長となっている。

暗号電文を流し読みしたハルゼーは、宙を睨んで叫んだ。

「ヤツだ！　ヤツはケープタウンにいる!!」

痛恨の表情だ。

英国からホワイトハウスへ、緊急の政府間電信が届いたのが五時間ほど前。

電文の差出人はチャーチル首相、外交機密扱いの電文である。

『現地時間の三月一〇日午前零時。南アフリカのケープタウンにある英海軍の軍港が、大規模な艦砲による砲撃を受けた。そして夜が明けると、今度はレーダー施設や通信施設をふくむ軍事基地と、周辺にある滑走路のすべてが航空機による空襲で破壊された。

その後、日本海軍による、ケープタウンに対する無血開城の勧告が行なわれた。これを英陸軍守備隊とケープタウン市長の連名で拒否すると、海岸一帯にある沿岸要塞や警戒陣地が吹き飛ばされた。

そして正午、ふたたび開城勧告が行なわれ、即時返答を迫られた。これを拒否した場合、英軍部隊が市街地に引きこもって徹底交戦する意志の現われと判断し、ケープタウン市街地に対し全面的な攻撃を行なうと恫喝してきた。

この恫喝に、まず市長がおののいた。すでに大半の軍備は破壊され、残っているのは僅かな銃砲を手にした守備部隊のみ。実際に砲撃と爆撃が実施されれば、ケープタウンは地獄と化す。とても守備部隊では応戦しきれない。

市長の説得で英軍守備隊の指揮官が折れ、民間被害を未然に阻止するという理由で、開城勧告を受諾する旨の平文通信が行なわれた。

この通信は移動式通信車両を用いて行なわれた。遠距離通信施設はすでに破壊されていたからだ。

そして英国への報告は、一般用の電話を用いて六〇〇キロ離れたポート・エリザベスへ電文内容を送り、そこからいくつかの英植民地を経由して英本土へ届けられた。

日本軍がケープタウンを破壊したのは、間違いなくインドを隔離するためだ。スエズ運河を通行止めにしたのと同じ理由である。

インドは今、日本に後押しされた独立勢力（インド独立軍）による内乱が激しさを増している。なのにスエズ運河を遮断されたせいで、物資の輸送や戦力の増援などは、イランを経由して細々と陸路で行なうしかない。

英国政府としては、スエズ運河が使用不能になったのを受けて、急遽、喜望峰回りでインドへの支援を続行する方策を練っていたところだった。

しかし東アフリカ最大の海軍拠点であるモンバサが奪取され、今回また、南半球で最大の軍事および交易中継地点であるケープタウンが制圧されたことで、英国のみならず、連合国すべてがインドへ至る道を完全に閉ざされた。

これは由々しき問題であり、早急にインドへの大規模支援が実施されなければ、極端な物資不足により、インドの陥落は時間の問題となるであろう。

しかし英国は現在、ノルマンディー作戦を実施するため、全戦力と物資を傾注しつつある。そのため南アフリカまで艦隊と輸送部隊を送る余裕がない。さりとてスエズ運河が復旧する四ヵ月後まで待てない。

そこで連合国の主要国である合衆国には、ただちにケープタウンへの大規模支援を実施して貰いたい。以上、英国首相ウインストン・チャーチル』

この公式暗号電文を、ルーズベルト大統領は、ワシントンにある陸軍病院で受けた。

連日の激務と大統領予備選挙がダブルパンチとなり、持病の高血圧が悪化して倒れたのだ（元から『車椅子の大統領』と呼ばれるように身体的な障害を持っているが、それとは別に、最高血圧が二〇〇を越える重度の高血圧症も併発していた）。

その後も症状は回復せず、徐々に悪化の一途を辿っている（一九四四年現在、いまだ高血圧の有効な治療薬は開発されていない。したがって、やれるのは対処療法のみ）。

無理をしなければ大統領選挙への出馬も大丈夫と言われていただけに、度重なるストレスと無理が悪化の引金となったらしい。

そして三日前、ホワイトハウスでの療養では回復する見込みがないとして、陸軍病院への移送となったのである。

大統領が持病のため職務を全うできなくなった場合、副大統領が大統領代理として引きつぐ。

現在の副大統領はヘンリー・A・ウォレス。彼が急遽ホワイトハウス入りすることになった。

ところが……。

チャーチルの電文は、ウォレスではなくルーズベルトへ届けられている。

これは建前はともかく、実際には、いまだにルーズベルトが大統領として働いている証拠である。

それが巡り巡って、いまハルゼーの元へ届けられたのである。

「これで、すべて判った！　なんで日本軍が、ハワイを放棄するような感じでミッドウェイ方面へ退散したのか……当面はヤシマ艦隊が戻ってこれないから、いったん下がって、そののち奪還するつもりなんだ!!」

どうやら勘繰りすぎて積極行動に出られなかったことを、いまになって悔やんでいるらしい。

戦艦アイオワの艦橋せましと、大声で叫ぶハルゼー。

そのため艦橋にいる全員が、嫌でも話の内容を聞かされている。

ハルゼーの興奮を静めるように、参謀長が声を発した。

「そのお考えには同意します。ヤシマ艦隊がケープタウンにいるとすれば、ハワイまでは二万キロ……おおよそ地球を半周しなければなりません。

ヤシマは膨大な燃料を艦内に積みこめますので、おそらくノンストップで戻ってこれるとは思いますが、それでも二万キロは遠すぎます。これまでヤシマ艦隊が常用していた艦隊速度は二四ノットですので、ざっとした計算するとハワイまで二〇日ほどかかります」

実際には物資の過積載により二二ノットまで落ちているが、ハルゼー部隊が知っているわけがない。

参謀長の推測は続く。

「その間、ハワイ近辺にいる日本の艦隊は、大被害を受けるわけには行かない状況にあります。後がありませんからね。だから終始逃げ回っているわけですが、それでも正規空母二隻に被害を食らったのは、予想外の痛手となっているはずです。なので……これ以上の被害を受けると我々を阻止できなくなりますので、ひとまずミッドウェイ海域へ下がり、様子見をしているのでしょう」

日本の艦隊は、正規空母部隊が被害を受けたのがよほどショックだったのか、その後はなりふり構わず全艦隊がミッドウェイ付近まで下がってしまった。

当然、ハワイにいる日本の陸軍や陸戦隊も、慌てて真珠湾から逃げ出した。

その後、カネオへ地区を奪還した上陸部隊は、恐る恐るながら西へ進軍。かつての山岳要塞を踏破し、そのままホノルルへと到達した。

「おそらく最初からの予定だったのだろうな。なんせ真珠湾には、なにも残されていなかった。まったくの無だ」

口惜しそうに宙を睨むハルゼー。

そうさせるほど、上陸部隊の目に映ったオアフ島は異常だらけだった。

「金属でできたものは残らず消えうせ、軍の倉庫はカラの上、御丁寧に破壊されて鉄骨や鉄筋まで強奪されていた。

太平洋艦隊司令部や固定ドック／船台／埠頭は、ただ設備を奪われただけでなく、コンクリート製の基礎部分まで爆破されていた。ゆいいつ機能していたと思われるフォード島滑走路も、逃げ出すさいに爆破されている。

そして憎たらしいことに、ハワイ諸島全土にある建設機器のすべてが奪われた。これは民間用も含まれている。そのせいで被害を受けた軍事施設を復旧するのに、米本土から新た建設機器を運ばないといけなくなった。

民間の設備を軍が強奪するのは、厳密にいうと戦争犯罪にあたる。しかし日本軍は、民間の設備に関しては、強奪ではなく、きちんと対価を支払って購入している。だから戦争犯罪にはならない。

まあ支払った金は、太平洋艦隊司令部の金庫にあった軍用資金だけどな。ともかく日本軍は、ハワイからは奪うだけ奪い、なにも残さなかった。

これは俺たちが奪還作戦を実施する大前提だったからこそだ。日本軍は最初から、ハワイを恒久的に支配するつもりなんかなく、ただ戦略的拠点として、利用できるかぎり利用する予定だったのだろう。

これに気付けなかったのは、まったく俺たちの落ち度だ。もっと早い段階で奪還作戦を実施したとしても、おそらく日本軍はほとんど戦うことなくハワイを明け渡してしたはずだ」

再三に及ぶ作戦実施の要請を却下され続けたハルゼーにとり、この件は痛恨というのが生易しいほどの口惜しさだろう。

いま告げた言葉の端々に、喉から血が出そうなほどの苦渋が混っていた。

「それについては、まだ結論を出すのは早すぎると思います。近い将来、ヤシマ艦隊がやってくるのは、まず間違いありません。ハワイの再制圧が簡単にできるからこそ、簡単にその場の判断で明け渡したのかもしれません」

あまりにも軍事常識からかけ離れている事象だけに、参謀長もおいそれとは同意できないらしい。

「いや……やっぱり予定通りだろうな。念のため、あとでスプルーアンスにも聞いてみるが……。

それに貴様は、ヤシマ艦隊が最速だと二〇日で戻れると言ったが、俺はそうは思ってない。いや、戻れるが戻らない、と思う。

連中はハワイから何もかも持ち去った。残っているのは民間人と土地、そして軍施設の残骸と砂糖黍《さとうきび》畑だけだ。

ということは、俺たちが真っ先にやらねばならんことは、ハワイを復興させることだ。そうだろう？

だが復興に必要な物資が、圧倒的に不足している。なにせ輸送部隊が持ってきたのは、ここ当面の軍事行動を維持できるだけの物資だけだからな。ハワイ全土が焦土作戦なみに何も残されていないのだから、復興に必要な物資もよそから持ってくるしかない。

ハワイには何も残されていないっていう俺たち

の報告は、すでに上層部へ送ってある。だから上層部も、すぐに支援策を講じるはずだ。

　合衆国の準州であるハワイをこのまま放置する選択肢は、大統領選挙を控えたホワイトハウスにはないはずだ。

　合衆国市民のご機嫌をとって選挙に勝つためにも、俺たちはハワイを取りもどした白馬の騎士役を演じさせられるだろう。

　当然、ハワイが物資不足と都市の基幹機能喪失で死にかけていることは、最優先で隠蔽される。もし現状が漏れたとしても、大規模な物資輸送を行なうことで、急ピッチで回復中であることをアピールせねばならん。

　あれやこれやで、俺たちは当面、オアフ島に釘付けになる。俺たちがいなくなったり島を離れたら、日本軍はすかさず接近して攻撃してくるはずだからな。

　それにミッドウェイからは、日本軍の双発機が届く。以前にも実施された『ハワイ急行』が、また再開されるだろう。

　そして今回は、夜間爆撃の大サービス付きだ。無防備な夜間の爆撃だけで、ハワイの復興は遅々として進まなくなるだろうな。

　それでも合衆国の底力を投入すれば、ハワイは徐々に復活していくはずだ。俺はそれに半年ほど必要だと思っている。

　ならばヤシマ艦隊は、ハワイが復旧した時期を狙って再制圧作戦を実施すればいい。そうすれば、また根こそぎかっぱらうことができる」

　長々とした説明は、ハルゼーらしくなかった。

　いま披露した自説も、あとでスプルーアンスに聞いてみると言っているように、自信満々で述べたのではないらしい。

　それに気づいた参謀長は、やんわりと修正意見を述べた。

「大筋では同意しますが……さすがに半年後はないと思います。その頃になると、ヨーロッパ方面が全面戦争の様相を色濃くしてきますから、我々もそれまでに何らかの対処を迫られると思いますよ。

それにヤシマ艦隊も、ハワイが完全復旧するまで待つ必要はないと考えます。最低限の施設の復旧と物資の備蓄が可能になるのは、おそらく二ヵ月後くらいだと思います。

さすがにドックや埠頭などは短期間では復旧できないと思いますが、その他の案件については何とかなるでしょう。

この状況に至った段階で、もしヤシマ艦隊がやってきたとしたら……せっかく必死になって集めた物資や資材・機器が、ふたたび根こそぎ破壊された上で奪われてしまいます。

その喪失感というか虚無感・無力感たるや……これをハワイ住民や守備部隊だけでなく、合衆国本土にいるすべての市民が味わうはずです。

不毛な努力を強いられると、人間は簡単に心が折れます。もし日本軍がハワイを通じてこれを実践しているとしたら、まさに日本の思う壺ではないでしょうか。

下手をすると合衆国全土に厭戦気分が蔓延し、大統領選挙にも大きな影響が出てくるかも知れませんよ。

これに対して半年後ともなれば、すでに大統領選挙の趨勢《すうせい》も決定しているため、二～三ヵ月後に比べると、かえって政治的なインパクトは弱くなると思います」

ろくでもない未来予想だったが、そうなる可能性は高い。

ハルゼーもそう思ったらしく、マジメに考え込んだ。

「ううむ……となると現在行なわれている予備選挙では、民主党はスーパーチューズディでルーズベルト大統領が四選にメドをつけたばかりだから、その大統領が病気でダウンしている現在、下手すると民主党は有力な候補者を選出できないかもしれんな。

　妥当にいけば、現在指名トップにいるトルーマンってことになるだろうが、民主党内もいろいろ事情があるだろうから、まだ安心はできない。

　このぶんじゃ、すでに共和党代表に選出されている、元ニューヨーク州知事のトーマス・E・デューイに圧されるかもしれないな……。

　いまから二ヵ月後にヤシマがやってくれれば、太平洋戦争を継続中の民主党政権にとっては大打撃となる。なにしろデューイ候補は、日本と早期講和を果たし、対ナチスドイツ戦に全力を投入すべきと主張しているのだからな」

　デューイ候補といえば……。

　一九三九年、当時のニューヨーク州知事から特別検察官に任命されている。

　彼の任務は、アメリカナチス党のフリッツ・クーンを逮捕することだ。彼は見事に役職を全うし、アメリカナチスは事実上壊滅している。

　彼の徹底した行動は、一説によるとナチス党により暗殺される危機にあったからと言われている。

　殺される前に殺す……それがナチス殲滅の原動力になったわけだ。

　そしてナチスドイツがヨーロッパで猛威を振るえば振るうほど、ナチスを憎むデューイの政治に対する意欲も増大していき、また市民の支持も大きくなっていったのである。

「ルーズベルト大統領が出馬を断念した場合、おそらく共和党候補が勝つでしょうね。そうなると、ヤシマのハワイ再制圧は、恐ろしいほど共和党候補を後押しすることになりますから、合衆国の方針も急転直下に変化するかもしれません」

参謀長も同意する。

ところが……。

今度はハルゼーが疑問を呈した。

「いや……二ヵ月後あたりになれば、ヤシマを待たずとも、いまヨコスカで組み立て中の新型艦が完成するはずだ。まあ、完成してすぐ実戦への参加は無理だろうが、テスト目的や訓練目的でミッドウェイ方面へ出てくるくらいはやるかもしれん。となると八島はフリーハンドになるから、今度こそインド独立を狙って最後のトドメを刺すことも可能になる。

太平洋とインド洋において、オーストラリアとインドが連合軍から離脱する現実が訪れれば、世界の海の半分は日本が支配することになる。

日本はこれを狙っているんじゃないのか？　たしか奴等が主張している大東亜共栄圏ってやつにはインドも含まれていたはずだ。

インドが独立すれば、大東亜共栄圏が完成する。そうなれば日本は、長期的視野にたって、合衆国に対し単独講和を申し出るかもしれない。

実質的に日本の勝ち戦なんだから、この申し出を合衆国が断われば、まず間違いなく西海岸は二隻の八島型によって廃墟と化す。下手すると西海岸が降伏して、合衆国がふたつに割れるかも知れない。

そんなことは、大統領が誰になろうと容認できないはずだ。ということは……日本がよほど無茶な条件を突きつけない限り、合衆国は講和を呑むしかなくなる。

その場合、日本が枢軸同盟から脱退することだけは必須条件となるだろうが、いきなりドイツを裏切って連合軍に荷担することにはならんだろう。

一番可能性が高いのは、日本は大東亜共栄圏ごと第二次世界大戦から離脱し、大戦終了まで局外中立とブロック経済内での復興に邁進することだ。

なにも連合国と交易を行なう必要はない。もし、どうしても必要なモノがあれば、オーストラリアを中継した三角貿易って手もあるからな。

問題はソ連だが……日本が馬鹿でなければ、シベリアや沿海州へは直接手を出さないはずだ。やるとすれば、満州帝国と中華民国を同盟させ、日本は両国の背後から軍事支援をする形で攻めるはず。

そうすれば、中国はモンゴル方面を入手できるし、満州帝国は沿海州を版図に組み入れることができる。日本はサハリン島と千島列島だけでなく、もしかするとカムチャッカ半島と、半島から東の地域を入手できるかもしれない。


さすがにシベリアを手に入れるのは連合国が許さないだろうが、もし日本がうまくシベリア地区に傀儡国家を樹立できれば、満州帝国と同様に、日本の強力な防波堤となるはずだ。

当然、合衆国はシベリアに日本の傀儡国家が誕生するのを好ましく思わないだろう。しかし、実質的に負け戦だったのを対等な講和に持ちこめることを考えると、もし日本が満州帝国とシベリアの新国家についての利権の一部を合衆国にも認めると譲歩すれば、太平洋の戦いの原因となった一切合財が解決することになる。

その後は日本と合衆国が戦争を行なう理由はなくなり、満州帝国とシベリアの国を巡る利益の配分に興味の大半が移っていくはずだ。

そうなれば合衆国は、ドイツさえ叩き潰せば、引き続き連合国の盟主として、ヨーロッパとアメリカ大陸の覇者としての地位を維持できることになる。

日本とはゆるやかな対立を維持するかぎり、世界はひとときの平和を教授できるだろう。

ええと……つまり俺が言いたいことは、大統領が誰になるかで、今後の推移はまるで違ってくるってことだ。

そして大統領に誰がなるかで、もっとも大きな選択権を持っているのが、八島と新造艦を有している日本ってことになる。

もし日本が開戦当初からこれを狙っていたとすれば、今頃大笑いしているだろうな。たった一隻の超巨大戦艦のみで、世界をひっくり返すことができるって証明できたことになるんだ」

いまハルゼーが言ったことは、あながち外れていない。

八島艦隊が遂行中の『Z作戦』の内容が不明のため、ハルゼーが言った通りになるかはわからないが、政治的な流れの大筋については当たっている。

「我々……太平洋方面における軍事的な問題については、まったくもって八方塞がりですね」

参謀長が、ふうとため息をつく。

戦闘行動中の参謀長としては、異例を飛び越えて異常な行為だった。

「そう嘆くな。俺たちは、やれることをやるしかない。それに八島艦隊がやってくるまで少し余裕があるとなれば、キング作戦部長が持ってきた新兵器を使う機会も出てくるだろうし、現状のバージョンではあるが、更なる新兵器の追加も可能になる。

考えてみろ。あの八島が、もし新兵器によって無敵ではないと証明されたらどうなるかを……」

ハルゼーは、わざと答を言わなかった。

仕方なく参謀長が口を開く。

「もし八島をヨコスカまで追いかえすほどの威力があれば、ハワイは当面安泰になります。次に八島型二隻が攻めてきたら、どうなるかはわかりませんが……もし、それも撃退できれば、情勢は根本的に変わってきます。

合衆国は太平洋方面において、八島抜きでの作戦が展開可能になります。八島が出てきたら、そのつど新兵器で追い返せばいいわけですからね。

それでもなお、すでに合衆国はヨーロッパ方面へ全力を傾注しつつありますので、太平洋艦隊と若干数の海兵隊のみで、広大な日本の版図を大きく削ることは不可能でしょう。

となれば、いずれどこかの時点で、日米は講和することになると思います。その場合、合衆国が少しでも有利な条件で講和できるよう、我々は戦い続けなければなりません。しかも、少ない支援で」

参謀長の意見は、八島抜きにしても苦しい戦いは続くというものだった。

それは、おそらく正しい。

未来の選択肢は、つねに複数用意されている。

しかし、そのどれを選んでも、ハルゼーたちが楽できる道はない。

「それでも……負けるよりかは無限大にマシだろうが」

ハルゼーは楽天家ではないが、いまはそう言うしかなかった。

様々な思惑。

様々な未来予測。

その中心には、常に八島の影がちらついている。

そして今、その八島が新たな行動に出ようとしていた。

三

三月二一日夜　サンフランシスコ

ハワイ時間、二一日二一時。

「あれから一〇日あまり……いまだもって行方不明のままだ」

サンフランシスコ市の対岸にあるアラメダ基地に、夜も遅いというのにキング作戦部長が現われた。

いまも前回と同じく、ニミッツの仮長官室で会話している。

キングがやってきたのは、八島がケープタウンに現われたことと無関係ではない。八島艦隊の所在が明らかになったことで、ようやく合衆国海軍も動けるようになったのだ。

ハルゼーは、ハワイをたった一〇日間で取りもどした。

とはいっても、肝心のハワイは機能不全をおこしている。そこでハルゼーの報告を元に、ニミッツがキングに対し、大幅な追加支援を行なう作戦の実施を嘆願した。

これはホワイトハウスの許諾もすんなり下りたが、物資を東海岸から悠長に運んでいてはハワイがもたない。

そこで仕方なく、西海岸の各都市にいる民間輸送船をかき集め、これまた民間に備蓄されていた物資や機材を相場より高い値段で買いあげて、大至急でハワイへ送ることになった。

一回目の武装輸送船団が出発したのが昨日。

キングは総責任者になっているため、わざわざサンフランシスコまでやってきて船団を見送ったのである。

ただし……。

タダでは転ばないキングらしく、今回も追加で新兵器を持ってきた。

とはいえ今回持ってきた数は少ない。

西海岸が物資を大盤振舞いでハワイに送っているせいで、その補充のため全米各地から大陸横断鉄道や長距離トラックを使って、新たな物資が運ばれている最中だ。

そこに軍用のトレーラーを紛れ込ませる。

運んだものは、前回の新兵器以降に製造されたものだ。しかも実質一ヵ月弱しか製造期間がなかったため、完成した中でチェックが済んだ数個しか持ってこれなかったのである。

キングの発言を受けて、ニミッツが執務机の椅子に腰掛けたまま口を開く。

キングは接客用のソファーに座って、やや顔を右に向けて応対している。


「八島艦隊が戻ってくるのは、ハルゼーの見立てでは一〇日後あたり、太平洋艦隊司令部の判断では一ヵ月後となっている。

でもって……作戦部長がこの時期に追加の新兵器を持ってきたということは、海軍上層部としてはハルゼーの意見に近いということですか？」

慌てて出せるだけ持ってきた以上、それなりの理由がある。

まさか物資輸送のついでだから持ってきた……というのは通らない。

「いや……東海岸では、二ヵ月後がもっとも可能性が高いと判断している。これは俺も同意見だ。なのに追加をいま行なったのは、現在製造中のものを除き、いったん製造が停止されるからだ」

「………!?」

「そう驚いた顔をするな。いつまでも試験タイプを作り続けるわけにはいかん。それに海軍の研究所から、威力を一・五倍にした新型の試作品が完成したと言ってきた。

一・五倍になろうが試作品は試作品にすぎん……が、現用品よりはマシになる。そこで製造ラインを新型用に組みなおすことにしたのだ。

新型のラインは、現在製造中のものが完成する一週間後から組み立てを開始する。完成予定は一ヵ月後だ。

そこから一〇日後、まず製造が簡単な『ドラムカン』の新型が完成する。そして遅れること五日後、今度は『ソーセージ』の一個めが完成する。その後はドラムカンが毎日二個、ソーセージは五日に一個の割合で完成していく。

最終的には、在庫を含めてドラムカンが四〇個、ソーセージが一二個作られる予定だ。それらが完成したら、ふたたび製造ラインは眠りにつく。次に製造ラインが注目を集めるのは、再度のライン変更の時になる。

ただしその前に、八島に対して現用品が使用され、効果の実戦確認を終えていなければならない。

そう……次のラインは、今度こそ八島の撃沈を狙い、現用品で得られたデータを完璧に反映した改良品を製造することになるからだ」

どうだと言わんばかりに、キングがニミッツを睨みつける。

「はあ……気の長い話ですね。でも、現状ではそれしか手がないのですから、試作品だろうが何だろうが、藁にもすがる思いで使用するしかありません。

ただ、問題もあります。ハワイは奪還しましたが、大型爆撃機が離着できるのはヒッカム基地のみです。そのヒッカム基地は現在、穴ぼこだらけで使い物になりません。

滑走路を補修しようと思っても、肝心の建設機械がないため、仕方なく人力で行なっていますが……滑走路にあいた穴が深さ五メートル以上、直径二〇メートルといいますから、埋めるだけでも大変です。

さらには基地の管制施設やレーダー施設も破壊されたままですので、これらを本土から運んで設置する必要があります。それと……破壊された格納庫については、資材の優先度から、当面放置することになっています」

「ということは、即座に使えるのは『ソーセージ』のほうだけか？」

「あ、いいえ。本日時点でいえばその通りですが、八島が最短でやってくると予想される一〇日後までには、なんとか一本の滑走路を修復完了させます。その滑走路を使って、まずは一個爆撃隊のみですが、ハワイへ送ることが可能になります」

「ギリギリだが……なんとか間に合うか。間に合わんのかと思って、一瞬だが肝が冷えたぞ」

「爆撃隊の受け入れは大丈夫ですが、格納庫が使えませんので、爆装その他の作業はすべて、露天の駐機場で行わなければなりません。いまから整備隊の不平たらたらの顔が目に浮かぶようです」

ニミッツは、仮設の太平洋艦隊司令部が真珠湾に設置されるのにともない、五日後にハワイへ空路で移動することになっている。

仮設だけに最初はテント、そのうち組み立て式のバラック。

鉄筋コンクリート製の庁舎は、八島再来を見越して、当面は建設しないことになっている。

これはハワイにあった各軍事施設にも当てはまる。

また破壊される可能性が極めて高いだけに、すべてを仮設で間に合わせることになっているのだ。

「ソーセージのほうは、すでに編成済みの特殊突入隊がカネオへ港へ入っているはずだが、まだ真珠湾には入れないのか？」

「はい。真珠湾に入ったところで、なにもすることがありませんので。そこで彼らには、当面カネオへを泊地とし、ハワイ東方沖で訓練するように命じてあります」

「そうか、ならばそれで良い。それで……ハルゼーたちは、いまもオアフ島の近くに張りついているのか？」

「ええ。なにせ敵艦隊が、ミッドウェイ島とマリアナ諸島の間をうろうろしているだけですので、出ていけば必然的に深追いすることになります。

なのにミッドウェイからは連日、夜間の航空攻撃が実施されています。こちらも最優先で対空射撃部隊を配備してはいるのですが、敵機が黒色に塗られているため、探照灯でもなかなか見つけられず……」

「飛んで来ること自体は、対空レーダーでわかるんだろう？」

「現状では移動式のレーダーのみですので、どうしても以前のような固定のレーダー基地と同じにはできません。電波状況の良い時でも、最大で六〇キロ程度しか探知できませんので、数分後にはオアフ島上空に来てしまいます」

「ということは……戦果は期待できんか」

「はい。現在のところ、撃墜した敵機はゼロです。対空監視班の報告では、ＶＴ信管による近接起爆で、数機に被害を与えた可能性があるとのことですが、撃墜報告がない以上、確定情報とはなりません」

話せば話すほど気が重くなる。

それには理由があった。

キングが持ちこんだ話の中に、ルーズベルトの病状がかなり悪いというものがあったからだ。

最近では安静にするため、あえて睡眠薬を処方されているらしい。

結果的に大統領の職務を遂行することが困難になりつつあり、第四選など話の外になっているようだ。

となると民主党の大統領候補は、トルーマンに一本化されることになる。

しかし共和党に対して出遅れ感は否めず、現在も不利な戦いが続いている。

キングもニミッツも、元を辿ればルーズベルト政権下で現在の役職についているため、次期大統領が共和党候補のトーマス・E・デューイに決まれば、良くて面倒くさい引きつぎ業務、悪ければ共和党の押す将官との交代が待っている。

いまは戦争に集中したい二人にとって、政治的な変動要素は勘弁して欲しいというのが本音だった。

——コンコン！

仮長官室の扉がノックされた。

すぐに長官室付きの秘書が顔を覗かせる。

「通信室から報告が届いているそうです」

「入れてくれ」

ニミッツが許諾すると、若い士官がペーパー片手に走りこんできた。

「緊急電文です。宛て名は作戦部長となっておりますが……」

「作戦部長に渡してくれ」

自分ではなくキング宛だったため、少し緊張を解く。

反対に、電文を受けとったキングの顔が青ざめた。

「………」

ペーパーを見つめたまま、口を開かない。

「作戦部長、なにか悪いことでも？」

ただならぬ様子に、ニミッツはつい聞いてしまった。

「……パ……パナマが攻撃されている！」

「パナマ？　パナマシティ沖に敵が現われたんですか!?」

「いや……現われたのはカリブ海側だ。あの八島が……コロン沖に現われ、今現在、盛大にガトゥン閘門に対し砲撃しているそうだ」

「なんと……」

ニミッツも絶句してしまった。

釣られてキングも黙りこむ。

最悪の空気が仮長官室を包み込む。

空気に呑まれた若手士官が、我慢できなくなって口を開く。

「……わ、私は戻ってよろしいでしょうか？」

「ああ……御苦労だった。戻ってよろしい」

ニミッツが機械的に許可する。


ふたたび沈黙が訪れる。

八島艦隊はあらかたの予想を裏切り、なんと大西洋を北上、カリブ海側のパナマ運河出入口沖にやってきた。

ケープタウン沖で行方知れずになって一三日。

計算すると、おおよそ二二ノットで航行してきたことになる。

ただしノンストップだ。

これを実現するためには、航行しながらの燃料補給が不可欠となる。

その点八島は、他の艦を舷側近くに接近させ、バルジ内にため込んだ船舶用燃料を、輸送ホースを使って並走補給することができる。

しかも両舷が使えるし、給油可能なバルジの長さが桁違いのため、戦艦や空母なら同時に二隻、重巡や軽巡だと四隻が可能となっている。

駆逐艦などの小型艦は、一時的に停止してタンカーから補給すると、全速で艦隊に追いつくことになっている。

鈍速の鹵獲艦隊や輸送艦隊は、それぞれ独自の速度で追従しているため、まだパナマ沖には到着していなかった。

キングが爪を噛みながら、苦渋の表情で声を絞りだした。

「……いまから新兵器を大陸横断させて、ノーフォークにいる実験部隊に搭載させるには、あまりにも時間が足りなすぎる。

かといって、ノーフォークにある新兵器は製造中のものばかりだ。大車輪で完成させ、テストをすっ飛ばしたとしても、実験艦隊と予備爆撃隊に搭載できるのは最速で一週間後……駄目だ、間に合わん」

キングの言う実験部隊とは、新兵器を開発するために特別編成された二隻の軽巡を意味している。

この軽巡は、太平洋艦隊に配備されている特殊突入隊（アーレイバーク大佐指揮）と同じ改造がなされている。つまり、『ソーセージ』と呼ばれる海軍側の新兵器が搭載可能なのだ。

キングはそれを出せるか検討したのだった。

だが、断念した。

なにしろ合衆国海軍最大の拠点であるノーフォーク海軍基地は、首都ワシントンに近いポトマック川の河口に面している。

そこから最短距離でパナマまで行くと、おおよそ三七〇〇キロ。

実験部隊は軽巡中心の巡洋部隊のため、艦隊最大速度は三〇ノットと速い。

しかし途中で燃料補給をしなければならないため、そのぶん時間的には遅れる。

それらを加味した実動時間をキングは計算した。

「どう見積もっても、パナマまで三日かかる。三日もあれば、八島は余裕でガトゥン閘門を破壊し、またどこかへ去っていくだろう」

「予備爆撃隊なら、フロリダから往復できます。なにせ新型のB－29ですので」

ここに来て、ニミッツの口から『空の超要塞』B－29の名が出た。

なんと米海軍は陸軍と共同で、八島撃滅作戦を準備していたのである。

一瞬だが、魅力的な提案だとキングの目が光る。だが、すぐに顔を横に振った。

「いや……駄目だ。爆撃隊だけでは、八島に致命傷を与えることができん。できて洋上補修するため一日程度の猶予が得られるだけだ。

その一日を確保するため、これまで最高機密として隠蔽していたものを八島に知られるのは得策ではない。

この作戦は、あくまで特殊突入隊と特殊爆撃隊がセットになって挑まねば、最低限の戦果すら得られない……」

あれも駄目、これも駄目。

キングも自分で言っておきながら、うんざりしてしまったらしい。

まだ何か言うつもりだったようだが、そのまま口を噤《つぐ》んでしまった。

ふたたび……。

仮長官室に重苦しい沈黙が訪れた。

そしてそれは、見かねた秘書がキングに対し、宿泊用にあてがわれた部屋へ戻るよう促すまで続いたのだった。

四

三月二二日　カリブ海

現地時間、二二日午前五時二〇分。

「第一空母艦隊の攻撃隊、全機出撃を完了しました。時間的に見て、すでに先行している戦闘機隊はパナマ市上空へ到達している頃です」

八島艦隊司令部に所属する艦隊航空参謀が、八島艦橋にいる山本五十六のもとへやってきた。

八島は今日の午前零時三〇分頃、パナマ運河の大西洋側出入口となるコロン市沖三〇キロに到達、ただちに攻撃準備に入った。

そして午前二時ちょうどに、三二キロ南にあるパナマ運河のガトゥン閘門に向けて主砲および副砲による砲撃を開始した。

同時に、八島艦隊の重巡『高雄／愛宕』も、八島の南方一五キロまで前進し、そこから主砲による砲撃を開始している。

航空参謀の報告を聞いた山本五十六は、かすかに眠そうな表情で答えた。

「ようやく……ここまで来れたな。本来なら、パナマ側にあるペドロ・ミゲル閘門とミラフローレス閘門も、八島の砲撃で破壊したかったのだが……近いほうのペドロ・ミゲル閘門でさえ、コロンの海岸部から五六キロある。

対する八島の有効射程は五四キロ。最大射程はさらに長いから、たんに砲弾を届かせるだけなら五六キロ先にも届く。だが『狙う』ことはできない。

それに……午前四時まで行なっていた砲撃も、前進した重巡二隻による測距射撃がなければ行なえなかった。八島がいた沖合い三〇キロ地点からみると、ガトゥン閘門は地平線の向こう側にあたるからな」

そこまで山本がしゃべった時、通信参謀が走ってきた。

「艦爆隊より入電。我、ペドロ・ミゲル閘門の破壊に成功！　引き続きミラフローレス閘門の爆撃へ移行する。それから艦攻隊からも同時に入電。内容はほぼ艦爆隊と同じです」

「先行している戦闘機隊はどうしている？」

「はっ！　すでに夜が明けていますし、閘門爆撃を優先したため、パナマ市周辺にある二ヵ所の滑走路から、二〇機ほどの迎撃機が上がってきた模様です。

しかし、いずれも旧型機のため我が方の艦戦には対抗できず、逃走した六機を除き、全機撃墜したとのことです。こちらの被害は確認中ですが、被弾機が数機、撃墜された機は一機となっております。その後は艦爆隊と艦攻隊の護衛に専念しています」

最新鋭の紫電改でも、運が悪ければ撃墜される。

撃墜された一機は、おそらく敵機が苦しまぎれに射った弾丸に当たったか、もしくは対空射撃によって落とされたのだろう。

「そうか。さすがに無傷でいけるとは思っていなかったが……。それで、今の報告によれば二ヵ所の閘門を破壊したとあったが、第二次攻撃は必要か？」

「現在は第一報の段階ですので、まだ判断できません。しかし報告にある破壊は、あくまで閘門の可動門の破壊を意味していますので、作戦目標となっている閘門施設の全破壊ではありません。

可動門の破壊だけだと復旧も比較的たやすいため、長期の運河閉鎖を期待するなら、可動門を支える土台部分のコンクリート堰堤や開閉装置、さらには閘門を制御している施設、燃料タンクなどを破壊する必要があります。

とくに堰堤部分の破壊は重要で、ここを完全破壊すると、潮汐作用による洪水が毎日発生し、復旧作業が極めて困難になります。

ですので航空攻撃のみならず、砲撃についても、この堰堤完全破壊を達成するまで攻撃を続行することになっています」

現在の八島はコロン市沖一〇〇キロ地点まで下がり、ひとまず夜明け後の警戒態勢に入っている。

太陽が上がっているあいだは、もっぱら航空攻撃隊の出番となる。

現在は第一空母艦隊が半数出撃して攻撃中だが、予定では午前中にもう一回、第二次攻撃を実施することになっている。

午後は第二空母艦隊とバトンタッチし、こちらも夕刻までに一回の攻撃隊出撃を予定している。

それらのことを知らない山本ではなかったが、あまりにも攻撃結果が良さそうだったので、ふと第二次攻撃の必要はないかもと思ったのだ。

「そうか、ならば予定通りに行なおう。砲撃部門は、予定通り日没後に再開する。次は地上破砕砲弾も使用しての仕上げだから、おそらく明日零時を待たずに、ガトゥン閘門は完全破壊されるだろう」

Z作戦の予定では、航空攻撃隊がパナマ市側の二ヵ所の閘門を完全破壊するまで、コロン沖に留まるとなっている。

しかし山本は、あまり長居すると合衆国側が対応する時間を与えると考え、明日の朝に予定している第一／第二空母艦隊による第三次攻撃を最後に、この場を離れるつもりだった。

当然、八島と重巡による砲撃も、午前零時までに完全破壊の確証が得られなかったら、最長で夜明け前まで続けられることになる。

「長官……」

横から宇垣纏参謀長が口を挟んだ。

「ん、なんだ?」

「現在、護衛隊が八島艦隊の後方三〇キロ地点で待機中ですので、夕刻の砲撃時には、護衛隊の重巡三隻も砲撃に参加させてはいかがでしょう?

いまのところ、連合軍の艦隊が接近しているとの情報もありませんし、危惧されたパナマ周辺の沿岸防衛部隊も現われません。どうやら連合軍は、パナマが襲撃されることは、まったく想定していなかったようです。

さらに言えば、明日の朝までには、八島艦隊の第二戦隊……例の鹵獲戦艦中心の戦隊が到着しますので、後は彼らに任せるという手もあります」

足の遅い第二戦隊と第一〇空母支援艦隊、そして輸送船団の支援隊は、ケープタウン沖でいったん分離し、臨時の別動艦隊編成で後を追わせている。

腐っても戦艦二隻／正規空母一隻／軽空母一隻が輸送部隊を護衛する形になるため、これはこれで立派な独立艦隊といえる。

その低速艦隊は、明日の朝までには到着する。そうすればパナマは彼らに任せて、八島は新たな任務を遂行できる。

そう宇垣参謀長は進言したのである。

「それならば、明日の朝にはZ作戦の第三段階に入れるな」

「はい。予定の前倒しは、それだけハワイ方面を助けることにも繋がりますので、積極的に行なうべきかと」

作戦予定通りに行動するつもりだった山本は、参謀部がさらに先を考えて作戦の前倒しを検討していたことに驚いていた。

これまで参謀部は、長官命令を実行に移すことのみに専念していたからだ。

「参謀部がそう判断したのであれば、儂としても異論はない。作戦変更を認める」

「ありがとうございます。では早速……」

それだけ言うと、宇垣はさっさと参謀控室へと歩いていった。

「……参謀部は、作戦内容に不満があったのか？」

残された航空参謀は、いい迷惑だ。

山本に質問され、しどろもどろで返答した。

「あ、ええと……不満というわけではないですが……長官があまりに八島を信用なされていることに、一部の参謀が危惧を示していたのは事実です。

Z作戦は失敗が許されない以上、たとえ八島であろうと過信は禁物。可能な限り通常艦による作戦運用を参照し、作戦達成率を最大にまで高めるべきとの意見で一致していました」

「そうか……それは悪いことをした。儂も最大効率を重視している。なのに八島を信じるあまり、かえって非効率となっていたのだな。

それにしても……宇垣も人が悪い。そういうことなら、先に進言してくれれば良かったのに」

「大本営が作成した作戦に、艦隊参謀部が異議を唱えることはできません。艦隊参謀部にできることは、与えられた作戦を効率良く運用することだけですので。作戦を修正する権限があるのは長官だけです」

あえて航空参謀は『長官』と言葉を濁した。

なぜなら、Z作戦は洋央作戦と対をなして運用されているため、作戦の修正は八島艦隊司令長官の権限では無理であり、もし行なうとすれば連合艦隊司令長官の権限を使うしかない。

これは連合艦隊参謀長でもある宇垣も同様だ。

つまり宇垣はＧＦ参謀長として、ＧＦ司令長官の山本に進言しなければならない。

二人とも連合艦隊の旗艦に乗りこんでいるなら、これはたやすい行動である。しかし現在二人は八島艦隊に乗っていて、連合艦隊として出撃しているハワイ方面艦隊にはいない。

なので、ここで二人だけで作戦変更を決定すると、ハワイ方面を任せている三川軍一長官代理の顔に泥を塗る結果となるのだ。

そこで、ひとまず作戦予定に沿ってパナマを攻撃し、その後に追加の攻撃を行なうため、八島艦隊司令部の権限で、指揮下にある戦隊の任務を変更した……。

まさに宇垣らしい、海軍規則を逆手にとった作戦修正方法だった。

「う、うむ……その通りだな。無理を言って悪かった」

山本もすぐに気付き、失言だったことを詫びる。


そこに、電話所担当の連絡士官が走ってきた。

「水偵による海上索敵で、北方諸島方面から小規模艦隊が接近中との報告が入りました」

「敵艦隊の内容は判っているか？」

「軽巡を中心とする駆逐部隊もしくは警戒部隊の模様です。空母の随伴は確認されていません」

おそらくカリブ海方面を担当している連合軍の哨戒艦隊だろう。

八島艦隊出現の第一報を受け、ともかく出撃して確認してこいと命令されたのかもしれない。

そう思った山本は別の連絡士官を呼びよせ、作戦参謀をここに来るよう命じた。

本来なら宇垣参謀長に命令すれば事足りるのだが、あいにく宇垣は、つい先ほど別命で場を離れている。

そこで宇垣が戻ってくるまで、作戦参謀と敵艦隊に関する対策を練っておくことにしたのだ。

「やる事が増えてしまったが……これで連合軍に、我々の所在がバレたことだけは確かだな。まあ、明日の朝までには、また雲隠れすることになるが」

まるで『かくれんぼ』でもしているかのように、山本はどこか楽しげだ。

事実、八島艦隊は連合軍に対し、徹底して『かくれんぼ』している。

それがZ作戦の骨子なのだから、最優先で実施するのも当然である。

パナマ運河はスエズ運河と違い、閘門で大西洋と太平洋の水位差を調整している。そのため閘門をすべて破壊されると、運河に毎日二回の激流が発生し、とても船が通過できる環境ではなくなってしまう。

だから、民間大型船を着底させて交通妨害をしたスエズ運河より、復旧には長い時間が必要になる。

日本側の試算では、スエズ運河の再開まであと四ヵ月……。

もしパナマ運河の完全破壊が達成されれば、こちらは一年以上の遮断が可能となっている。

東西の二大運河が遮断されれば、欧米列強はアジアへの足がかりを失う。

合衆国に関しては、それどころではない。

国内であるはずの西海岸と東海岸が、海運に関してはほぼ完全に遮断されてしまうのだ。

もちろん、南米最南端のマゼラン海峡経由で行き来する非常手段は残されている。

しかしそれは日数的に見て、今日《こんにち》では非現実的とさえ言える。

その状況を八島艦隊は、いともたやすく現出させた……。

誰もが予想だにしていなかった奇策だけに、実現すると影響は無限大に拡散する。

それもまた八島艦隊あっての事だった。

*

パナマと合衆国東海岸とは、時差という点ではほとんど変わりがない。

つまりパナマが二二日の夜であれば、東海岸にあるノーフォーク海軍基地も二二日の夜となる。

「ええい、無理は承知だ！　だから無理を承知で、こうしてアーレイバークを連れてきたんだ！」

ツバを飛ばして怒鳴っているのは、キング作戦部長。

八島艦隊出現の報をサンフランシスコで聞いたキングは、その足で長距離軍用機に乗り、ひとっ飛びでワシントンへ引き返した。

そして病床にあるルーズベルトに面会して何事かを相談、寝る間も惜しんでノーフォークへやってきたのである。

そんなキングにツバを飛ばされているのは、ノーフォーク海軍基地に急遽設置された第2艦隊の司令長官――先代の作戦部長であるハロルド・スターク大将。

なんと新旧の作戦部長が怒鳴りあっていることになる。

スタークは、新設されたナンバーズ艦隊である第2艦隊の長官だ。

第2艦隊は、東アフリカで壊滅した第4艦隊の代わりとして、大西洋方面全般を担当すべく新編成された。

ここのところ敗退につぐ敗退で、存在意義を疑われている太平洋艦隊のこともあり、ヨーロッパ方面への支援を強化する意味で、近い将来、『大西洋艦隊』が発足することになっている。

その足がかりとして、東海岸にいる艦を無理矢理に集めて艦隊編成をしたのが第2艦隊なのである。

つまり第2艦隊は、来年にも大西洋艦隊に取って代わられる『仮の艦隊』でしかなく、その長官も実質的に閉職同然となる。

そもそもスタークは、対日戦争勃発と同時に、ルーズベルト大統領によって作戦部長から更迭された。同じルーズベルトに抜擢されたキングとは、権力的に天と地ほどの差がある。

なのに今、懸命に抵抗の意志を貫いているのは、キングがありえないほどの無理難題を吹っかけているからだ。

「だから、第2艦隊司令部長官はあなたのままで結構だから、第2艦隊の主要艦で構成される任務部隊の部隊司令長官を、私に兼任させてくれと頼んでいるんじゃないか！

それに……これはルーズベルト大統領の決定でもある。明日にも正式の任命書が、大統領代理の名で出されるはずだ。

だから本来なら、明日まで私は待てばいいことになる。なのに今日、わざわざ西海岸からトンボ帰りまでしてやってきたのは、あなたのメンツをこれ以上潰さないためじゃないか。

私は八島艦隊に対応するため、万が一の事を考えて、ともかく迎撃態勢を整えたいだけなんだ。

それに……ノーフォークで開発している対八島用新兵器のうち、海軍主導の『ソーセージ』……いや、明日にも制式名『シーサーペント』として承認される特殊魚雷を実験している二隻の軽巡を、暫定的に艦隊に組み入れたいだけなのだ」

キングはいま、はっきりと新兵器の名を『シーサーペント』『特殊魚雷』と言った。

相手がノーフォークを母港とする第2艦隊の長官とはいえ、これは明らかな機密漏洩と言える。

だが、そんな事を言っている段ではない。

キングの切羽詰まった物言いが、それを物語っている。

「そうは言うが……第2艦隊所属の艦といえば、英国支援およびイタリア方面支援艦隊を除く、ほぼすべての艦だ。

その中には、ノーフォークで補修や建艦中の艦も含まれている。それらの中で実動可能な艦すべてを寄越せというのは、あまりに無茶な話だ」

キングの要求を呑めば、スタークには補修中と建艦中の艦しか残らない。

この状況で来年を迎えれば、大西洋艦隊発足と同時に、すべての可動艦をキングに総取りされることになる……。

スタークはそう考え、これ以上コケにされてたまるかと考えているようだ。

「その点なら心配ない。私が出撃する部隊の部隊司令長官になるのは、海軍最高位となる作戦部長の権限ではなく、あくまであなたの指揮下にある部隊司令長官としてだ。

任務を兼任するといっても、作戦部長として部隊に権限を行使することはない。その場合は合法的に、作戦部長として第2艦隊司令長官へ一度命令を下し、あなたの裁可において部隊司令長官へ命令を下すことになる」

それは法的な段階を踏むだけで、結局同じことではないか。

ノーフォークの目がそう物語っている。

「そして作戦部長としての私は、出動する部隊に関して全責任を負うと、ルーズベルト大統領へ書面にて誓約している。だからあなたには、一切の迷惑をかけない。

そして部隊が八島を追い返せたら、来年に発足する大西洋艦隊司令部長官の席は、あなたに引きつがれることになる」

まさに飴と鞭だ。

先代作戦部長から降格されたスタークにとり、大西洋艦隊司令部長官は、退役までの最後の花道となる。

それを餌に言うことを聞けというのがキングの本音だった。

「……それは書面で公表されるものか？」

口先だけの約束など信用できない。

裏切られ左遷させられた者からすれば、当然の質問だった。

「大統領命令として、明日の朝、私の部隊司令長官兼任と同時に発表される。つまり発足はまだだが、あなたは明日の朝、大西洋艦隊司令部長官に暫定着任することになる。

ただしそれは、いま私が言った事をあなたが承認した上で、私がホワイトハウスに電話を入れることで実現する。

連絡する期限は、書類作成の手間を考えると本日の二四時までだ。あと二時間あまりしかないから、こうして口を酸っぱくして説得しているのだ」

あと二時間と聞いて、スタークは遂に観念した。

もしここで我を張って断れば、おそらく第2艦隊司令長官の座も奪われる。

つまり、もはや選択の余地はない……。

「わかった。君を部隊司令長官に任命する。どうせ編成する艦などは決定済みなのだろう？　あとは好き勝手にやってくれ」

スタークの言質を聞いたキングは、待ってましたとばかりに、手に持っていた書類の束を手渡す。

「これは？」

「手間を省きたい。これが今回のために特別編成される第5任務部隊の編成表、および任務部隊司令長官の任命書だ。

あとはあなたがサインするだけで、公式文書として有効になるよう手配されている。これを私が海軍作戦部長の名で大統領代理に提出すれば、第5任務部隊は正式な部隊として動きはじめる」

「わかった、サインする」

そう言うとスタークは、執務机に置いてある万年筆を取り上げ、何も読まずにサインした。

かくして……。

この瞬間に、キング指揮下の第5任務部隊が発足した。

すでに編成は終了し、あとは艦隊訓練を実施すれば良いことになるが、それすらキングは航行途中で終わらせるつもりだ。

第5任務部隊の内容は、ノーフォークに係留されている全艦を艦隊に組み入れたもので、次のようになる。

A、迎撃部隊（アーネスト・キング大将）

第1打撃群（アーネスト・キング大将）、戦艦マサチューセッツ／アラバマ、重巡クインシー／タスカルーザ／ミネアポリス、軽巡メンフィス／デンヴァー、駆逐艦八隻。

第2打撃群（F・C・シャーマン少将）、戦艦ウエストバージニア／アーカンソー、重巡アストリア／インディアナポリス、軽巡オークランド／リノ、駆逐艦八隻。

B、空母部隊

第1空母群（トーマス・C・キンケイド少将）、正規空母レンジャー、軽空母インディペンデンス／プリンストン、軽巡クリーブランド／コロンビア、駆逐艦一四隻。

第2空母群（J・S・マッケーン少将）、護衛空母マニラベイ／ナトマベイ／セントロー／ソロモンズ／サンガモン／スワニー／サンティー、軽巡トレントン／マーブルヘッド、駆逐艦一〇隻。

C、実験部隊（アーレイバーク大佐）、軽巡モービル／コンコード、駆逐艦四隻。
　これに別動隊として、ノーフォーク沿岸防衛部隊（駆逐艦八隻／護衛駆逐艦一〇隻／魚雷艇二〇隻）と、潜水艦部隊・六個潜水隊二四隻が支援してくれる。

　まさに、集めるだけ集めたといった感が満載だ。

だが部隊規模に限れば、ハルゼー指揮下の全部隊に匹敵しているのも事実である（さすがに空母数と規模は劣っているが）。

　とくに正規空母レンジャーなどは、訓練空母用として岸壁へ係留されていたものを持ちだしてきたらしく、本来なら新造のエセックス級に乗る予定だった訓練中の航空隊を、無理矢理に乗せたらしい。

　他の軽空母や護衛空母も、いずれヨーロッパ方面の支援艦とするため後方待機していたものだ。

　それにしても、太平洋艦隊に所属していたアーレイバーク大佐を、あちらの特殊突入隊を留守にさせてまで実験部隊の司令官にしたのは、あまりにも特殊突入隊を馬鹿にした人事である。

　名前は違えど、まったく同じ目的の部隊だけに、これは太平洋艦隊司令部すらコケにした配置転換ともいえる。

　だが……背に腹は代えられない。

　それだけキング作戦部長とルーズベルト大統領が追い詰められている証拠だった。

「よし、これで何とかなる。いや、なんとかさせて見せる！」

　完成した書類をスタークから奪うように受けとったキングは、そのまま仮司令部長官室を飛び出ると、正面玄関に待たせてあった軍用車に乗りこんだ。

　ノーフォークからワシントンのホワイトハウス

まで、おおよそ二三〇キロある。

とても車で向かって、朝まで間にあう距離ではない。

そう……。

キングはワシントンへ向かうのではなく、任務部隊の待つ大埠頭へ向かったのだ。

書類は部下に持たせ、ノーフォークの海軍飛行場からワシントンの飛行場まで高速連絡機で送る手筈が整っている。これなら二時間かからずホワイトハウスへ到着する。

すべてが八島の回りで、高速に動きはじめた。

もはや運命の衝突は不可避だった。

第五章　決戦！

一

三月二二六日朝　ノーフォーク南方沖

八島艦隊がパナマ破壊を成功させてから、三日と一二時間半ほどが経過した。

合衆国側から見ると、またもや行方不明ということになる。

もちろん懸命に索敵機を操り出しているが、いかんせん場所が悪い。カリブ海に浮かぶ島々のうち、ドミニカ共和国は独裁制で合衆国の基地など設置されていない。

ジャマイカは英国直轄領ではあるものの、一九三八年にジャマイカ労働党が設立されてからは、なにかと自治権を勝ち取ろうという空気が蔓延しつつあり、英国軍も治安維持で手一杯の状況だ。

キューバはフルヘンシオ・バティスタ大統領の独裁下にあり、歴史的推移から合衆国海軍の基地を受け入れているものの、その規模は沿岸防衛部隊の域を出ない。

ただ……水上機基地も設置されているため、キューバからはカタリナ飛行艇が索敵に出ている。

プエルトリコは合衆国の統治領だが、人民民主党による自治が認められているぶん、好き勝手にはできない事情がある。

ここにも水上機基地と陸海軍の基地があるが、規模はキューバと変わりなく、索敵用のカタリナ飛行艇は出せても二機程度だ。

もっとも索敵に適しているグレナダは英国領だが、航空基地には単発機しか配備されていない。その中でもっとも足の長い索敵用の軍用機は、なんと複葉機のフェアリー・ソードフィッシュだ。

ソードフィッシュの航続距離は一六六〇キロと悪くないものの、合衆国海軍の飛行艇に比べると見劣りするのは否めない。

あれやこれや……。

ようはアメリカのお膝元であるメキシコ湾とカリブ海ということで、誰もそこに脅威となる存在が出現するなど思っていなかったのだ。

密輸を行なうギャングや海賊、合衆国へ不法入国しようとする移民船などはいる。

が、それらは漁船や小舟、海賊でも最大二〇〇トン程度の船しか持っていない。これらを取り締まるのは沿岸防衛部隊だけで充分。

その結果、降って湧いたように出現した八島艦隊に対し、まともに索敵すらできないまま、まんまと逃げられてしまったのである。

「我が国の防衛体制はどうなってるんだ！」

第5任務部隊の旗艦となった戦艦マサチューセッツの艦橋。

そこの長官席で、キングがいきなり大声を上げた。

ここは東海岸にあるノーフォークから南東へ一二〇キロ下った地点。

キングは編成した第5任務部隊を、ただちに出撃させて訓練を開始した。

いつ八島艦隊が現われるかわからない。そこで無理矢理にも警戒区域まで出ていき、そこで訓練しつつ待ち受けることにしたのだ。

いま叫んだ原因は、フロリダ半島の東方沖――

いわゆるバーミューダ・トライアングルと呼ばれる海域を索敵中の、ＰＢ２Ｙコロナド飛行艇からの通信を受けたことによる。

八島艦隊は、まったく予想外の場所にいた。

今朝早く、東海岸南部にあるチャールストンの海軍基地に所属するコロナド飛行艇が、二二ノットで北上中の八島艦隊を発見した。場所は、ハッタークス島南東二〇〇キロ海上。

ハッターラス島はノーフォークの南南東二〇〇キロにある島で、島の南北に非常に長い砂州を形成している。そのせいで、まるで大西洋に突き出た半島の先端部のように見える。

島は船舶が航行するさいの指標になりやすく、いちおう短い滑走路もあるため、海軍は急ぎ陸上偵察機を派遣しようと算段している最中だった。

結果的には役立たずに終わったが、その代わり、チャールストンの水上機基地が発見してくれたのである。

「ヤシマ艦隊の現在位置は、ノーフォーク南方二〇〇キロにある、ハッターラス島沖とあります。パナマから二二ノットで移動すれば、迂回航路も考慮すると三四〇〇キロ前後ですので、ちょうどその位置に到達することになります」

キングの横に立っているチャールズ・クック参謀長（中将）が、慣れた口調で話しかけた。

クックは、キングが自身の采配で部隊参謀長に任命した。もとは合衆国艦隊司令部（ＣＯＭＩＮＣＨ）参謀長だった男だ。

その時の長官がキングなのだから、そのまま横滑りさせたことになる（組織的には降格扱い）。

「なんで見つけられなかったんだ!?　彼我の距離三八〇キロだぞ？　すでに双方の空母部隊の攻撃圏内だ。ここまで発見できずに接近されたのは、明らかに合衆国軍の索敵網に不備がある証拠ではないか！」

キングの怒りは、海軍トップとしてのものだ。

しかし現在は第5任務部隊の司令長官として乗りこんでいるのだから、そういった類の心配をするのはお門違いと言える。

クックもそう感じたらしく、すぐさま助言した。

「それは重々承知しておりますが、いまは任務部隊長官として采配を振るうべきと考えますので、他の事は後回しにしてください」

「お、おお……そうだったな。ただちに空母航空隊を発艦させようと思うが、貴様の考えを聞きたい」

「ヤシマ艦隊所属の空母部隊が未発見です。ここでヤシマを攻撃すれば、間違いなく敵側の索敵機が飛んできます。

その結果、こちらの空母部隊が発見されれば、先に空母を失いかねません。急な出撃でしたので、まともに作戦もたてていませんが、まずは敵空母部隊を漸減することだけは決定しております。

なので敵空母部隊を発見すべく、引き続きコロラドを南下させて、索敵を続行するよう命令してください。

敵空母部隊を発見するまでは、我々迎撃部隊だけで対処しましょう。そしてチャンスがあれば、迎撃部隊に配属させたアーレイバーク大佐の実験部隊を最優先すべきです」

戦艦八島に対する切り札のひとつ――実験部隊。

それを真っ先に戦わせることだけは、キングとクックのあいだで合意している。

「実験部隊が出るときは、同時にドーリットル大佐の訓練爆撃隊も出撃することになっている。同時攻撃が絶対条件だから、タイミングが非常に重要だ。その点は大丈夫か？」

「大丈夫です。現在、訓練爆撃隊はノーフォーク基地で出撃待機中となっております。訓練爆撃隊は、まだ夜間爆撃能力を獲得していません。B－29自体には夜間飛行能力が付与されているのですが、肝心の爆撃隊員たちの夜間爆撃訓練がまだなのです。

なので出撃は昼間のみとなりますが、彼我の距離三八〇キロ、両艦隊の速度は第5任務部隊が一八ノット、ヤシマ艦隊が二二ノットとすると、合計速度は四〇ノット。計算すると五時間後……正午前には激突する計算になりますので、夜間戦闘の件は考えなくて良いかと」

クックは実験艦隊と訓練爆撃隊を戦わせるため、太陽が昇っているうちに決戦を挑むつもりらしい。

これはキングも同意している。

いまの説明は確認のために行なったのだろう。

「その前に空母同士による潰し合いも考えられる。水上打撃艦同士の対決は、常識的には日没後に延期されるのだが……あくまで当面の主役は実験艦隊と訓練爆撃隊だ。

連中がひと暴れするまでは、我々は手出しを控える。まずはデータの獲得が最優先だ。その後は、ヤシマの受けた被害を考慮しつつ戦えばいい」

「作戦に変更なしですね。了解しました」

そう告げるとクックは、各戦隊へ命令を伝えるべく、発光信号所に繋がる艦内有線電話ブースへと向かっていった。

＊

ほぼ、同時刻。

「敵の新型飛行艇が二機、相次いで周辺を索敵飛行しています。ただちに護衛隊の直掩空母から零戦隊を出撃させせましたが、敵飛行艇は直掩隊が接近する素振りを見せると全力で逃走し、通常警戒にもどると恐る恐る接近する行動をくり返しております」

朝食を長官室でとっていた山本五十六のもとに、通信室から伝令がやってきた。

食事を終えたら艦橋入りしようと思っていた山本だけに、すばやく食事を終えて長官服へ着替えを済ますと、いつもの歩みで長官室を出た。

八分後。

八島の昼戦艦橋にある主エレベーターの扉が開き、山本が姿を見せる。

すぐさま担当の士官が、山本の艦橋入りを大声で知らしめた。

所定の位置に立った山本の横に、宇垣参謀長がやってくる。

「長官、敵艦隊がいます。戦艦を含む打撃部隊です」

宇垣も定位置に立つや、いきなり重大情報を口にした。

「場所は？」

「本艦隊の北北西三八〇キロ地点です。今朝の索敵第一陣により、つい先ほど発見しました」

「規模は？」

「サウスダコタ級が二隻、メリーランド級が一隻、型式不明の戦艦が一隻、重巡が確認しただけで五隻、軽巡が四隻、分類不明の軽巡クラスが二隻、駆逐艦は二〇隻前後となっております。なお空母の艦隊随伴、および新型戦艦の随伴は確認されておりません」

「サウスダコタ級といえば、ついこの前まで最新鋭だった戦艦だが……たしか二八ノット出せる四〇センチ砲搭載艦だったたな？

なのに二一ノットしか出せないメリーランド級が一緒にいるということは、もう出せる戦艦をぜんぶ出してきたんだろう」

現在、合衆国海軍に所属する戦艦は、イタリア方面への支援部隊にいる艦を除くと、大半が太平洋にいる。

そのためノーフォークには、近日中に実施予定のノルマンディー作戦に参加する予定で待機していたマサチューセッツ／アラバマを除くと、他は旧式なため改装待機中となっていたウエストバージニア／アーカンソーしかいなかったのだ。

なおノーフォークには、建艦中のアイオワ級戦艦ミズーリ／ウイスコンシンがいる。

「旧型になったとはいえ、サウスダコタ級は長門型に匹敵しますので、八島以外には強敵となるでしょう。

それに敵艦隊の居場所は沿岸部からそう離れていませんので、おそらく沿岸防衛部隊や沿岸警備隊《コーストガード》が出てくるのは間違いないと思います。

その他の注意として、こちらも発見されていますので、まもなく敵の空母航空隊、もしくは陸上の航空隊がやってくると思われます」

なにしろ、ここは敵の本土から至近距離の場所。

しかも首都であるワシントンまで八一〇キロ前後しかない。

ただし第一／第二空母艦隊から見ると、まだ一〇〇〇キロ以上ある。

それでも二個空母艦隊が数時間北上するだけで、合衆国の首都を攻撃できる位置まで来てしまったのである。

「それらに対する準備は整っているだろう？」

「むろんです。すでに各艦隊上空には出せるだけ直掩機が上がっていますし、護衛の各艦も対空射撃の準備を完了しています。

輸送部隊は後方遥かで待機中ですし、遅れていた鹵獲部隊も、おっつけやってくることになっています」

パナマ攻撃担当を交代した鹵獲部隊——第二戦隊と第一〇空母支援艦隊は、翌日の深夜まで航空攻撃と砲撃を実施したのち、八島艦隊を追って北上を開始した。

その時間差と速度差のせいで、現在地点へ到達するのは一六時間後となっている。

もっとも、彼らが海上決戦に参加しても足手まといにしかならない。彼らは海戦終了後の残敵掃討役と、その後の作戦を担ってもらうことになっている。

「軽巡『竹野』の一番水偵より入電。敵の打撃部隊が南下を開始。速度は一八ノット。まっすぐ八島艦隊へ向かっています！」

「敵さんもやる気みたいだな。しかし……並みの戦艦では勝てないことは、以前の海戦で重々承知しているだろうに……なにか策でもあるのだろうか」

「前回は戦艦が艦首から突入して、八島も大被害を受けました。もし敵が八島を日本本土へ追いかえす目的で出てきたのなら、サウスダコタ級二隻がまたもや突入してくる可能性があります。

さすがに二隻が両舷に高速突入すれば、八島もただでは済みません。前回は絶対防御区画の主防護壁に亀裂が生じましたし、バルジには大穴が開きました。結果的に洋上補修は無理で、横須賀の八島ドックまで戻ることになりました。

今回も同様以上のことが発生する可能性があります。両舷バルジの大破、両舷主防護壁の破損、一部、絶対防御区画内への浸水もありえます。

もっとも、これらすべてが発生したとしても、絶対防御区画内の堅牢な隔壁と気密ハッチのおかげで、浸水は浸水箇所から拡大することはなく、八島が沈没する可能性もありませんが……」

そもそも絶対防御区画を破られる事だけでも驚

天動地の大事件なのに、宇垣の返事はいたって平静だ。

　八島を沈めるには、余りある余剰排水量を産み出す内部空間を、ことごとく海水で満たさねばならない。

　今回は物資の過積載により余剰排水量の三分の一が削られているものの、それでも三分の二にあたる四〇万トン以上が、空っぽ同然の空間として残されているのだ。

　アイオワ級戦艦の満載排水量八隻ぶんもの海水。これを八島に注ぎ込まない限り、八島は沈まないのである。

「南西方向から敵機集団！　距離八六キロ!!」

　レーダー室からの電話を受けていた通信参謀が、大声で報告する。

「陸上航空隊のお出ましらしいな。全艦、戦隊単位で対空防御を開始せよ」

　宇垣に返事をしないまま、山本は命令を優先させた。

「八島航空直掩隊、射出します！」

　八島航空隊の隊長が、別の受話器を持ったまま報告する。

「第一水雷戦隊、八島の前方へ移動します！」

「第三水雷戦隊、第五水雷戦隊、それぞれ八島の両舷へ移動完了！」

　それぞれの部隊が、陣形機動にあわせて移動していく。

　現在の陣形は変形輪形陣だ。やや前後に長く左右幅が短い陣形だが、これは八島および各艦の対空防御をもっとも効率良く行なうためのものとなっている。

　もちろん、八島上空は侵入禁止だ。

　猛烈な対空砲火と対空ロケット射出、場合によっては主砲や副砲による三式拡散弾の発射までありうる。

つまり航空直掩隊は、前後に長い楕円の輪郭線上を周回しつつ、その位置で迎撃できる敵機を撃墜することになっているのである。

「第一水雷戦隊、対空射撃を開始！」

各戦隊の射撃判断は、各司令官に任せている。

山本は全体を統率するのが役目のため、艦隊射撃命令を下した後は沈黙している。

次第に前方から聞こえてくる射撃音が大きくなってくる。

やがて直衛（直近前衛）を担当している軽巡『矢矧』も射ちはじめた。

「第一水雷戦隊より入電！　敵は四発爆撃機のB－17と双発爆撃機のB－25の模様。護衛機として新型の単発戦闘機が随伴しているようです！」

新型の単発戦闘機は、まだ日本軍には馴染みの薄いP－51だ。

さすがに合衆国本土を守るだけあって、手ごわい相手が用意されていた。

「対空射撃、開始！」

八島艦長が命令を発する。

同時に、八島艦橋が轟音で満たされた。

二〇センチ五〇口径連装砲一〇基二〇門。一二センチ五〇口径連装砲一二基二四門。

合計すると四四門の高角砲が、一斉にVT信管付きの拡散子弾内蔵砲弾を射ち上げはじめたのだ。

拡散子弾を内蔵する砲弾で弾幕を形成するため、あえて通常のVT信管のみを使用する一二センチ四五口径連装両用砲四〇基八〇門、一〇センチ五五口径連装砲六四基一二八門、そしてVT信管付きの三式弾を使用可能な主砲／副砲、二〇センチ五〇口径連装砲二〇基四〇門は沈黙している。

ズドドドドドドドド────ッ！

八島の直上に、恐ろしいほど広汎な黒煙の雲が発生した。

それは、まさしく死の雲だ。

雲の中に突入した航空機は、無数に飛び交うVT信管付きの拡散子弾に感知され、ことごとく近接起爆による断片被害を受ける。

逃れるすべはない……。

たった一回の射撃で、最低でも六機のB－17がバラバラになって撃墜された。

「第二射、撃てッ！」

ふたたび八島艦長の命令が響く。

ドドドドドド──ッ！

今度は、やや重たい射撃音が連続する。

遅れて飛んできたB－25編隊に対し、二〇センチ五〇口径連装二〇基四〇門と、一〇センチ五五口径連装砲六四基一二八門が一斉に火を吹いたのだ。

こちらはVT信管が砲弾信管として使用されているため、信管作動により周囲に直接断片をばらまく。

そのせいで撃墜半径は小さいが、断片が大きいため、当たれば被害は甚大となる。

この砲撃で五機のB－25が空中分解したり、翼をもがれて錐揉み降下を開始した。

「八島直掩隊より入電！　敵戦闘機の性能、優秀なり！　紫電改二機で一機に対応中！」

二隻の直掩空母と八島直掩隊とで、合計四〇機ほどが上空に上がっている。

直掩空母は零戦四三型、紫電改は八島直掩隊のみだ。

これに対し、敵の護衛戦闘機は四〇機前後。本来なら一対一で対決するところだが、どうやらそうは行かなかったらしい。

しかたなく紫電改は二対一で戦っているようだが、零戦ではそうもいかないはずなので、全体の状況は不利と思われる。

そう思ったのか、艦隊航空参謀が通信参謀に叫んだ。

「敵戦闘機を、できるだけ艦隊防空網の近くに誘導するよう伝えてくれ。さらに可能なら、高度二〇〇〇付近まで引きずり降ろせば、こちらの機関砲の有効射程に入る。

そうなれば敵機は、直掩隊だけでなく対空砲火にも注意しなければならないので、相対的に直掩隊の被害が低減できる。ただし絶対に直上には入るなとも伝えてほしい」

「……了解！」

通信参謀は返事だけすると、すぐに送話機に向かって命令を発しはじめた。

「紫電改でも苦労するとなると、今後が問題になるな」

山本が、命令を発し終えた航空参謀に質問した。

「相手は陸軍戦闘機です。艦上戦闘機は、どうしても陸軍戦闘機に対して劣る面がありますので、これは仕方がないことです。

もし陸軍戦闘機に対抗できる艦戦を開発するとなると、機体重量が大幅に増大しますので、それに合わせて馬力も大幅に向上させなければなりません。必然的に大型化しますので、空母搭載数が減ってしまいます」

「いいとこ無しというわけか。しかし、被害はなるだけ避けたいのだが……」

「見る限りでは、相手は小型軽量の戦闘機のようですので、巴戦を避けて一撃離脱をくりかえせば、なんとか対抗できると思います。相手が重戦闘機だったら、紫電改が負ける要素はなかったのですが……」

合衆国陸軍も、ドイツの優秀な陸軍戦闘機や日本の零戦などに苦戦している。

そのため軽量（米軍としては）で小型のP－51が開発されたのだ。

反対に重戦闘機化したP－47サンダーボルトやP－63キングコブラなどは、恐ろしいほどの重武装を実現している。これらは堅牢な機体とあいまって、今後も強敵として君臨し続けるだろう。

むろん日本側も対策は用意している。

当座間に合わせの感が強い紫電改はともかく、次期主力艦戦として開発している三菱一七試艦上戦闘機『烈風《れっぷう》』は、文句なく重艦戦としての資格を持っている。

現在のところ、開発が不調な『誉』エンジンに代わり、高々度戦闘機として開発中の陸軍機・中島キ－八七試作高々度戦闘機用に開発中の、ハ－四四－一二ル・二四〇〇馬力エンジン（中島製排気タービン仕様）を搭載することになっているのだ。

誉エンジンがこれに代わって搭載されるには、最低でも同等以上の馬力を発生させねばならない。そのため誉エンジンも排気タービン仕様になる可能性が高い。

陸軍機も、P－51に仕様が近い川崎キ－64試作高速戦闘機や中島四式戦闘機『疾風《はやて》』など、充分に米軍の新型に対抗できる機が、完成もしくは開発中だ。

それらが出揃うまでは、どうしても不利な状況で戦うしかなかった。

――バウッ！

遠くで爆弾が着弾する音が聞こえた。

すぐに報告が入る。

「八島、左舷後方檣楼付近に大型爆弾が着弾！　現在、被害確認中!!」

これだけの弾幕をかいくぐり、水平爆撃で命中弾を出した。

「さすがに……ここまで来ると合衆国軍も必死だな」

「ええ。当たるつもりはなかったのですが……不覚です」

まるで自分の失態のように、航空参謀が沈んでいる。

「まだ被害の程度がわからんから、そう気を落とすな」

洋上補修できる程度の被害なら、それほど心配することはない。

それが判っているだけに、山本の声も平静そのものだ。

「敵機集団、爆撃行動を終了して帰投していきます！」

何度も爆撃侵入するのではなく、一回こっきりで止めたらしい。

おそらく被害の甚大さに恐れをなしたのだろう。

これまで報告のあった敵の被害だけでも、爆撃機一〇機以上、戦闘機も一〇機以上が撃墜されているのだ。

その大半が対空射撃なのだから、敵が恐れるのも当然だった。

これは山本たちの知らないことだが、その後に米陸軍航空隊が集計した被害報告によれば、出撃数B－17一八機中九機喪失、B－25一八機中八機喪失、P－51三二機中一二機喪失となっている。

対する八島艦隊側は、直掩機総数四八機中一七機喪失。

八島後部檣楼付近に一トン爆弾一発命中。これにより一二センチ四五口径連装両用砲二基四門が破壊。甲種重層パネル八枚破損となっている。

他の艦の被害は、敵機の銃撃のもらい弾で軽微な被害を受けた以外、ほとんど無傷だった。

しかし……。

これはまだ、たんなる露払いのようなものだ。

戦いの本番は、まもなく訪れる。

その時こそが正念場だった。

二

三月二六日午後二時　ノーフォーク南方沖

午後になっても、両艦隊の空母はいまだに所在を隠している。今も、互いに探りを入れている最中だ。

結果……空母部隊が随伴しているのに、先に水上決戦が発生するという、極めて珍しい状況が生まれていた。

「実験部隊の位置と、訓練爆撃隊の状況はどうなってる？」

キングのクック参謀長に対する問いかけに、クックは記憶だけで答えた。

「実験部隊については、ノーフォーク沿岸防衛部隊と潜水艦部隊の出動状況を見て動くように命じてあります。このうち沿岸防衛部隊は、すでに集結地となっているライツビル・ビーチを出撃し、敵艦隊との接触予定地点へ急行中です。

接触予定時刻は午後三時ちょうど。その時点に合わせて、周辺に展開中の潜水艦部隊・六個潜水隊二四隻も、一斉に雷撃支援を行なう予定になっています。

訓練爆撃隊については、午前二時四〇分に接触予定地点で爆撃を実施できるよう、すでに離陸してウイルミントン沖で周回待機中です」

「そうすると……我々も、そろそろ前進したほうが良いか？」

本来なら、すでに航空決戦が終わっている予定になっている。

だが、いまもって敵の空母部隊の所在がわからないため、キングの空母部隊もノーフォーク北方沖に隠れたままだ。

「正午から艦載水偵だけでなく、各地の飛行艇と陸軍爆撃機を総動員して索敵しておりますので、敵空母がどこに隠れていようと、まもなく発見できると思います。

その場合、空母決戦と水上決戦が同時に発生する可能性が高くなります。互いに同種の艦隊が潰しあうことになりますので、我が打撃部隊にとっては、航空攻撃を受けないぶん有利になるでしょう」

クックの階級と年齢であれば、とっくに任務部隊の司令長官になっているか、もしくは基幹基地司令部の司令官になっていてもおかしくない。

それ以前に、海軍中枢である合衆国艦隊司令部の参謀長だったのだから、本来なら艦隊司令部副長官の地位にいて当然……。

それが任務部隊の参謀長なのだから、表面的には大降格されたようなものだ。

それでもなおクックは、合衆国海軍の存亡を賭けた戦いに参加したい思いのほうが強かった。これはキングも同様だが、キングはいまも作戦部長を兼任している。

「ともかく……主役は実験部隊と訓練爆撃隊だ。我々は彼らの攻撃が終了するまで、徹底してサポートに回る。そして攻撃が終了したら、全力で総攻撃に移る。このさい被害など無視して、なんとしても八島を止めるのだ」

第5任務部隊を抜かれると、もう後がない。

ポトマック川を遡上されたりしたら、もっとも近い場所で、ホワイトハウスから四二キロ地点まで八島がやってくる。そうなればワシントンは火の海と化すだろう。そんなことになれば合衆国は終わり……。

　キングの覚悟とも取れる発言には、そんな意味が込められていた。

「沿岸防衛部隊の先陣となっている魚雷艇二〇隻が、八島艦隊の前衛と思われる艦群と接触！」

　勇んだ結果なのか、魚雷艇部隊の突出が速すぎる。

　だが、始まってしまったものは仕方がない。

「作戦参謀！　実験艦隊の現在位置は!?」

　キングの大声による問いかけに、作戦参謀が反射的に答える。

「彼我の距離二六キロ地点を三〇ノットで進撃中です！」

「実験艦隊に緊急連絡。ただちに作戦を開始せよと伝えろ！　それから訓練爆撃隊にも緊急連絡。ただちに爆撃行動に移れ、以上だ！」

　魚雷艇部隊の突出は、時間にすると、ほんの二〇分ほどだったらしい。

　これならまだ、混乱に乗じて実験艦隊を突入させられる。

　そう思ったキングは、なし崩し状態だが作戦を開始する決心をつけた。

　と、その時……。

「緊急報告！　第1空母群の近辺に、敵水偵と思われる航空機が複数飛来中！」

　突如として別の報告が舞い込んだ。

「見つかったか……」

　キングの小さなうめき声。

　その声が終わらないうちに、ふたたび戦艦マサチューセッツ艦橋にある電話がなり、連絡士官の声が響く。

「アトランティックシティ水上機基地所属のカタリナ飛行艇が、敵の正規空母と思われる大規模空母艦隊を発見！　位置はハッタ―ラス島西方四三〇キロ。第1空母群から五二〇キロ、第二空母群から四八〇キロ地点！」

「緊急打電だ！　全空母航空隊は、敵の正規空母部隊を攻撃せよ。ぐずぐずしていると敵の航空隊がやってくるぞ!!」

もはや思慮している時間はない。

キングはほとんど脊髄反射なみの速さで、次々と作戦予定を前倒しししていく。

始まる時は、まるでたたみ込むように始まる。

すべてが同時に始まった。

*

「第一空母艦隊より緊急入電。敵飛行艇に発見されたそうです。ほぼ同時に、第二空母艦隊の軽巡『櫛田《くしだ》』搭載の水偵が、敵の正規空母部隊を発見したとのことです！」

報告を聞いた山本五十六は、反射的に命令を発した。

「第一／第二空母部隊、ただちに攻撃隊を出撃させよ。一隻も逃すな！」

敵は最新鋭のエセックス級正規空母だ。

これさえ討ち取れば、あとは雑魚にすぎない軽空母と護衛空母しかいない。

全空母による全力出撃。

これは当初から山本が予定していた決戦の方法だった。

「南雲さんと小沢さん、そして第一〇空母支援艦隊の大林少将に連絡してくれ。武運と幸運を祈ると」

航空隊を全力出撃させれば、あとは少数の直掩機しか残らない。

格納庫もほぼ空っぽになるため、あとは運を天に任せるしかなくなる。

その状況を命じた山本だけに、祈るような伝言を通信参謀に託したのである。

思いにふける山本の思考を、連絡士官の声が引き裂いた。

「緊急！　南西方向から敵魚雷艇が多数接近中！」

八島の水上レーダーは、とっくの昔に魚雷艇の集団を捉えていなければならなかったはず……。

しかし魚雷艇ほど小型になると、漁船と見分けがつかない。

そして合衆国海軍は、沿岸防衛部隊と実験艦隊の行動を隠蔽するため、あえて周辺にある漁港から出せるだけの漁船を出すよう、非常事態宣言まで使って命じていたのである。

悪い報告は、まだまだ続く。

「対空電探班より緊急！　南西方向、距離七〇キロ、高度八〇〇〇に大型航空機集団！　急速に高度を落としつつ、まっしぐらに我が艦隊へ向けて侵攻中！」

「敵の集中攻撃だ。ぜんぶ一辺に始まるぞ！」

さすがに山本も大声になる。

「全艦、対空防衛」

山本の発言を忖度した宇垣が、艦隊防空命令を下す。

「八島直掩隊、射出します！」

二隻の直掩空母と違い、八島直掩隊は直前のカタパルト射出が可能だ。

八島のカタパルトは後部両舷に八基。つまり八機同時の出撃が可能となっている。次の射出までは五分を有するが、今回は搭載している二五機すべてを射出する。

「護衛隊に随伴している第一駆逐戦隊より入電。潜水艦二隻を発見、ただちに駆逐する。以上です！」

「宇垣。近くに駆逐戦隊はいるか？」

「第三駆逐戦隊が、八島艦隊の西方三キロ地点を移動中です」

「こちらの近くにも敵潜が潜んでいるかもしれん。警戒を厳重にするよう伝えてくれ」

「りょうか……」

宇垣の了解を待たずして、八島の昼戦艦橋デッキにいる水上監視員が叫ぶ。

「本艦右舷前方より魚雷二！」

「八島、緊急回避。対魚雷戦、開始！」

八島艦長がすかさず命令を下す。

ほぼ同時に、八島の両舷にある二〇センチ五〇口径連装砲二〇基四〇門と一二センチ四五口径連装両用砲四〇基八〇門、そして二五ミリ連装機関砲六〇基一二〇門が、一斉に魚雷に向けて射撃を開始する。

艦長命令がなくとも、現場判断で射撃して良いよう事前の命令が出ている。

そのため、いまの艦長命令は手続き上のアヤのようなものだった。

なお、他の砲は対空防御担当のため、迫り来るB－29集団を待ち構えている。

――ドウッ！

八島の右舷前方八〇メートル付近に、高々と水柱が上がる。

「魚雷一、撃破！」

だが、次の瞬間。

「左舷後方より魚雷四！」

囲まれている。

八島は敵潜水艦集団のただ中に迷い込んでいたらしい。

そして……。

「敵魚雷艇二〇隻前後！　突っこんで来ます!!」

「見事だ」

敵ながら天晴れ。

山本は思わず敵を称賛した。

状況からして、ろくに訓練もできずに出撃させられたはずなのに、国を守るという気概が実力以上の力を発揮させているらしい。

「右舷前方、絶対防御区画外に魚雷一、命中！」

「左舷後方、絶対防御区画舷側に魚雷三、命中！」

命中した音や振動は感じられなかった。

音のほうは、あまりにもうるさい対空射撃にかき消されたらしい。

そして魚雷命中による振動は、八島の巨体と舷側ブロックに阻まれ、この程度では伝わってこない。

ただ、右舷前方の魚雷は舷側ブロックのない場所に命中しているのだから、多少の振動は感じてもおかしくない。もしかすると、艦首スラスタとダクトスクリューを用いた緊急回避の影響かもしれない。

「全方位より魚雷艇による魚雷が殺到中！」

潜水艦による雷撃で混乱中の八島に、二〇隻の魚雷艇が四隻ずつの五個分隊に分かれて突入してきた（実際には前衛艦に六隻が阻止されているので、八島に到達できたのは一四隻）。

そして今、生き残った敵魚雷艇が、一斉に魚雷を投射した。

さすがに八島の対水上砲撃も急速回避も役に立たない。

ほぼ魚雷全弾が命中する。

ただし敵魚雷艇もタダでは済まなかった。

八島の対水上砲撃を食らい、次々に爆沈させられていく。

皮肉にも、もっとも撃沈率が高かったのは、口径の小さい二五ミリ連装機関砲だった。

「敵機、高度八〇〇。爆撃侵入路に乗りました！」

爆撃機は爆撃侵入態勢に入ると、爆弾を投下するまでコースと高度を維持しなければならない。

もっとも危険な瞬間だが、同時に、狙われている艦にとっては最大の危機の到来を意味している。

「山本だ。上甲板勤務の者に告ぐ。敵重爆による爆撃が開始される。各自、防御しつつ身を守れ！」

なんと山本が、電話所の横にある全艦一斉放送用のマイクを手に取り、自ら命令を伝えはじめた。

そして、慌てて追いかけてきた宇垣に対し、マイクを渡しながら告げる。

「これは参謀部の仕事だったな。自分でやったほうが早いと思ったのだ。気を悪くしないで欲しい」

「……いえ」

宇垣のぶすりとした表情だけでは、怒っているかすら判らない。

すぐに山本は所定の位置に戻った。

＊

「八島まで距離八〇〇〇！」

こちらは合衆国第5任務部隊に所属している実験部隊。

たった二隻しかいない軽巡のうちの一隻――モービル。そこの艦橋に座したアーレイバーク大佐に対し、モービル副長が大声で報告した。

「六〇〇〇で投下する。投下用意！」

二隻の特殊改造軽巡を、四隻のリバモア級駆逐艦が二隻ずつ、両舷で護衛についている。

その特殊改造軽巡は、どう見ても南太平洋の島々で使用されているアウトリガー式カヌーに酷似している。しかも両舷式のほうだ。

なんと最新鋭のクリーブランド級である軽巡モービルとバッファローを大改造し、両舷に鋼鉄製のアウトリガーを設置、その先に、浮きの代わりに超巨大魚雷を釣り下げている。

この超大型試作魚雷『シーサーペント』こそが、キングの用意した海軍の切り札だ。

全長三六メートル／直径五メートル／速力三八ノット／航続一〇キロ。

日本海軍が開発した唯一の特殊潜航艇である『甲標的』（他の特殊潜航艇はすべて開発中止された）が全長二三・九メートル／全幅一・八メートル。それを大きく上回る魚雷なのだから驚くのも無理はない。

弾頭部には第一段として成型炸薬一トン、第二段として高性能爆薬五トンが仕込まれている。

クリーブランド級の全幅が二〇メートルというのに、両舷にある二発の魚雷だけで、さらに一〇メートルも幅が増している。

日本海軍の誇る九五式酸素魚雷が、全長七・一メートル／直径五三センチなのだから、全長で五倍、全幅はなんと十倍というバケモノぶりだ。

改造軽巡の速度は最大三〇ノット。

いま二隻の軽巡は、その三〇ノットを無理矢理ひねり出して突進している。

「距離六〇〇〇！」

「両舷、投下！」

ズンという地響きのような衝撃の直後。

艦全体がふわりと持ち上がる。

超大型魚雷二発を同時に投下したことで、身軽になって浮力が増加した証拠である。

ちなみに片舷だけ投下すると艦がひっくり返るので、両舷同時しか許可されていない。

「駆逐艦群、魚雷全弾投射。同時に左右に向けて反転開始！」

「軽巡群、反転退避」

四発のシーサーペントは海に放たれた。

駆逐艦による雷撃は、シーサーペントを八島へ確実に送り届けるための霍乱《かくらん》用だ。

霍乱といえば、魚雷艇と潜水艦による雷撃も、すべてシーサーペントを命中させるためのものだった。

「上空、訓練爆撃隊が通過します！」

反転して退避行動に移ったアーレイバークの耳に、上空監視員の声が聞こえてきた。

「うまく行ってくれよ」

自分たちは、やれることをやった。

あとは爆撃隊の番……。

その声には、祈りのような思いが込められていた。

＊

「爆撃照準よし。ドラム、ドラム回転を維持しています！」

Ｂ－29四個編隊八機で構成される訓練爆撃隊。

彼らは実のところ、サンフランシスコから大車輪で飛んできた特殊爆撃隊の一部だ。

海軍の実験部隊と違い、Ｂ－29ならひとっ飛びで東海岸までやってこれる。

なのに数が八機のみなのは、残りの機が訓練中か整備点検中だったためだ。三交代制で訓練／整備／待機をくり返していたせいで、三分の一の機しか緊急出撃できなかったのである。

「侵入高度および速度を維持する。当てろよ!?」

爆撃手からの機内通信連絡を受けたジミー・ドーリットル大佐（爆撃隊長兼一番編隊長）は、一番編隊一番機の機長でもある。

それにしても『ドラム回転』とは何であろう？

これこそ英国空軍から技術を伝授されて作成された、超大型スキップボム『トールハンマー』だ。

対八島専用として開発された、ドラムカン型の

6トン水面跳躍爆弾。

　円柱状の爆弾を回転させることにより、水面で跳躍して敵艦に命中する。

　もとは英国軍の『反跳爆弾』と呼ばれる特殊爆弾で、ランカスター爆撃機に搭載してダム爆破に使用されている。いわゆるアップキール（ダムバスター）爆弾だ。

　それを対艦攻撃用にしたものが、モスキート爆撃機用のハイボール爆弾である。

　アップキール爆弾は重量四トン、トールハンマーは六トンだから、ランカスターより搭載重量が大きいB－29用に拡大再設計されている。

　アップキールでさえ巨大なダムを破壊するためのものだから、その威力は絶大だ。

　ただしB－29の最大搭載重量は約九トン。

　そのためB－29であっても、トールハンマーは一発しか搭載できない。

　八機で八発。合衆国陸軍の、取っておきの秘密兵器である。

「距離八〇〇、投下！」

　すべてのB－29が、八島の左舷方向から侵入している。

「二番編隊一番機、敵の弾幕に突っ込み被弾。墜落していきます‼」

　八島の対空砲火は次元が違う。

　いかにB－29でも、二〇センチ五〇口径連装砲や一八センチ対空ロケット四連装発射機による弾幕に突っこめば落とされる。絶大なVT信管と拡散子弾の威力だった。

「逃げるぞ！」

　恐ろしいほどの弾幕に加え、四〇ミリと思われる機関砲弾まで曳光弾を光らせはじめた。

　用が済んだら即退散……。

　決死の覚悟で出撃してきたドーリットルだった

が、さすがに恐れをなした。

「四番編隊二番機……最後尾の機が撃墜されました」

尾部銃座にいる射撃担当から連絡が入る。

「何機が生き残れるだろう……」

操縦桿を力一杯引いて高度を上げながら、ドーリットルは死地に挑んだ仲間の事に思いを馳せていた。

*

――ドガッ！

巨大な八島が揺れた！

「右舷中央部に魚雷命中！　超大型です!!」

報告を聞かずとも、山本も異常な衝撃で異変に気づいていた。

そして、もう一度。

――ドガガッ！

「右舷後部に二発命中！　同じく超大型!!」

「ぬう……」

一二〇万トンもある八島が揺れた。前代未聞の出来事だ。

そこから導きだされる結論は、不吉すぎるものだった。

「被害確認！」

山本の動揺を見た宇垣が、すかさず命令を発する。

さすがは女房役。いざというときにはやれる男だ。

「左舷方向、何かが水面を……」

――バガッ！

先ほどの衝撃とは比べものにならない鋭利な振動。

「左舷中央部、喫水付近で大爆発！」

「左舷バルジの一部に大穴！　該当箇所の水密区画から重油が流出しはじめました!!」

　ほぼ同時に、先ほどの巨大魚雷による被害も届きはじめる。

「右舷バルジ、三ヵ所が大きくへこんでいる！　一部、貫通孔がある模様!!」

　八島は現在、両舷バルジ内の水密区画に、船舶燃料用の重油を積載している。

　出発時は満載だったが、いまは半分まで減っている。しかも巨大魚雷や『なにか別のモノ』の命中箇所に限定された区画のみの破損だから、流出した重油の量はごく一部にすぎない。

　それでも駆逐艦二隻が、ケープタウンからここまで来るだけの燃料に匹敵する。

「バルジが破損したか……」

　山本の声に、かすかに悲壮感がこもる。

　前回、戦艦突入により生じた悪夢の再来を予感したからだ。

　すぐに艦務参謀がフォローに入った。

「バルジの破損が即、戦闘中止を意味するものではありません。もちろん、バルジの破口は洋上修理できませんが、破損箇所に舷側ブロックを重ねることは可能です。その場合は航行可能であり、航行可能であれば横須賀まで引き返す必要もありません」

　たしかに言われる通りだが、いまはまだ戦闘中であり、被害の程度も確認されていない。

　指揮官は常に最悪を考えて行動すべし。

　そう、いつも自分に言い聞かせてきた山本には、あまり響かぬ言葉だった。

「他に命中したものは、すべて通常型の魚雷のようです」

　被害集計のまとめをしていた連絡士官が、報告のためやってきた。

「御苦労。引き続き、被害報告をまとめてくれ」

そう命じると、次に宇垣を見る。

「巨大魚雷はわかるが、左舷に命中したのは何だったのだろうな?」

「わかりません。ただ……敵の新型爆撃機が投下したものには間違いありませんので、何かの特殊爆弾の一種だと思われます」

「やはり敵さんも八島対策を練ってきたか……まあ戦争なのだから当然だな」

「はい。これまでのようには行かないと思います」

ここで山本は会話をうち切った。

まだ戦闘は終了していない。

八島は沈まない。ならば被害については、戦闘終了後に確認すればいい。

山本はそう思い、引き続き八島艦隊に対し目を光らせ始めた。

三

二六日午後三時　ノーフォーク南方沖

「北西方向より敵機！　距離六二キロ、高度四〇〇〇。大集団です!!」

航空攻撃隊を発艦させ、大車輪で対空陣形へ移行しようとしていた矢先。

第一空母艦隊の旗艦——正規空母『白鳳』の艦橋を報告の声が貫いた。

「陣形変更を中止。各艦は個艦回避へ移行せよ」

南雲忠一艦隊長官が、いつになく細かい長官命令を発する。

それを草鹿《くさか》龍之助《りゅうのすけ》参謀長が復唱、命令が伝達されていく。

「まだ直上に直掩機が残っていますが……」

珍しく白鳳艦長が、迷った表情で草鹿に声を掛けてきた。

どうやら対空射撃の開始命令を下そうとして、直上に直掩機がいることに気づいたようだ。

「艦長判断に任せるが……参謀長としては母艦を優先すべきと思う」

ここで草鹿が艦長に命令すれば越権行為となる。いまの返答は、まさにギリギリ許される範囲内だ。

艦長はすぐに声を発した。

「対空射撃、はじめ！」

直掩機については何も言わない。

なぜなら敵機来襲時に直上から退避することは、事前の打ち合わせで伝えてあったからだ。

――バン、ババン！

特徴的な高音を奏でる一〇センチ五五口径連装高角砲が、ＶＴ信管付きの砲弾を射ち上げ始める。

この砲弾は拡散弾ではないため、八島ほどの濃厚な弾幕は形成できない。

しかも白鳳型はまだ新しい型のため、第一改装は行なわれていない。ゆえに四〇ミリ機関砲や対空噴進砲などの新装備も設置されてないままだ。

そこで山本五十六は、少しでも対空防御網を強化するため、最新型の軽巡『富田／円山』を直衛軽巡として配備した。

高津型軽巡である富田と円山は、一五センチ五〇口径連装主砲が与えられている。

この砲は両用砲なので、ＶＴ信管と拡散子弾の組みあわせが使用できる。

また、陣形外縁で防空任務を遂行する一〇隻の駆逐艦も、すべて新型の楡型駆逐艦だ。

こちらは拡散子弾仕様ではないが、一〇センチ六五口径連装両用砲を二基四門、一〇センチ五〇口径高角砲を二基二門、三〇ミリ連装機関砲四基八門と、可能な限り対空防御を強化してある。

それらが今、正規空母四隻を守るため、猛烈な弾幕を形成しはじめたのである。

「敵機はすべて新型の模様！」

対空監視所からの報告を聞いた南雲は、黙ったまま草鹿に視線を向ける。

「こちらも攻撃隊を出していますので……相討ちですね。報告を聞く限りでは、敵も全力出撃した模様なので、さすがに無傷とは行かないと思います」

下手に期待させると長官判断を間違う。

あえて不吉な事を告げた草鹿の言葉には、そんなニュアンスが込められていた。

「敵艦爆四機、突っこんできます！」

今度は艦橋デッキから声がした。

「全員、着弾に備えよ！」

これは白鳳副長の声。

艦長は個艦回避運動を指揮するだけで精一杯のため、副長判断での発令だった。

「長官、しゃがんでください」

草鹿の要請を受け、南雲が中腰になる。

その直後。

——ドガッ！

コンクリートを鉄球で叩き割るような音がした。

これは徹甲爆弾が飛行甲板に張られた専用の重層コンクリート板を粉砕した音だ。

——バウッ！

すぐに炸裂音が続く。

こちらは爆弾本体が炸裂した音。

おそらく遅延信管だったのだろうが、想定以上に硬く弾力性のある重層板に阻まれ、艦内に到達する前に起爆したらしい。

「艦橋後部、後部エレベーター前方に着弾！」

飛行甲板側の艦橋デッキから、張り裂けそうな声が聞こえてきた。

むろん艦橋に通じる耐爆ハッチは固く閉じられている。そのため大声で叫ばないと届かない。

「被害確認を急げ！」

ふたたび副長の声。

「長官……しばらく、このままの姿勢でいてください」

草鹿が、まだ着弾する可能性があると暗に示唆している。

「わかった」

いざ戦闘に入ると、艦隊司令長官は何もやることがない。

戦艦のような司令塔がない空母だけに、艦橋に留まる決心をした以上、帝国海軍の提督にあるまじき姿勢で縮こまる屈辱を、甘んじて受けるしかなかった。

——ズン！

——バカッ！

今度の音は遠かったが、二度聞こえた。

明らかに魚雷が命中した音と、おそらく飛行甲板の後部に爆弾が命中した音だ。

「被害確認！」

副長の声がかすれはじめている。

それでも叫ばずにはいられない。そんな感じだ。

「直掩隊、奮戦しています！　敵の新型艦戦、劣勢です!!」

初めて耳に心地よい報告が聞こえてきた。

たとえ相手がF6Fでも、紫電改の機首貫通型三〇ミリ機関砲弾を浴びれば落ちる。

F6Fも一二・七ミリ六挺と強武装だが、格闘戦での性能は紫電改に劣るようだ。

「第一〇空母支援艦隊より、零戦直掩隊一二機が到着！」

なんと鹵獲空母部隊である第一〇空母支援艦隊

の大林末雄少将が、要請もしないのに直掩機を送ってくれたらしい。

現在、第一〇空母支援艦隊は第一空母艦隊の北方五〇キロに待機中。

ということは、第一空母艦隊が敵機の来襲に気づいてから発艦したのでは間にあわない。

おそらく自分の艦隊を直掩していた機を、そのままこちらへ向かわせたようだ。

「あとで感謝の意を伝えておいてくれ」

いまは猫の手も借りたい気分の南雲は、草鹿に対し素直な気持ちで告げた。

そうしている間も、敵機による執拗な攻撃が続く。

ここで第一空母艦隊を戦闘不能に追いこまなければ、彼らには後がない。

合衆国の政治中枢であるワシントンに、ここまで接近されたのだ。刺し違えても阻止するという意気込みがひしひしと伝わってくる。

「飛鶴に着弾！」

就役してまだ間もない改翔鶴型正規空母の一番艦『飛鶴』が、奮闘空しく被弾したらしい。

改翔鶴型正規空母は八島設計を取り入れた設計改良型の母艦だが、白鳳型が専用の甲種二型防護板を飛行甲板に装備しているのに対し、改翔鶴型は汎用型の甲種防護板を装備している。

この差がどれくらい出るのか、被害報告を見なければ判らなかった。

「むう……」

南雲が座ったまま声を漏らす。

まだまだ苦渋の時は続きそうだった。

*

おおよそ一五分後。

こちらはトーマス・C・キンケイド少将指揮下の第1空母群。

正規空母レンジャーと軽空母インディペンデンス／プリンストンを中核艦とする、東海岸では最大の空母部隊だ。

キンケイドは無理を承知で、軽空母にもF6FとヘルダイバーＦを搭載してきた。

そのため軽空母一隻の搭載数が三八機に減っている。

なおアベンジャー雷撃機を搭載しているのは正規空母レンジャーのみだ。

出撃させた数は一三〇機。直掩に残したF6Fは二〇機となっている。

この数は、太平洋にいるスプルーアンスの部隊の半分以下だ。いま太平洋に戦力を集中しすぎた弊害が露骨なほどに出ていた。

「敵機集団、北東方向より接近中！　距離五二キロ、高度四〇〇〇！」

「来たか……」

第1空母群を預かるキンケイドは、旗艦に定めた軽巡クリーブランドの艦橋で、祈るような低い声を出した。

ほぼ同時に双方の空母部隊が発見された以上、こちらも攻撃を受ける可能性は極めて高かった。

そして予想通りとなった……ただ、それだけの事だ。

「各艦、対空戦闘を開始します！」

戦闘開始の合図は、各艦に任せてある。

キンケイドが何か発令する必要はない。

「航空攻撃隊より入電。敵の正規空母二隻、飛行甲板に爆弾を命中させたそうです！」

幸先の良い知らせだ。

戦闘中にも関わらず、キンケイドはそう思った。

「右舷前方二時方向に、敵雷撃機集団！」

「回避はじめ」

「二時方向より魚雷！　数不明‼」

いくつもの声が錯綜する。

「衝撃に備えよ！」

声がした直後。

――ズン！

軽巡クリーブランドの後方から振動と音が伝わってきた。

「右舷、三番主砲付近に魚雷命中！」

今度の報告は最悪に近いものだった。

敵機の爆撃や雷撃は空母に集中している。そのような状況で、なぜか敵の艦攻一編隊だけが、空母ではなくクリーブランドめがけて突入してきたのだ。

おそらく、空母群の右舷側に位置していたクリーブランドが邪魔で、空母に突入するコースを定められなかったらしい。

そこでクリーブランドへ向けて雷撃し、うまく行けばすり抜けた魚雷が空母へ届くのを期待したのだろう。

それが見事に命中してしまったのだから、ある意味、クリーブランドが自ら盾になって空母を守ったとも言える状況だった。

「本艦、速度低下中！　空母の回避に追従できません‼」

当たり所が悪かったらしく、艦速がみるみる落ちていく。

このままでは旗艦としての機能を喪失しかねない事態だった。

「長官……旗艦をコロンビアへ移す手続きを」

部隊参謀長が、ついに見切りをつけた。

「わかった。ただちに始めてくれ」

まだ戦闘中のため、実際に旗艦を移すのは敵の攻撃が終了した後になる。

しかし繁雑な手続きは、戦闘中のいま始めなければならなかった。

「プリンストン、沈みます！」

唐突に最悪の報告が舞い込んだ。

「インデペンデンス級は、徹甲爆弾一発程度では沈まぬはずだが……」

聞いていた話と違う。

キンケイドの声がそう物語っている。

「お待ちください……ええと、プリンストンが食らったのは、爆弾二発と魚雷二発です」

手元に集まりつつある被害報告を見ながら、参謀長が告げた。

「レンジャーに爆弾命中！」

これは最悪の知らせだ。

ゆいいつの正規空母に爆弾が命中すれば、場合によっては着艦不能になる。

そうなれば、戻ってくる航空隊を収容しきれない……。

「レンジャーの被害確認を最優先せよ！　場合によっては本土の滑走路に帰投させる必要がある」

この判断は、状況を考えるとベストといえる。

キンケイドは優秀な指揮官だ。

ただ……彼に必要な艦数を用意できなかっただけだった。

「第2空母群より入電！　現在、敵の航空隊と交戦中だそうです」

「第1打撃群より入電。八島艦隊が急速接近中!!」

ふたつの報告が同時に舞い込んだ。

「敵の航空隊？」

おもわずキンケイドは聞きかえした。

すかさず参謀長がフォローする。

「敵にはもう一個、空母部隊がいます。おそらく、そちらから出撃したのではないかと」

「我々にも、マッケーン少将の第二空母群がいるのだが……」

「我々はまだ、敵の空母部隊の所在を把握しておりません。ですから……」

参謀長がそこまで答えた時。

「通信室より報告。ノーフォーク航空基地から出撃した陸軍爆撃機による海上偵察で、敵の正規空母四隻を含む空母部隊を発見！　これは発見済みの空母部隊とは別物と思われる。ただちに爆撃隊を出撃させるとのことです!!」

「もう一個の空母部隊も正規空母構成だと？　いったい日本海軍は何隻正規空母を持ってるんだ？」

思わず愚痴を漏らしたキンケイドだったが、すぐに思い直す。

「マッケーン少将も通信は傍受しているだろうが……念のため出撃要請を出してくれ」

通信室から来た伝令だから、また通信室に戻らねばならない。

ついでに命令を伝えさせることにした。

「これで互角……いや、陸軍爆撃隊が味方してくれるぶんは、こちらが護衛空母部隊、あちらが正規空母部隊ということで帳消しですので、やはり互角でしょうね」

参謀長の判断は、かなり味方のほうを贔屓《ひいき》している。

実際は、たとえ陸軍爆撃隊が加勢しても、護衛空母部隊のほうが圧倒的に不利である。

ともあれ……想定していたすべての敵艦隊を把握できた。

その安堵感のせいで、参謀長もほっとしている。

「インディペンデンス、沈みます！」

ほっとしたのも束の間……。

またしても不幸の知らせが舞い込んできた。

「これは駄目だな。航空攻撃隊に連絡。帰投先をノーフォーク航空基地に変更だ。ただちに送れ」

マッケーンの決意を受けて、航空参謀が命令を伝えに走る。

「直掩機はどうします？」

気を引き締めた参謀長が、マッケーンに采配伺いを出した。

「敵機が去るまでは上空警戒を続行させろ。その後はレンジャーの様子次第だ。もし着艦不能ならノーフォークに向かわせてくれ」

二隻の軽空母を失った以上、残るはレンジャー一隻のみ。

やはり倍以上の戦力をもつ、日本の空母部隊には対抗できなかったことになる。

「了解しました」

参謀長が失意を隠せないまま、伝令を通信室へ向かわせる準備をしはじめる。

「……キング長官の打撃部隊で、果たして八島を食い止めることができるだろうか？」

残されたキンケイドは、不安でともすれば潰れそうになる心を奮い立たせながら、そっと小声で呟いた。

四

二六日午後五時　ノーフォーク南方沖

予定では正午過ぎに激突するはずだった八島艦隊と第5任務部隊の迎撃部隊だったが、相次ぐ空母同士の戦いと、合衆国側の実験艦隊および訓練爆撃隊による特殊攻撃が発生したせいで、その後は互いに、一時的ながら迂回行動に移行した。

そのため艦隊決戦は夕刻まで持ち越されたのだが……。

実験艦隊と訓練爆撃隊の攻撃が終了した途端、八島艦隊は単独で迂回しつつ、その実、キング率いる迎撃部隊への突入コースに乗っていたのである。

「八島、最大速度が二三ノットに低下しています。これにより艦隊最大速度は二一ノットへ修正されました」

宇垣参謀長の報告を聞いて、山本五十六は口をへの字に曲げた。

さすがにバルジに大穴を開けられたら、これまでの速度は維持できない。

洋上補修ができるかは不明だが、ともかく補修するまでは無理は禁物となったわけだ。

「仕方あるまい。第一／第二空母艦隊も被害を受けた以上、多少の無理は承知で、敵の打撃部隊を潰さなければならない」

山本のもとには、すでに第一／第二空母艦隊の確定被害状況が届けられている。

それによれば、正規空母『白鳳』に爆弾二発／魚雷一発命中。正規空母『蒼鶴』に爆弾一命中。正規空母『白鶴』に爆弾一命中。

第二空母艦隊のほうは、相手がドーントレスということもあり、正規空母『飛鶴』に爆弾一発、正規空母『蒼鶴』にも一発のみで済んでいる。第二空母艦隊の白鳳型二隻（蒼鳳／紫鳳）が無傷だったのは、完全に不幸中の幸い――運のなせる技だった。

なお第二空母艦隊が攻撃を受ける前に、八島艦隊の索敵機が敵の護衛空母部隊を発見した。

そこでギリギリのタイミングだったが、第二空母艦隊から航空攻撃隊が出撃、敵の護衛空母部隊に壊滅的被害を与えることに成功している。

これらの戦果を加味した結果は……。

合衆国海軍の正規空母一中破。軽空母二撃沈。

護衛空母四撃沈。護衛空母三大破。

合衆国空母の艦上機は、母艦を失ったり着艦不能になったりで、ほとんどの機が陸上基地へ退避したらしい。それでもかなりの数が、八島艦隊の対空射撃と直掩機によって落とされたのも事実である。

第二空母艦隊めがけて出撃した陸上爆撃隊は、敵の護衛空母部隊の攻撃隊より少し遅れて爆撃を開始したため、かなり手酷い被害を受け、なおかつ戦果はなしという散々な目にあった。

やはりVT信管と拡散子弾、さらには対空ロケット弾で武装した艦隊相手に、旧態依然とした重爆による水平爆撃は、もはや役に立たないことが証明された戦闘だった。

その後……。

キング率いる迎撃部隊と八島艦隊の直接対決となったのだが……。


最初から勝敗は決していた。

特殊攻撃で相当な被害を受けているはずと判断したキングが、強引に二個打撃群を突入させたのが、敗因といえば敗因だろう。

たしかに八島は艦速低下を来し、舷側防御も一部がはがれ落ちている。

それでもなお、合衆国沖に来てから一度も火を吹いていない主砲と副砲は、そのすべてが健在だった。

こうなるともう、キングの部隊が一方的に袋叩きにされる未来しかない。

そして現実も、その通りになった。

第5任務部隊は戦艦マサチューセッツとアーカンソーを失い、残るアラバマとウエストバージニアも大破した。重巡五隻のうち二隻を喪失、残る三隻も大破の憂き目にあった。

軽巡と駆逐艦は懸命に奮闘したが、八島の小口径砲と水雷戦隊の餌食となり、無傷で生き残ったのは軽巡メンフィスと駆逐艦四隻のみだった。

この被害により、キングもマサチューセッツと共に沈み、栄誉の戦死となった。

残存艦をまとめたのは、第2打撃群のF・C・シャーマン少将。暫定的な部隊司令長官に着任し、なんとか第5任務部隊の崩壊を食い止めたのである。

その後……。

八島艦隊が反転北上を開始したため、シャーマン率いる第5任務部隊は同方向にあるノーフォークへ戻ることもできず、しかたなく南部にあるノースチャールストンの港へ緊急避難していった。

＊

キング作戦部長兼第5任務部隊司令長官、戦死。

この衝撃的な報告は、文字通りホワイトハウスをゆるがせた。

東海岸の守護神だった第5任務部隊が壊滅状態になり、なんとかノースチャールストンの港へ逃げ帰った。

これらの事実は、ホワイトハウスが隠蔽するよりも速く、国内の主要なマスコミに知られることになった。同日夜のラジオニュースでは、なんと全米に向けて、あらかたの状況が報道されてしまったのだ。

そして……。

「ルーズベルト大統領閣下が死去なされました」

サンフランシスコにいるニミッツのもとに、ふたつの知らせが届いた。

ひとつは二六日午後一〇時、ルーズベルト大統領が脳出血により死亡したとの緊急報告だった。

死亡原因は、最高三〇〇に達した高血圧とのことだった。

　第5任務部隊壊滅の知らせを病床で聞いたルーズベルトは、一気に血圧が上昇、それを医師団が阻止できないまま脳出血を引きおこしたらしい。

　もうひとつの知らせは、大統領代理となったヘンリー・A・ウォレス副大統領からの知らせで、ニミッツが合衆国海軍最上位の艦隊作戦部長に任じられた件だった。

「スターク大将のやつめ……俺に尻拭い役を押しつけやがった」

　序列からすればキングの後釜は、元作戦部長のスタークが返り咲くか兼任するのが順当だ。

　それをあえてニミッツに振ったのだから、まだ戦力を有している太平洋艦隊に、合衆国海軍のすべてを委任する決定がなされたに違いない。

「どうなさいますか？」

　太平洋艦隊司令部参謀長が、恐る恐るお伺いをたてる。

「どうもこうもない。これまでは太平洋艦隊のことだけ考えていれば良かった。だが、これからは違う。事実上、大西洋艦隊の実動艦が壊滅したんだ。

　こうなると、どんな手を使ってでも、太平洋の戦力の一部を大西洋に回さなければならなくなる。もっとも……とても間に合うとは思えんが」

「こうなると、パナマ運河を破壊されたのが痛いですね」

「痛いどころじゃない！　最初から日本軍は、こうなる予定でパナマを破壊したに違いない。ええい、どうしてくれよう……。

　現実的な策としては、南米回り……マゼラン海峡経由で大西洋に出るしかないが、問題はどれくらいを出すかだ。

ハルゼーのハワイ奪還艦隊はいま、オアフ島を奪還したのち、現地の復旧に邁進している。敵艦隊がミッドウェイ周辺から動かないせいで、全部隊がハワイ諸島へ張りついているのが現状だ。

その部隊から大西洋へ艦を回すのだから、そのぶん手薄になる。今でさえ拮抗している戦力というのに、ほぼ半減するとなると……敵は攻めてくるぞ？」

太平洋は一時的な戦力均衡の状態にある。

そもそも日本側が、それを見越してハワイ方面艦隊を編成したのだから、当然といえば当然の結果である。

ところが、合衆国側の都合で戦力均衡が破られれば、ふたたび戦局が動く。

これまた当然の結果だった。

「しかし……大西洋を無防備にすると、ヨーロッパ戦線にまで影響が出ます。相応の艦を送らねばならないでしょうし、もし我々が沈黙したままだと、艦隊司令部から強制拠出命令が出るでしょう」

最高位の作戦部長に任じられた以上、ヘマをしでかせば、あとは引退しかない。

そのための昇格なのだから、ニミッツは策にはめられたも同然である。

「仕方がない。事情を説明した上で、ハルゼーに戦力の半分をサンフランシスコへ戻すよう緊急命令を出そう」

「背に腹は代えられません。ではハワイへ打電すると同時に、太平洋艦隊司令部に対しても、大西洋へ移動させる艦隊の編成作業を開始します」

これなら通常任務だとばかりに、司令部参謀長はさっそうと仮長官室を出ていった。

「俺が不名誉除隊扱いになっても、あいつは昇進しそうだな」

残されたニミッツは、もはや何も打つ手がないと知り、諦めた口調でつぶやいた。

五

二六日午後五時　ノーフォーク南方沖

八島艦隊は交戦を終了したのち、八島のみがノーフォーク基地のあるポトマック川河口へ突進。二〇ノットと遅い速度ながら、二五〇キロを六時間半かけて踏破した。

その間、合衆国軍は一度だけ陸上航空隊を出撃させたものの、有効な打撃を与えることには失敗した。

そして二七日零時より、二八キロ沖から砲撃を開始。

ノーフォークの埠頭群とドックや船台群に繋がれていた数々の艦に対し、四時間半におよぶ集中砲撃を実施した。

これによる被害は、震撼たらしめるものとなった。

ノーフォークにいた艦は、係留中／補修中／建艦中のものを含めると次のようになる。

戦艦テキサス／メリーランド（係留中）
戦艦ミズーリ／ウイスコンシン（建艦中）
正規空母バンカーヒル／レキシントン／サラトガ（改装中）
正規空母フランクリン／タイコンデロガ（建艦中）
軽空母バターン／サンジャシント（訓練係留中）
護衛空母シェナンゴ／ボーグ（訓練係留中）
護衛空母ネヘンダベイ／ホガットベイ／カダシャンベイ／マーカスアイランド（建艦中）
重巡ビンセンス／サンフランシスコ（係留中）
重巡ピッツバーグ（建艦中）

軽巡フリント／ダラス／マイアミ／オクラホマシティ／ウィルクスバーグ／ビンセンス／パサディナ（建艦中）
駆逐艦一八隻（整備中）
駆逐艦二六隻（建艦中）
護衛駆逐艦二〇隻（建艦中）
潜水艦　一二隻（整備中）
その他　二六隻。
このうち、砲撃後も無事と判定されたのは、戦艦メリーランド／正規空母バンカーヒル／軽空母サンジャシント／護衛空母ホガットベイとマーカスアイランド／その他二二隻のみ。
ここに事実上、大西洋艦隊は壊滅同然となったのである。
八島がノーフォークを襲う可能性は、海軍上層部でも指摘されていた。
ところがルーズベルト死去という最大級のニュースが全米を駆け巡ったせいで、その対応に追われ、ろくに対処できなかったのだ。
とくに障害となったのが、八島艦隊がノーフォークにやってくるのなら、その直後にポトマック川を遡上し、ワシントンを急襲する可能性がもっとも高いとする意見だった。
ノーフォークも大事だが、ワシントンは絶対に攻撃されてはならない。
そこでノーフォークを守っていた艦と沿岸防衛部隊は、大半がワシントン側となるポトマック川上流へ移動し、そこで絶対防衛線を構築したのである。
この防衛線にあてがった艦が結果的に生き残った。これまた皮肉な結果だった。
その後……。
八島艦隊はあらかたの合衆国軍上層部の予想を裏切り、ふたたび大西洋へ出た。

そして空母艦隊を含む全艦隊が、東北東方向へと移動したのである。

四月一日午後八時（合衆国東部時間）

「あと二時間で到着します」

宇垣参謀長の声で、山本五十六は目を醒ました。

今夜は徹夜になりそうなため、夕刻から長官室で仮眠していたのだ。

「なんで参謀長が……？」

山本を起こすだけなら、連絡士官か専任参謀を寄越せばいい。

宇垣みずから足を運んでいては、誰が艦橋を預かる？

そう思った山本の疑問の声だった。

「参謀部の総意として、これから実施する勧告については、八島放送部の放送担当官ではなく、長官御自身が行なわれたほうが効果的との結論に達しました。

そこで急になって申しわけありませんが、このまま放送室へ移動なされて、用意してある原稿を読んで頂きます」

長官に対して参謀部が強制的な申し出をするとは、まさに前代未聞だ。

しかし頑固者で通っている宇垣は、これが最良と思えばテコでも動かない。

それを熟知している山本は、深いため息をついたあと了承した。

それから二時間後……。

現在位置は、なんとニューヨークに面する、ロードアイランド州一〇〇キロ地点。

そこで八島艦隊（鹵獲艦構成の第二戦隊を含む）と護衛隊は集結して停止した。

二個空母部隊と支援隊／第一〇空母支援艦隊は、

東方六〇〇キロ沖で警戒待機態勢に入っている。

二六日夜のノーフォーク砲撃後……。

八島艦隊所属の全艦隊は、ノーフォークから東北東へ一〇〇〇キロ移動。バーミューダ諸島の北方海域で全艦隊を集結させたのち、懸命の洋上補修作業を行なった。

なんとしても合衆国側に察知される前に、できる限りの補修を終えなければならない。

その思いを全艦隊員が共有した結果、五日を必要とすると思われた補修は、なんと三日で完了したのだった。

とはいえ……。

八島のバルジに開いた大穴は、その上から連結ステーを駆使して舷側ブロックで蓋をしただけで、大穴本体は残っている。

当然、バルジの水密区画に入っていた燃料も流出したまま。

両舷とも燃料のかわりに海水が流入したことになるが、それが不幸中の幸いとなり、八島の巨体が傾くことはなく、燃料の喪失も許容内に納まった。

後部檣楼付近に受けた爆弾被害は、補修により完全修復されている。

これは正規空母も同じで、飛行甲板に受けた被害は、曲がった骨材はそのまま、その上に連結ステーを介して、強引に重層パネルを設置し応急処置とした。

魚雷を受けた正規空母も、特殊工作輸送艦二隻の奮闘により、元どおりではないものの、舷側ブロックの再設置を完了、見た目には元どおりに修復されている（若干の速度低下はある）。

八島や空母で元どおりにならなかったのは、被害を受けた部分の抗堪能力である。

被害箇所の上にパネルやブロックを設置しただ

けなので、もし今後、同じ場所に被弾すれば前回より酷い結果となる。これは否めない事実である。

それでも継戦能力を取りもどし、艦速低下もある程度まで回復できたのだから、いかに八島設計艦が戦闘を継続することを第一目的としているか証明されたことになる。

その後、ふたたび西北西へ一〇〇〇キロ移動し、ついに八島艦隊はニューヨーク沖へとたどり着いたのだった。

*

戦艦『八島』内にある、中波および短波放送施設を使った英語放送が、たった今はじまった。

語り部は山本五十六本人。

かつて米国駐留武官だったこともある山本にとって、英語は日常的に使用できる言語となっている。

山本は用意された原稿を、ゆっくりとした口調で読みはじめた。

『アメリカ合衆国および連合国の皆さん。私は元米国駐留武官だった山本五十六海軍大将、現在は八島艦隊司令長官兼連合艦隊司令長官です。このたび私は、日本国政府の全権代理として、いま皆さんに語りかけています。

日本国と合衆国、そして連合国はいま、不幸にして戦争の最中《さなか》にあります。しかし……日米戦争に限っては、日本国が始めたものではありません。日本国は合衆国に宣戦布告され、仕方なく祖国防衛のための戦いを行なってまいりました。ただ、英／蘭／仏といった連合国については、東南アジアの植民地解放のため、日本から宣戦布告したのは事実です。

重ねて申し上げます。日本は合衆国に対し、戦争を仕掛けた事実はありません。合衆国の利権となるフィリピンやグアムなどに対しても、宣戦布告されるまでは攻撃を控えていました。

そして日本国は現在もなお、合衆国との戦争についいては、互いの行き違いによる不幸な戦争と位置付け、いつでも戦争を終わらせる心積りでいました。

しかし、いくら日本が戦争を終わらせたいと願っても、当の合衆国政府が拒否するのでは、いつまでたっても平和は訪れません。

そもそも……なぜ合衆国は、日本に対し戦争を仕掛けたのでしょう。連合国の一員として、すでに戦争状態にあった欧州各国に同調した、そうおおやけには発表されています。

話は少し変わりますが……いま私の手元に、ひとつの情報資料があります。これは日本の情報機関が総力を結集して収集したもので、すでに物的・人的な証拠も押さえてあります。

この情報によれば、日米開戦時の米国務長官が作成したと言われる対日暫定協定案、これは日本に提示されたハルノートと呼ばれる最後通牒の原案となるものですが、実際に原案を作成したのは財務次官補のハリー・ホワイト氏となっております。

このホワイト氏は、一九四二年に日本国内で逮捕されたソ連の工作員リヒャルト・ゾルゲの証言により、ソ連のスパイであることが判明しております。

本来なら外交手段を通じて速やかに合衆国政府へ通達すべき事案ですが、すでに開戦後のことであり、そのまま国家機密となっていました。

ですが今、私に許可された権限により、日本国政府は合衆国政府に対し、ホワイトハウスがソ連のスパイによって傀儡と化している事実を公表します。

ソ連は開戦前、満州帝国を通じてシベリア方面が侵略されると固く疑っていました。そこでスターリンの命令により、合衆国政府への政治工作が行なわれ、見事ホワイト氏を通じて日本への宣戦布告が実現しました。

ソ連は連合国の一員ですので、同盟国であるソ連が合衆国政府を謀り、いらぬ戦争に引きずり込んだ……これは国家として由々しき事態と申さざるを得ません。

日本国は早い段階から、ソ連や中国共産党などの共産主義に対し、強い懸念を抱いておりました。

自由主義からすれば、共産主義は絶対に相容れない水と油のような関係であります。にも関わらず、合衆国は日本を敵視するあまり、ソ連を同盟国として受け入れてしまったことが、今日《こんにち》の合衆国の悲劇につながったのです。


いかに共産主義が合衆国にとって不利に働くかは、中国を見てもわかるはずです。合衆国は以前、中国国民党政府……いわゆる蔣介石政権を支持していました。その国民党政府はずっと、中国共産党軍によって内乱を引き起こされ、一時はかなり追い詰められた状況にありました。

その中国共産党軍を背後から操っていたのがソ連です。中国には日本軍も展開していましたが、その目的は中国共産党軍の駆逐であって、中国国民党政府とは、何度か和睦のチャンスもあったほどです。

それをことごとく潰したのも、合衆国政府内のソ連工作員でした。そしていま現在も、ソ連の工作員は合衆国国内で、日本との戦争継続を目的とした工作を続けています。

このことに合衆国政府と合衆国市民の皆さんは、一刻も早く気付き、必要な対策を実施すべきです。

さて……なぜ長々とこのような話をしたかと言えば、それはいま、我々がニューヨーク沖にいることと深く関係しています。

先ほど私は、全権委任された身としてここにいると申しました。そして、ここのところの太平洋、インド洋、アフリカ沖、パナマ運河、ノーフォーク沖、ハワイ沖の戦闘において、私と私の指揮下にある八島艦隊および連合艦隊は、合衆国海軍や英国海軍と激しい戦闘をくり返してきました。

その結果が、現在のニューヨーク沖です。現時点において、合衆国東海岸における米海軍の戦力は、ほぼ壊滅状態にあります。ただし……私どもが行なった作戦では、積極的に攻撃したのはパナマ運河とノーフォーク港だけです。

その間は、ただ進撃しただけ。戦闘はすべて合衆国軍から仕掛けられ、それに応戦しただけです。ノーフォーク軍港への砲撃については、これ以上の戦闘を阻止するための予防的措置だとお考えください。

重ねて申し上げます。もし我々が攻撃のためにやってきたのなら、ノーフォークからポトマック川をさらに北上し、首都ワシントンに対し砲撃を実施するのが軍事的に最良な策でしょう。それをせず、わざわざいったん離れてのちにニューヨーク沖にやってきたのは、それなりの理由があります。

その理由とは、合衆国政府に対する単独講和請求です。何度も申しますが、日本国は自ら好んで戦争をしているわけではありません。いまこの瞬間も、国力が桁違いの合衆国を相手に戦争を継続すべきではないと考えています。

しかし合衆国政府からの講和請求については、期待はしていません。なぜなら合衆国は宣戦布告した当事者であり、戦争を仕掛けた者が講和請求を行なうのは、戦争目的を達成した時だと理解しているからです。

　そこで日本は、合衆国が講和を受け入れられるだけの土台を作った上で、日本側から講和請求をすべきだと判断しました。

　それがいま、私がラジオ放送を通じて語っている骨子となります。日本国は合衆国に対し、即時停戦および迅速な休戦会議の召集を要求します。これは合衆国との単独講和を大前提としたものですので、日本国としても相応の対価を支払う用意があります。

　当然、連合各国からは様々な反応があると承知しています。しかしそれも、日本国の支払う対価……『講和条件』によっては賛成に回る国も出てくるでしょう。それくらい日本国は、講和条件を正しい認識のもとで用意する所存であります。

　いま合衆国は、ルーズベルト大統領死去という未曾有の危機にあります。我々としても、この件については予想外でした。交渉する相手が亡くなられてしまったため、講和請求に支障が出るのではとも考えました。

　しかし講和は、待った無しで行なわねばなりません。これ以上の日米による不毛な戦闘は、両国にとって取り返しのつかない失政となる可能性があるからです。

　重ねて申し上げます。日本の真の敵は共産主義であって、アメリカ合衆国ではありません。同様にアメリカ合衆国にとっての真の敵は、ナチス主義と共産主義です。

　これらを勘案すると、日米は対共産主義で手を取ることはあっても、仲違いする理由はありません。ここのところを、合衆国政府と合衆国市民の皆さんは重々お考えください。

　では……これより八島は単艦、ローワー湾に入ります。とは言っても、私たちが知る限りでは、ローワー湾の水深は四〇フィート、つまり一二メートルしかありません。

対して八島は最低でも二〇メートル必要ですので、湾に入るといっても、ほんの少し湾口に入るまでが精一杯となります。

そこからニューヨーク中心部までは、おおよそ二八キロの距離となります。その場所で、戦艦『八島』は錨を降ろして停泊します。それ以外は、何もしません。また、他の艦隊は遥か沖合いで待機させます。

ここで合衆国軍部の皆さんに御注意申し上げます。八島が停泊後、絶対に攻撃しないでください。八島は攻撃されない限り、こちらからは攻撃しません。しかし攻撃されれば相応の反撃を実施します。

その場合、ニューヨーク市全域が危険にさらされます。もしそうなった場合は、攻撃を仕掛けた合衆国軍、そしてそれを命令した合衆国政府に全責任があることを、前もって御指摘させて頂きます。

八島が一方的休戦状態で湾内に留まるのは、日本国が提示した講和請求の結果を受けとるためです。

とはいっても、一夜にして講和が成せるとは思っていません。まずは停戦の合意、次に休戦協定の締結、そして休戦期間中に講和会議の開催と、何段階かの手続きが必要になると考えています。

その間、八島はニューヨーク沖に留まります。そのための必要な物資は、すべて持ってきていますので御心配なく。

では、大変な時に申しわけありませんが、合衆国政府の御返答を待つことにします。重ねてお願いします。絶対に八島艦隊に対し攻撃を仕掛けないように。では、よろしくお願いします』
　この山本による放送は一回限りのものとなった。
　その後は放送担当者による、一回目の要約が何度もくり返されたのである。

六

一九四四年五月　世界

　この一ヵ月間に、様々な出来事があった。

　衝撃的な戦艦『八島』のニューヨーク沖居座り事件。

　実際にはローワー湾に入った途端、艦底部が着底してしまったため、そこで錨を降ろした……じつは『居座り』ではなく一時的に動けなかったのだ（潮の緩慢により着底からの脱出は可能）。

　さすがに八島の強大な破壊力を身に染みてわかっている合衆国軍は、偶発的なものも含め、一切の攻撃を行なわなかった。

　その間、大統領選挙の様相も劇的に変化した。

　山本五十六による講和請求を受けた共和党代表候補トーマス・E・デューイは、なかなか講和請求に対する結論を出さない民主党政権に対し、自分が大統領になったら即時、日本との全面講和を締結すると公言したのだ。

　そして講和条件のひとつとして、合衆国が連合国に対し、日本との戦争を終了するよう勧告すると同時に、日本へも枢軸同盟からの脱退を必須条件とすると、山本五十六が暗に提案した『相応の対価』を要求することまで言明したのである。

　ここまであからさまに政治的案件を提示されれば、民主党の大統領代理であるヘンリー・A・ウォレスのみならず、なんとか民主党代表候補に選出されたハリー・S・トルーマンも、講和請求を無視して対日戦を継続するなど言えなくなった。

そして四月末、じつにタイミングが悪いことに、英国主導でノルマンディー作戦が開始されてしまった。

こうなると合衆国の国内も、『ナチスからのヨーロッパ解放』のスローガンで沸き立ってくる。八島が居座っているせいで、なし崩し的に日本とは停戦状況が続いているため、合衆国市民も、日本が本気で講和を望んでいると信じる気になってきた。

そして五月二日、ついに国内各所で『平和推進デモ』が勃発するに至り、ウォレスの暫定政権は、日本との講和会議の開催を受け入れるとの談話を発表したのである。

この時点で大統領選挙の趨勢は、圧倒的な差で共和党候補のデューイに傾いている。

そこでウォレスは、味方であるはずのトルーマン候補を無視するかのように、日本との講和会議およびその後の経緯については、そっくりそのまま新政権に引きつぐ用意があると発表した。

これは圧倒的不利に追いこまれた民主党が、政権交代後も一定の影響力を維持するための政治的方便だ。結果トルーマンは、民主党からも見放されたような格好になってしまった。

さりとて、いまさら民主党代表候補を降りて、デューイの無選挙当選という前代未聞の状況を実現させるわけにもいかず、ほとんど当て馬状態で選挙に挑むことになってしまった。

次期合衆国大統領はデューイでほぼ確定。世界の目もその線で固まっている。

このような状況で、必死になって日米講和に反対したのは、皮肉にもナチスドイツとソ連だった。

このうちソ連は、山本の放送以降、ＦＢＩによる緊急特別捜査が実施されたことで、本当にソ連のスパイが芋蔓式に検挙され、日本の言い分が正しかったことが証明された。

当然、ホワイトハウスも自浄を迫られ、多数の職員や官僚が逮捕された。

そののち合衆国政府は、裏切り行為を行なったソ連を厳しく叱責し、ソ連に対する軍事支援（レンドリースを含む）の全面中止を言い渡した。

しかもソ連にとって悪いことに四月二八日、スターリンが死去したとの報道が世界を駆け巡った。

一説によれば暗殺されたとあるが、真相は不明だ。

ただ……。

これは後日のこととなるが、スターリンが死去したのち、ニコライ・バトゥーチン中将がソ連政府に対しクーデターを起こした。

その時期、バトゥーチン中将の政治委員として活躍していたのがニキータ・フルシチョフであり、その後、フルシチョフがシベリア共和国を擁立、初代大統領に就任したことを考えると、スターリン暗殺はフルシチョフの策略だったのではないかとの説が濃厚である。

話は戻る。

一九四四年五月一五日……。

合衆国政府は、ハワイにおいて正式な日米講和会議を開催すると発表、同日にそれは実現した。

会議の席上、六月一日をもって日米講和条約の締結、六月二日にハワイにおいて連合各国との講和条約調印、同日、日本は枢軸同盟を脱退して局外中立状態となることを発表した。

これに対しナチスドイツのヒトラー総統は激怒、ただちに日本に対し宣戦布告したが、日本政府は布告を受諾せず、いまもって沈黙を守っている。

ドイツも、攻めるとしてもアラビア半島の一部地域のみしか実現できないため、宣戦布告したものの戦闘は発生していない。

ソ連はモスクワを失い、暫定首都をウラル山脈東側にあるエカテリンブルグへ移したものの、スターリンの死去とバトゥーチン中将のクーデター、そしてその後のシベリア共和国による国土分断という最悪の事態に、ほぼ国家としての機能を喪失している（ソ連は総書記や主席を選出できず、当面は集団指導体制となっている）。

当然、衛星国家だったソ連邦諸国も、一斉に独立する気運が沸きあがった。

そして……。

戦艦『八島』は、講和樹立後の八月一日、日本国の『飛び地領土』として、半永久的にニューヨーク沖へ係留されることが決定した（ただし、のちに定められた領海および排他的経済海域については、八島周囲に関しては認められなかった）。

この決定に伴い、残りの艦隊は、喜望峰回りで日本へ帰投することになった。

山本五十六も重巡『高雄』へ移動した上で、残りの艦隊を引き連れて戻ることになったのである。

ハワイは正式に合衆国の州として認められたが、日米合意に基づき非軍事化された。

そして一九四六年、ナチスドイツの敗北により第二次世界大戦が終結。その後に発足した国際連合の本部はハワイのホノルルに設置された。

日本はアジア唯一の国連常任理事国となり、名前を汎アジア共同体と変えた大東亜共栄圏を代表する国となったのである。

なお、ソ連と敵対しているシベリア共和国を、日本は一九四六年に承認。

シベリア共和国との和平条約および安全保障条約締結の過程で、樺太全域と千島列島に対する日本主権が認められ、なおかつシベリア共和国からの提案で、カムチャッカ半島の共同開発と日本専用の経済特区の設置が決定した。

同様に、沿海州は満州帝国に割譲され、ウラジオストクは満州帝国と日本との共用国際港に指定された。

中国は、ソ連崩壊により中国共産党の衰退を招き、一九四七年に中国国民党が全土を掌握した。

とはいえ、かつて西域と呼ばれた地域は、国内がいまだに混乱状態の国民党には手に負えず、西域／チベット地区を中国領土から分離するとの宣言がなされ、ようやく中華民国の国境が確定された（モンゴルは独立した）。

かように……。

世界は八島ただ一隻の働きにより、劇的な変貌を遂げつつある。

そしてそれは、いまも続いている。

二一世紀に変わった現在においても、八島は日本政府の資金投入により、いまもニューヨーク沖において『グレートバトルシップ・ヤシマ・ミュージアム』として観光客の人気スポットとなっている。

汎アジア共同体は、その後に合衆国やカナダ、南米諸国、オーストラリアなどを含めて結成された『太平洋経済機構』と共に、世界三大経済ブロックのひとつとして繁栄を謳歌している。

それらすべてを成し遂げた戦艦『八島』は、いまも新品同様の六四センチ砲を誇らしげに大西洋へ向け、世界平和の象徴として静かにたたずんでいる。

そしてそれは、これからも八島が朽ち果てるまで続くことだろう。

シリーズ　了

艦隊編成（一九四四年二月現在）

1、八島艦隊

A、主隊（山本五十六大将）

第一戦隊　戦艦　八島
重巡　高雄／愛宕（大規模改装）
軽巡　竹野／日置
軽巡　矢矧／酒匂／大淀（設計変更により最初から八島型改装艦として竣工）

第一水雷戦隊　軽巡　高津　駆逐艦一〇隻
第三水雷戦隊　軽巡　太田　駆逐艦一〇隻
第五水雷戦隊　駆逐艦一〇隻

第二戦隊　戦艦　ハウ／コロラド
軽巡　香取／鹿島／香椎（ダクトスクリュー追加による速度向上型）

汎用駆逐艦　六隻

B、護衛隊（後藤存知《ありとも》少将）
直掩空母　鳳翔／龍驤（直掩空母／零戦四三型）
重巡　足柄／妙高／鈴谷
軽巡　神通／多摩／木曽（大規模改装）
汎用軽巡　基隆／淡水
特殊工作輸送艦　伊豆／房総
駆逐艦　一〇隻

第一駆逐戦隊　軽巡大井　駆逐艦九隻
第三駆逐戦隊　駆逐艦九隻
第六駆逐戦隊　駆逐艦九隻

2、空母機動部隊（南雲忠一中将）

A、第一空母艦隊（南雲忠一中将）

正規空母　白鳳／紅鳳／飛鶴／紅鶴（紫電改二型／空冷彗星／流星）
軽巡　富田／円山
汎用軽巡　台東／諸骨
駆逐艦　一〇隻

B、第二空母艦隊（小沢治三郎中将）

正規空母　蒼鳳／紫鳳／蒼鶴／白鶴（紫電改二型／空冷彗星／流星）
軽巡　櫛田／狩野
汎用軽巡　頓別／雨竜
駆逐艦　一〇隻

C、第一〇空母支援艦隊（大林末雄少将）

正規空母　フューリアス（零戦四三型／九九艦爆総数二八機）
軽空母　ベローウッド（零戦四三型／九九艦爆総数三二機）
軽巡　マーブルヘッド
英駆逐艦　八隻

3、支援隊（木村昌福《まさとみ》少将）

汎用駆逐艦　八隻
護衛駆逐艦　一〇隻
海防艦　一〇隻
補給船　四隻
物資輸送船　四隻
中型タンカー　四隻

4、ハワイ方面艦隊（連合艦隊／三川軍一長官代理）

1、主隊（三川軍一中将）

戦艦　長門／陸奥
　　比叡／霧島
直掩空母　千代田／千歳（零戦四三型）
　重巡　那智／羽黒／青葉／衣笠
　軽巡　那珂／球磨
汎用軽巡　花蓮／西別／能《の》取《とろ》
　駆逐艦　八隻
第四水雷戦隊　駆逐艦一〇隻
第五駆逐戦隊　駆逐艦九隻

2、空母機動部隊（山口多聞中将）

A、第四空母艦隊（山口多聞中将）
正規空母　扶桑／山城（紫電改二型／空冷彗星／流星）
　　翔鶴／瑞鶴／飛龍（紫電改二型／空冷彗星／流星）
　軽巡　花水／鶴見
汎用軽巡　音別／尻別
　駆逐艦　八隻

B、第五空母艦隊（大野一郎少将）
軽空母　祥鳳／瑞鳳／龍鳳（零戦四三型／九九艦爆／九七艦攻）
軽空母　海鷹／神鷹／大鷹（零戦四三型／九九艦爆／九七艦攻）
　軽巡　阿賀野／川内
駆逐艦　八隻

3、第一潜水戦隊（小松輝久中将直率）

第一航空潜水隊　伊一五／一七

第三潜水隊　伊七／八／一七四／一七五
第一一潜水隊　伊一二／四〇／四一／四二
第一二潜水隊　伊一六八／一六九／一七一／一七二

5、南太平洋艦隊（栗田健男中将）

1、主隊（栗田健男中将）

戦艦　伊勢／日向
重巡　古鷹／加古（大規模改装）
軽巡　由良／鬼怒（大規模改装）
駆逐艦　八隻

2、第三空母艦隊（角田覚治少将）

正規空母　隼鷹／飛鷹（紫電改二型／空冷彗星／流星）
軽空母　蒼燕／紅燕（紫電改二型／空冷彗星／流星）
軽巡　天龍／龍田（大規模改装）
駆逐艦　八隻

インド中東方面艦隊（高須四郎中将）

1、主隊（高須四郎中将）

戦艦　金剛／榛名
重巡　最上／三隈／熊野
軽巡　五十鈴／夕張
駆逐艦　八隻

第二水雷戦隊　軽巡　能代　駆逐艦一〇隻
第二駆逐戦隊　軽巡北上　駆逐艦九隻
第四駆逐戦隊　駆逐艦九隻

2、第六空母艦隊（原忠一少将）

軽空母　白燕／黄燕（紫電改二型／空冷彗星／流星）
軽空母　沖鷹／雲鷹（零戦四三型／九九艦爆／九七艦攻）
軽巡　空知／阿武隈
駆逐艦　一〇隻

第二次改装中の艦

重巡　摩耶／鳥海
軽巡　名取

連合軍の艦隊

1、ハワイ奪還艦隊（ウイリアム・ハルゼー大将【昇格】）

A、水上打撃部隊（ウイリアム・ハルゼー大将）
戦艦　アイオワ／ニュージャージー
戦艦　ニューメキシコ／カルフォルニア／アイダホ
重巡　バルチモア／ボストン／キャンベラ
軽巡　サンディエゴ／サンファン／ジュノー／アトランタ
駆逐艦　一二隻

B、空母部隊（レイモンド・A・スプルーアンス中将）
第1空母群（レイモンド・A・スプルーアンス中将）
正規空母　エセックス／ヨークタウンII／イントレピッド／ホーネットII
軽空母　カウペンス／モントレー／ラング

レーⅡ／カボット
軽巡　サンタフェ／モントビーリア
軽巡　ピロクシー／ヒューストンⅡ
駆逐艦　一六隻

第2空母群（クリプトン・F・スプレイグ少将）
護衛空母　カサブランカ／リスカムベイ／コーラルシー
コレヒドール／ミッションベイ／ガダルカナル
護衛空母　カード／ロングアイランド／チャージャー
軽巡　ナッシュビル／アトランタ
駆逐艦　一〇隻

C、特殊突入隊（アーレイバーク大佐）
改装軽巡　ホノルル／フェニックス／ヘレナ／セントルイス
駆逐艦　八隻

D、特殊爆撃隊（ジミー・ドーリットル大佐）
爆撃隊　B－29改造型　二四機
護衛隊　P－51　四二機

2、第5任務部隊（アーネスト・キング大将）

A、迎撃部隊（アーネスト・キング大将）

第1打撃群（アーネスト・キング大将）
戦艦　マサチューセッツ／アラバマ
重巡　クインシー／タスカルーザ／ミネアポリス

軽巡　メンフィス／デンヴァー
駆逐艦　八隻
第2打撃群（F・C・シャーマン少将）
戦艦　ウエストバージニア／アーカンソー
重巡　アストリア／インディアナポリス
軽巡　オークランド／リノ
駆逐艦　八隻
実験部隊（アーレイバーク大佐）
軽巡　モービル／バッファロー
駆逐艦　四隻
第1空母群（トーマス・C・キンケイド少将）
正規空母　レンジャー
軽空母　インディペンデンス／プリンストン
軽巡　クリーブランド／コロンビア
駆逐艦　一四隻
第2空母群（J・S・マッケーン少将）
護衛空母　マニラベイ／ナトマベイ／セントロー／ソロモンズ
護衛空母　サンガモン／スワニー／サンティー
軽巡　トレントン／マーブルヘッド
駆逐艦　一〇隻
B、ノーフォーク沿岸警備部隊
駆逐艦　八隻
護衛駆逐艦　一〇隻

魚雷艇　二〇隻

C、潜水艦部隊

六個潜水隊　二四隻

D、訓練爆撃隊（ジミー・ドーリットル大佐）

爆撃隊　B－29改造型　八機

護衛隊　P－51　一六機

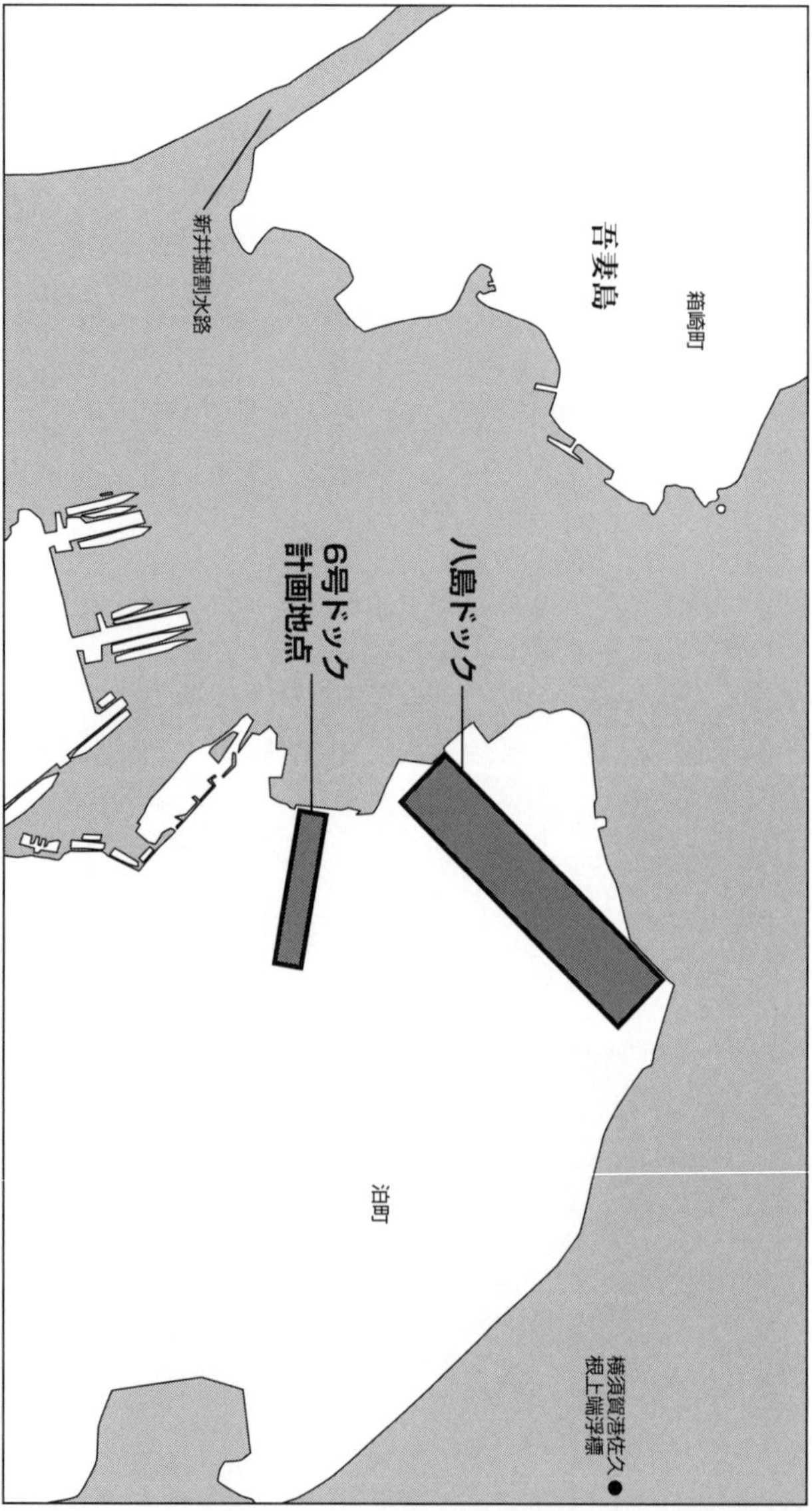
箱崎町
吾妻島
新井掘割水路
八島ドック
6号ドック
計画地点
泊町
横須賀港佐久
根上端浮標

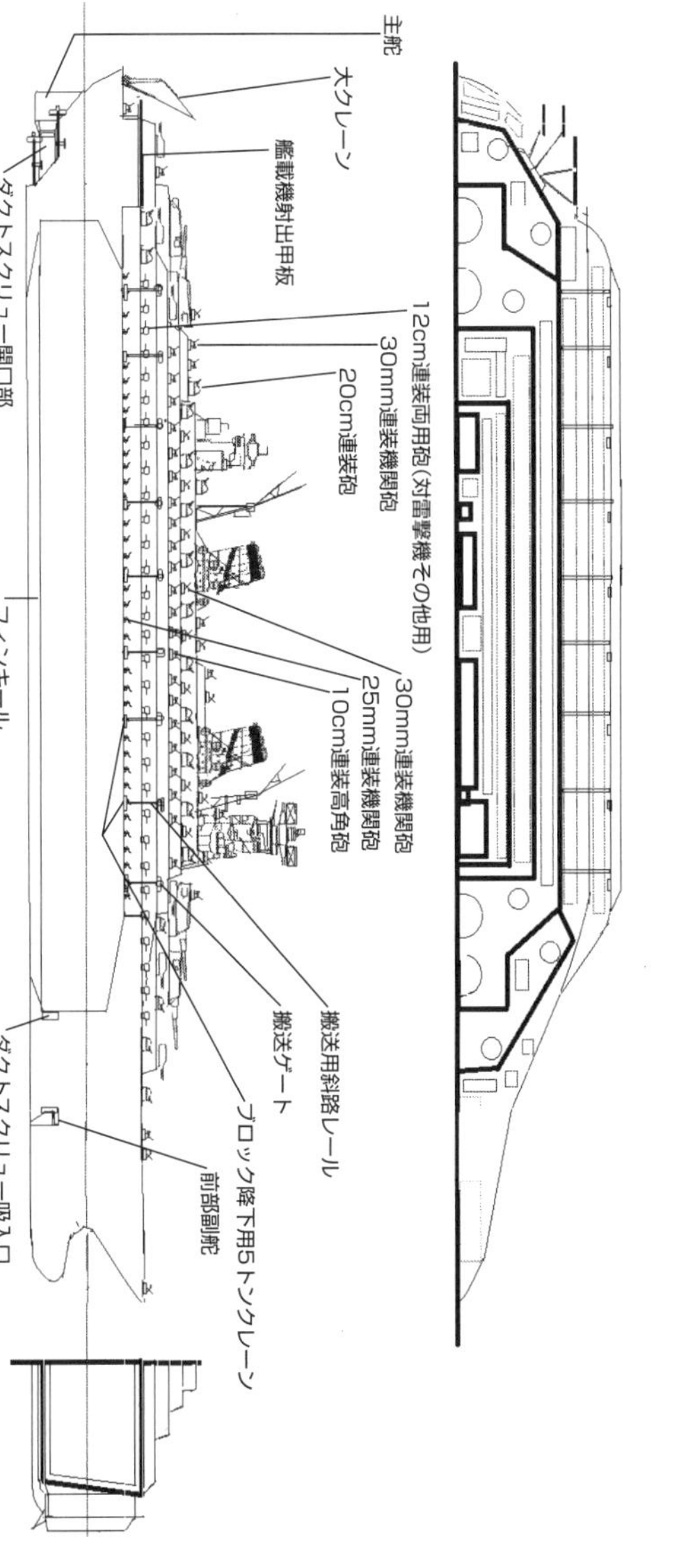
主舵
大クレーン
艦載機射出甲板
12cm連装両用砲(対雷撃機その他用)
30mm連装機関砲
20cm連装砲
30mm連装機関砲
25mm連装機関砲
10cm連装高角砲
搬送用斜路レール
搬送ゲート
ブロック降下用5トンクレーン
前部副舵
ダクトスクリュー開口部
フィンキール
ダクトスクリュー吸入口

超極級戦艦　八島

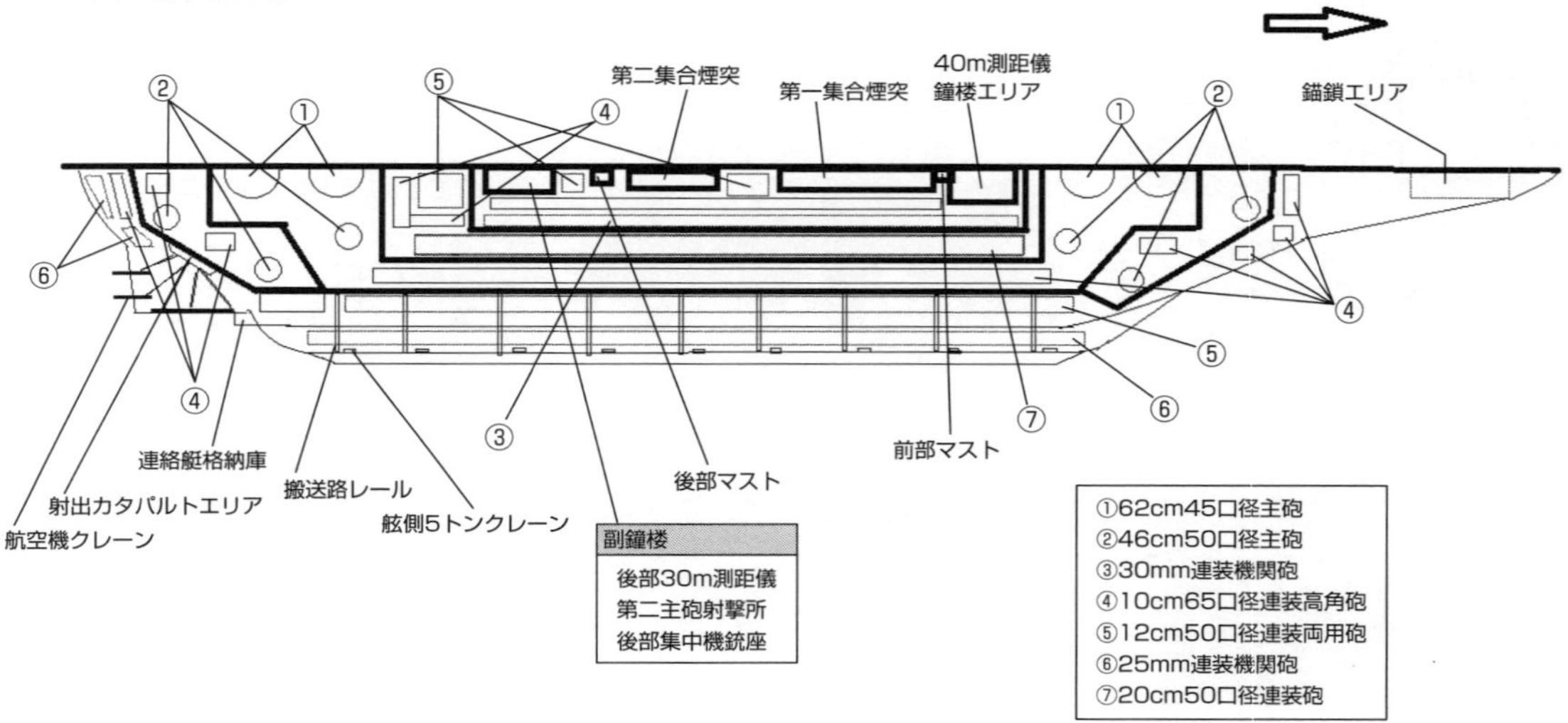

第二集合煙突
40m測距儀
鐘楼エリア
第一集合煙突
錨鎖エリア
連絡艇格納庫
射出カタパルトエリア
航空機クレーン
搬送路レール
舷側5トンクレーン
後部マスト
前部マスト
副鐘楼
後部30m測距儀
第二主砲射撃所
後部集中機銃座
①62cm45口径主砲
②46cm50口径主砲
③30mm連装機関砲
④10cm65口径連装高角砲
⑤12cm50口径連装両用砲
⑥25mm連装機関砲
⑦20cm50口径連装砲

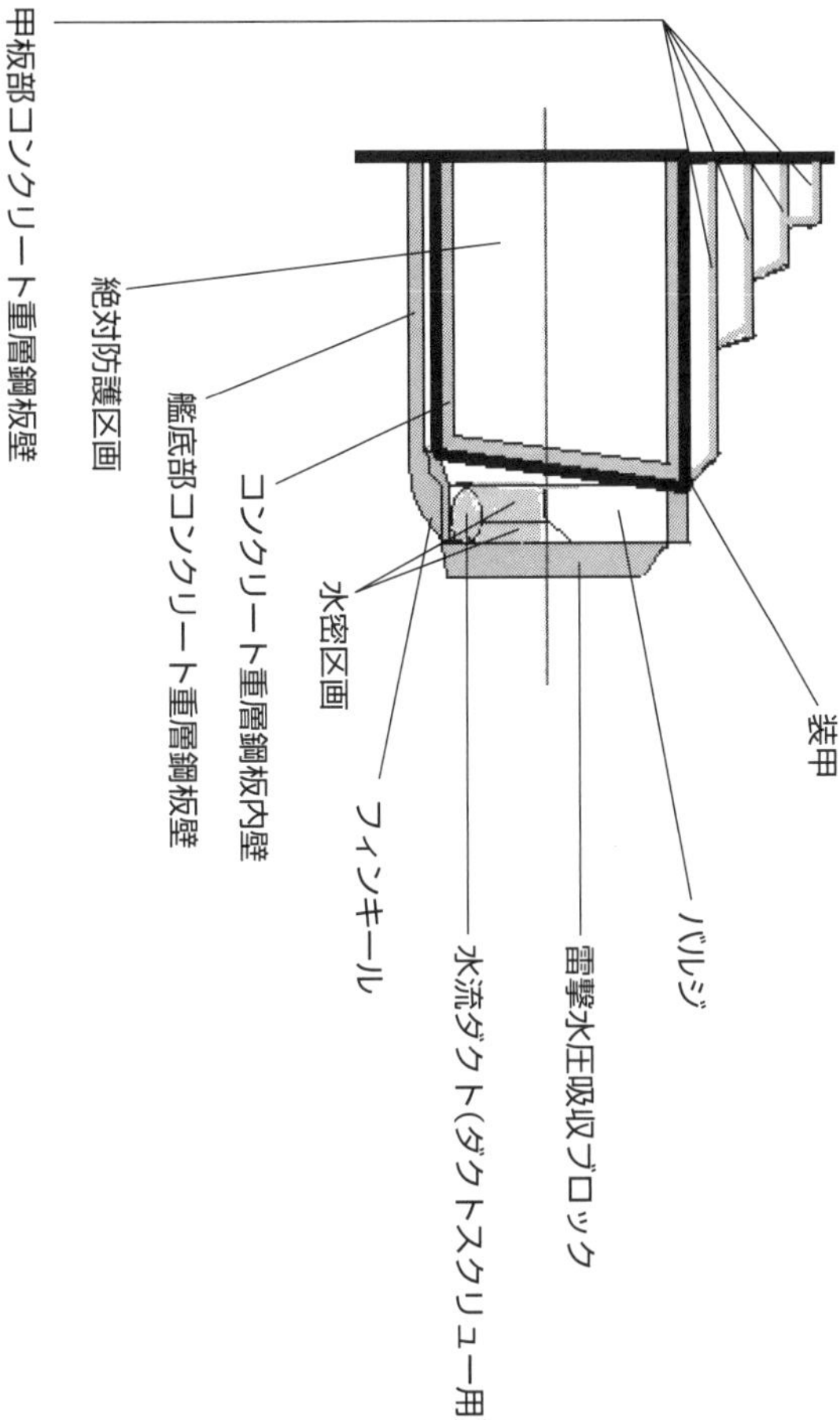
甲板部コンクリート重層鋼板壁
絶対防護区画
艦底部コンクリート重層鋼板壁
コンクリート重層鋼板内壁
水密区画
フィンキール
水流ダクト(ダクトスクリュー用)
雷撃水圧吸収ブロック
バルジ
装甲

VICTORY NOVELS ヴィクトリー ノベルス

超極級戦艦「八島《やしま》」(3)

八島作戦、完遂!!

2023年10月25日 初版発行

著 者 羅門祐人
発行人 杉原葉子
発行所 株式会社 電波社
〒154-0002 東京都世田谷区下馬6-15-4
TEL. 03-3418-4620
FAX. 03-3421-7170
https://www.rc-tech.co.jp/
振替 00130-8-76758

印刷・製本 中央精版印刷株式会社

ISBN978-4-86490-244-1 C0293